美しき愚かものたちのタブロー

美麗的愚者

原田舞葉——著

劉子倩——譯

原田マハ

美麗的愚者——目次

一九五三年六月

巴黎——杜勒麗花園

走入那間展覽室的瞬間，田代雄一當下感到自己彷彿一顆小石子被丟進靜水無波的池中。咕嚕咕嚕冒著泡，緩緩沉落光合作用的粒子形成的綠藻森林中。穿過柔滑的水波懷抱，沉落碧影搖曳的水底。仰頭一看，是撫過水面的柳枝，以及更上方的薄暮天空無垠擴展。

——啊，這是……。

田代閉上眼試圖用全身去感受水波的搖曳。腦海浮現遙遠昔日的畫面。

——這就是當時，克洛德・莫內看到的風景嗎？

田代所在之處，是法國國立橘園美術館的一室。克洛德・莫內的連作〈睡蓮〉覆滿四面牆，他佇立中央。

由於是平日的下午，來客寥寥無幾。一起來出差的教育部官員雨宮辰之助，一走進展覽室就不禁驚呼。

「太厲害了……這就是田代老師說過的……莫內的畢生大作〈睡蓮〉嗎？」

雨宮似被就此吸引，放眼眺望巨大的畫作。他那模樣，與其說在鑑賞名畫，更像在迷霧籠罩的山路踽踽獨行，意外抵達美麗泉水的旅人。

以日本政府特命交涉員的身分被送來巴黎的田代與雨宮，搭乘法國航空自東京羽田機場出發，經過西貢、喀拉蚩、貝魯特這三個都市，總計耗費五十多小時才於前天深夜抵達巴黎。

抵達之前必須討論的課題堆積如山，但在狹小的機上比鄰而坐，二人漸漸都累了。而且不時還出現亂流，洛克希德公司製造的星座型飛機劇烈搖晃。每次雨宮都會尖叫，緊抓住座位扶手念念有詞。

「你在嘀嘀咕咕甚麼？」

田代問。

「我在念佛啦，念佛！我家老太太說生死關頭就要念佛……哇！南、南無阿彌陀佛！」

這位三十三歲的文部省事務官是第一次出國出差，第一次搭飛機。最後他懨懨地連機上餐都吃不下。

就在再過數小時即將抵達巴黎時，雨宮終於開始坐立不安拚命抽菸，田代說：

「哪，雨宮老弟，我給你講個精彩的繪畫故事吧。」

雨宮從菸盒又抽出一根叼在嘴裡，有氣無力地應了一聲。

「繪畫啊？」

「對，繪畫的故事。」

雨宮把菸又放回菸盒，稍微打起精神回答：

「那您請說。」

田代點點頭，問道：

「你知道克洛德·莫內吧？」

「當然知道。為了這次的調查，老師已經給我上過不少課了。那是法國近代繪畫史上燦然生輝的大畫家……對吧？」

雨宮認真回答，接著又補了一句：「不過，我只看過資料照片沒看過真畫。」

「沒錯。他的作品，就列在這次『交涉歸還』的名單首位吧？」

「對，光是這名字我已不知看了幾百次。」雨宮特別強調。

田代聽了，露出一抹得意的淺笑。

「雨宮，老實說，我曾經去過莫內家作客喔。」

「啊！」

雨宮大聲驚呼。狹小機艙內的乘客——幾乎都是法國人或英國人——一起朝他行注目禮。雨宮慌忙縮起腦袋。

「甚、甚麼時候？怎麼會？跟誰……」

田代非常愉快地吃吃笑。雨宮剛才還神經質地皺緊眉頭，這下子態度一百八十度大轉變，可見克洛德·莫內的威力在死後近三十年依然不見減退。

田代換個姿勢坐好，輕輕交疊雙腿，

「這個嘛，我記得那時……那時我比現在的你還年輕幾歲，正要去佛羅倫斯留學，途經倫敦，然後又去了巴黎……」

他用懷念的口吻，開始娓娓訴說去諾曼第的吉維尼這個小村的莫內家拜訪的經過。

田代雄一是日本最具代表性的藝術史學家。戰前曾任東京美術學校教授、帝國美術院附屬美術研究所所長等職，戰後於一九五〇制定文化財產保護法時應政府之請擔任文化財產保護委員。就在他過了還曆[1]之年準備從第一線退下時，被政府抓公差。當時的首相也是舊交的吉田茂當面請求「為了國家請你再出點力」後，田代做出如此決斷。

他生於商家，父親似乎一直以為兒子會繼承衣缽做生意，但田代少年時期熱中閱讀插畫雜誌，逐漸對繪畫產生興趣，比起撥算盤，他更想揮舞畫筆。

成績優秀的他進入第一高等學校，同時也入畫塾學習水彩畫。他也曾認真考慮當畫家，但畫塾裡有許多遠比他優秀的學生，而且他早早醒悟自己恐怕無法靠一支畫筆維生，於是進入東京帝國大學英文科就讀。

雖然拋下畫筆，他對繪畫的熱情卻有增無減，在大學學習西方藝術史，進入研究所後，他在東京美術學校執教的同時也積極尋找出國留學的機會。終於在一九二一至二五年如願前往歐洲留學。當時

1. 還曆：指六十歲。

田代醉心的美籍藝術史學家伯納德・貝倫森住在佛羅倫斯，田代一心想拜入他門下，因此名符其實是搭機飛奔而去。

他研究的是義大利文藝復興時期的繪畫，但老師告訴他，若只拘泥於自己專攻的時代和畫家，不可能精通藝術史，用宏觀的角度去比較各個時代、國家及流派也很重要。

說到義大利文藝復興運動，初期有馬薩喬、曼特尼亞、波提且利，顛峰期有達文西、米開朗基羅、拉斐爾、提香等大天才，在繪畫技法方面，也出現遠近法及黃金分割比例等飛躍性的發展，是奠定名畫之所以為名畫的「準則」的關鍵時代。對田代而言，這是個無論怎麼深究都挖掘不完的大題目。

但貝倫森告訴田代，光是對文藝復興運動的畫家如數家珍沒用，比方說，同時代的其他國家及地區有甚麼樣的畫家創作了甚麼樣的作品，如此橫向比較時往往會有意想不到的發現。

貝倫森是生於俄國的猶太人，少年時代舉家移居美國，為了研究文藝復興藝術遷居佛羅倫斯。或許是他的家世背景和人生經歷，令他的研究種下了「比較」這個概念。

貝倫森告訴田代，譬如與後期文藝復興同一時期，日本孕育出了桃山文化這個獨特的文化，藉由這二者的比較或許會有意外的發現。如果你以為文藝復興期有各種才華洋溢的藝術家，所以研究起來應該很容易，那你就錯了。照我說來，文藝復興藝術才是最大的難題。古今中外，有無數研究者，該閱讀的文獻資料數量也浩瀚如海。必須用嶄新的角度去研究，否則毫無意義。為此，他建議田代先學習本國的藝術史，把本國史也納入視野做研究——恩師的這番教誨，不知多麼熱切地打動田代青年的心。

田代在日本藝術史方面本就造詣頗深，也與日本藝壇人士有所交流。此外，學生時代就對同人誌《白樺》介紹的法國近代藝術家抱著不小的興趣。他的眼光不只盯著義大利文藝復興，也遍及各種國家及時代。正因如此，貝倫森的教誨才會讓他深有感觸。

尤其是法國近代美術——打造印象派及後印象派的畫家們，每當他在雜誌上看到莫內、雷諾瓦、塞尚、梵谷的畫作照片，心湖就會泛起微瀾。當時，除了莫內以外的這些藝術家皆已過世，但這些畫家不久前還在人世，甚至令人想強調「就在不久之前」。這個事實令田代的心頭無法平靜。

就在自己出生的一八九〇年，梵谷舉槍自盡——而且他的作品生前只賣出一幅——得知這些事實，田代如痛失摯友般惋惜不已，憾恨對方為什麼就不能再多活幾年。如果現在梵谷還活著——他想，自己一定會盡力幫助對方。

田代留學數年後，發表了關於早期文藝復興繪畫的英文論文，後來出版成書在國外也被廣泛閱讀，贏得國際性的高度評價。就結果而言，他與貝倫森的相遇，肯定是決定他現在地位的關鍵。

還有一個左右他人生的邂逅也是在這個時期——不，與其說「左右了人生」，或許該說「豐富了人生」吧。

是的，如果沒有與那個人的邂逅——當然，就算沒那個人，田代認為自己的人生應該也會還不錯。但，問題是——如果沒有認識那人，自己的人生想必會遠比現在更平庸乏味。

這麼一想，就會自然露出溫暖的微笑。

——那個人，名叫松方幸次郎。

彷彿佇立在藝術之泉的水畔，一邊抱怨自己不懂繪畫一邊往水裡扔小石子。定睛望著清澈水面泛起的漣漪後，把手伸進水中，掬起一捧清水潤喉。接著乾脆撲通跳進水中。美麗的泉水，最終為他所有。

這位深愛繪畫舉世罕有的收藏家「MATSUKATA」的大名，有段時間傳遍巴黎——不，是整個歐洲。

他收集繪畫的理由只有一個。他期盼在日本創立不遜於歐美的美術館，展出真正的名畫，對日本畫家，進而對一般青少年的教育有所幫助。

我不懂甚麼繪畫——他總說。

——若要成立美術館，不是真貨就毫無意義。但我不懂繪畫。所以我想請你幫我鑑定一下，找出哪個才是真貨。

你知道嗎，田代。為此要花多少錢我都願意。沒事，一點也沒啥好心疼的，只要那是真貨就行了。若是買假貨，哪怕只是一毛錢我都捨不得。

在倫敦，在巴黎，他用私人財產收購的西洋美術品總數多達二千，甚至三千件。可惜在戰爭前後佚失或燒毀，無法確定全貌。

沒有送回日本留在法國國內保管的數百件作品，在戰時也奇蹟地獲得保存，可是基於舊金山和約被視為敵國日本的海外財產，遭到法國政府沒收。

難道無法取回嗎——。

正是為此，我才這樣回到巴黎。

松方先生——是為了你。

「原來如此……和松方幸次郎一起造訪莫內家時，田代先生見到的『特別的畫作』，就是和這〈睡蓮〉同系列的作品吧。」

盡情欣賞橘園美術館的〈睡蓮〉後，雨宮恍然大悟地嘀咕。

他在飛機上聽田代提過「特別的畫作」。當時，跑遍巴黎各家畫廊蒐購名畫的松方幸次郎，聲稱要向莫內本人購畫，帶著田代前往吉維尼，真的買了幾件畫家秘藏的傑作。而且當時，莫內在大太陽下面對巨大的畫布，拚命對著有日本式拱橋的睡蓮池寫生。松方偷偷告訴田代，畫家罹患白內障，其實已經不大看得見了——。

田代與雨宮背對背，各自佇立在環繞四方的〈睡蓮〉前。田代站在倒映薄暮天空的水面前。雨宮站在柳枝靜靜搖曳的池塘前。

「——結果，我一時衝動……對著鼎鼎大名的莫內，說出愚蠢的話。」

田代驀然喃喃自語。

「您說了甚麼？」雨宮轉身問。

「我說，『這個顏色，是不是有點奇怪？在我看來，這片風景並不是這種顏色。』」

當時年輕氣盛的田代，竟然對克洛德・莫內提出異議。因為畫家在畫布上用筆尖飛快掠過、時而大膽堆砌的色彩，過於艷黃、濃紫、朱紅。實際上風景中並沒有那種顏色。該不會是視力不佳，調錯了顏料吧？既然要讓這幅畫成為名留青史的傑作，那我給點意見應該也沒關係吧——田代不知天高地厚地這麼想。

當時已經高齡八十幾歲的老畫家，笑納來自日本的青年藝術史學家的意見，如此回答。

——起初，無論是我的哪幅畫，大家都說顏色怪異。可是時間久了就會知道，我是怎麼看這些風景的。

請記住此刻你我一起看到的這片風景，很久很久之後，如果見到我的畫，請你回想，加以比較。

「不過，從莫內家回來的車上，松方先生悄悄對我說——你說的沒錯，那顏色的確很怪。」

——但是，你懂嗎，田代？

那幅畫，是傑作。

顏色如何，不能靠理性判定。看著莫內，看著那位大畫家雖已兩眼模糊，仍拚命揮動畫筆的樣子，不知怎地就會莫名其妙很想哭。

畫家這樣傾注自己全副心神畫出來的畫，想必就叫做傑作吧？

總有一天我要得到那幅畫。無論得花多少錢都行。不只是莫內，各種畫家的傑作——全巴黎，不，全世界的傑作我通通都要買下來。

也有人背地罵我是傻瓜。他們笑我居然砸下巨資買那種看不出到底畫甚麼的塗鴉，簡直太愚蠢。

沒錯。我或許的確很愚蠢。是個連繪畫是甚麼都搞不清楚，只是悶著腦袋四處買畫的愚蠢老頭子。

但是不管別人怎麼說，我早已下定決心了。

我，總有一天要在日本建造美術館。

為了那些只能透過雜誌圖片或複製畫見識莫內傑作的日本畫家，以及青少年。

我要打造最棒的美術館——。

松方的話，言猶在耳。

「……田代老師？」

雨宮詫異的聲音從背後傳來。

田代沒有轉身。他不想讓對方看見不知幾時滑落臉頰的淚水。

1

一九五三年五月
大磯　吉田茂邸

五月某個晴朗的周日，田代雄一造訪位於大磯的吉田茂邸。

這天，即將於下個月出差的田代，打算向剛組成第五次內閣不久的吉田請教外交策略。

田代去巴黎出差的目的只有一個。與法國政府進行交涉，取回對方扣留的「松方收藏品」。

身為戰前的大企業家，後來也成為政治家的松方幸次郎，於一九一六年起三度前往歐洲，收集近代繪畫與雕刻。

當時赴歐留學的田代，因緣際會下被介紹給松方，成為他的美術顧問，協助他收集作品。松方的顧問不只田代一人，也包括幾名英國及法國專家。

當時，松方對顧問們的意見照單全收，不斷買下作品，幾乎令人懷疑他的財力無窮，收藏數量也變得相當驚人。諷刺的是，最後「松方收藏品」到底發展到何等規模、包含哪些作品，田代是在松方死後才知道全貌。

松方幸次郎是明治時代元勳、擔任過總理大臣的松方正義的第三子。頭腦聰穎甚至取得美國耶魯大學的博士學位，頗有國際觀。他起先擔任父親的秘書官，後來被神戶的川崎財團創辦人川崎正藏賞識，成為川崎造船所的第一任社長。此外也兼任神戶新聞、神戶瓦斯等公司的社長，做過神戶商業會議所（後來的神戶商工會議所）會長及眾議院議員。從戰前到戰後，都對日本財政界造成重大影響。

然而，松方對藝術本就沒甚麼知識，自己也每每對田代說「我不懂繪畫」。但他收集藝術品的熱情卻非比尋常——這是為什麼？

因為他決心要在日本開設一間專門展覽西洋美術的美術館。

第一次大戰期間，日本經濟一片繁榮好景，事業成功因此得到充裕資金的松方，開始赴歐收集藝術品。

他並非隨心所欲胡亂著手。他的確不是藝術專家，但他有許多身為東京美術學校教授、日本畫家、西畫家、美學家、音樂家等藝術方面的知己。他們把藝術女神的囁語轉達給松方。

和歐美各國一樣，如今日本也有許多年輕人立志成為藝術家。但是和歐美的藝術家預備軍不同的是，日本的年輕人沒有機會接觸到真正的西方藝術。他們只能透過褪色的照片及雜誌上的圖片來認識西方藝術。

歐美有優秀的「美術館」。館內集合古今中外一流作品，對一般大眾公開展出。如果日本也有這樣的美術館，不知會對日本的年輕人有多麼大的助益。

松方似乎直覺，日本若要與歐美各國比肩，不僅得有經濟、軍事力量，也需要藝術的力量。沒有任何美術館，如何加入先進國家的行列？根本不可能嘛——他如是想。

松方懷著創設媲美歐美的美術館這個夢想，投入龐大的個人資產收藏作品。不僅如此，他也買了土地準備建造美術館，逐步朝實現夢想邁進。

然而，命運的齒輪錯亂。關東大地震後，醞釀已久的金融不安爆發，銀行逐一被迫倒閉，川崎造船所的主要合作銀行十五銀行也關閉了。川崎造船所因此背負巨額債務，松方只好引咎辭去社長之職。

這段期間，主要在倫敦及巴黎蒐購的「松方收藏品」，幾乎全部就此留置原地。已經帶回日本國內的，也被迫出售因此散佚各處。保管在倫敦倉庫的收藏品，因火災付之一炬。至於留在巴黎的，於第二次世界大戰開戰後下落不明，雖在戰後發現，卻被視為「法國國內的敵國財產」，遭到法國政府沒收——這就是「松方收藏品」一路經歷的命運。

松方退出財界後，出馬競選眾議院議員連任三屆。卻因曾擔任左右派聯合成立的公事團體大正翼贊會的推薦議員，戰後遭ＧＨＱ[2]剝奪公職，也被趕出政界。之後隱居鎌倉與公女相伴生活，三年前因腦溢血後遺症過世。享年八十四歲。

他傾注所有熱情蒐購的作品仍被扣留在法國無緣再見，自己卻已踏上永遠的旅途。

——就在翌年。

---

2. ＧＨＱ：General Headquarters，駐日盟軍總司令部。對日本政府有絕對指導權。

一位大人物，為了似乎已被人遺忘的「松方收藏品」展開行動。

那人正是內閣總理大臣，吉田茂。

位於相模灣附近的吉田宅邸，建造在綠意盎然的廣大占地中。

外觀端正的日本家屋洋溢靜謐的威嚴。田代早已來過多次，但是打從初次造訪起，到現在只要站在門前還是會不由自主肅然立正。

田代被帶往面向庭院的會客室。二個方向的紙門敞開，可以放眼眺望光潔的簷廊外以池塘為中心的庭院。修剪得造型優美的松樹倒映在翠綠水面。只見錦鯉鮮豔的朱紅背部不時閃現，忽沉忽浮。

「嗨，田代。歡迎你來。」

田代跪坐在發出烏光的紫檀木桌前等候，穿和服的吉田茂出現了。田代肅然坐正。

「好久不見。看到總理活躍一如往常，在此深表慶賀。」

田代鄭重低下花白的頭顱行禮。吉田默默一笑，自嘲道：

「總理的位子坐了五次，也會覺得我有點活躍過頭吧。」

「沒那回事。」

田代慌忙接腔，吉田哈哈大笑。

「開玩笑的啦，只是JOKE。我知道你是個老實人。」

田代冒冷汗。吉田擔任外交官時在英國學來的黑色笑話，總是讓他捏把冷汗。同時，他也很喜歡這個不管年紀多大仍保有頑童那種無拘無束的首相。

吉田茂本是外務省出身的外交官，屬於親美英派，雖然極力策畫想避免太平洋戰爭開戰卻失敗了，戰爭開始後他檢討早期的終戰策略，致力於和平工作。戰時因有反軍部的嫌疑也曾入獄。不過，那段痛苦的經歷反而成了他戰後贏得ＧＨＱ信賴的「勳章」。他在戰後立刻成立的東久彌內閣、之後的幣原內閣擔任外務大臣，發揮卓越的外交才華，盡力尋求世界各國的協助以便振興日本。

終戰翌年的一九四六年，日本自由黨總裁鳩山一郎因ＧＨＱ的指令遭到拔除公職後，他接任成為內閣總理大臣。在戰後的混亂中要掌控政局極為困難，但吉田秉持天生的旺盛精力克服無數狂風暴雨。

第一次吉田內閣成立後，歷經數次總辭、解散、總選舉，吉田在七年之間五度成為總理大臣。

三個月前那次也是，在國會備詢時，質詢的議員講出無聊的廢話，他不禁嘀咕「混蛋」還被麥克風收到音，因此遭到議員攻擊發動了內閣不信任案。當時吉田也是打出解散、總選舉這招。報紙命名為「混蛋解散」，大肆報導吉田與自由黨的迷航。結果自由黨席次減少，淪為少數執政黨，卻以取得改進黨「閣外合作」的方式勉強續命，吉田好歹還是坐上了第五次內閣總理大臣的位子。

吉田身為首相極為忙碌，但他似乎很高興與政局毫無關係的藝術史學家田代的來訪。

七年來五度組閣的過程中想必也增加了不少政敵。再加上之前的「混蛋解散」，必然令他疲憊不已。田代看報紙時忍不住想，吉田先生也在賭氣呢。他可是熬過戰時戰後最艱困時期的大政治家。應該不可能被人抓住把柄翻車吧。

此刻坐在眼前的吉田，暫時卸下內閣總理大臣的頭銜，看起來似乎打從心底放輕鬆。

「你抽雪茄嗎？」

閒聊片刻後，吉田從桌上的焦糖色桃花心木盒取出一根雪茄問。田代推辭。

「這是英國大使送給我的。不來一根嗎？」

吉田敬菸後，自己也叼了一根點燃。

「要去院子嗎？給你看看我家的石南花開了。」

簷廊邊的踏腳石上放著二雙草鞋。田代一身筆挺西裝，但他還是穿上被陽光曬暖的草鞋，跟在吉田後頭去院子。

池畔有盛開的石南花散發芬芳。他和吉田站在那附近抽雪茄，忽然想起也曾和松方幸次郎站在池邊抽雪茄。

記得那次是——對了，是在克洛德．莫內的庭園。

宣稱要直接向巨匠買畫的松方，帶著他一起造訪吉維尼。莫內見到遠道而來的日本客人，非常欣喜地招待他們。

松方平時就愛看英文報紙，英語流利，但他的法語只有勉強對話的程度。松方比手畫腳用拙劣的法語熱心發話，莫內也專注傾聽。當時年僅三十出頭的田代這才發現，畫家這種生物似乎是好奇心的化身，所以碰上好奇心旺盛的人就會徹底打開心房。

吉維尼遼闊的庭園種滿畫家喜愛的各色花卉。尤其是有睡蓮的池塘和架在池上的日本式拱橋，似乎令莫內頗為自豪。池畔種植垂柳，朝著水面伸出柔婉的綠臂款款搖曳。

莫內不停抽菸，也請客人抽雪茄。松方與田代和畫家一起佇立池畔，盡情吞雲吐霧。水上有大片睡蓮，向著天空綻放雪白的嬌顏。

「……當時就是這樣在庭園散步，和松方先生一起抽雪茄。」

吉田驀然低語。田代從記憶中的睡蓮池畔回過神，把臉轉向吉田。

「不過，他好像也只來過這裡一兩次吧。我們在很多地方抽雪茄聊過。比方說白金還有麻布甚麼的……」

「白金」是戰後成為首相官邸的舊朝香宮邸，「麻布」則是指松方幸次郎在東京的寓所。田代二者都去過，所以二個威嚴的老紳士在打理漂亮的庭院散步的場景，就像看電影一樣浮現眼前。

「當時松方先生還很健康吧。」

田代說。

「對。當時松方先生大概是我現在這個年紀，還幹勁十足呢。」

吉田回想著笑起來，一邊回答。

「真巧，我剛剛也在想松方先生。我想到的是我們曾經並肩站在池畔抽雪茄。而且那不是普通的池塘……是在一個特別場所的池塘。」

「特別場所？」吉田反問。

「對。對松方先生而言很特別……對我也是。」

田代微笑說。手持雪茄的吉田，一瞬間彷彿和松方的身影重疊。

田代描述在莫內家見到的〈睡蓮〉畫作，以及松方當時像小孩一樣渴求的情景。

「那幅〈睡蓮〉，在這次的歸還清單中嗎？」

吉田問，田代搖頭。

「沒有……很遺憾。」

松方當時向莫內本人取得承諾，會另外賣一幅大型睡蓮圖給他。那幅畫是否在這次的清單上，田代並不清楚。

二人並肩在簷廊的陽光中坐下。

雪茄的苦味刺痛舌尖。焦糖似的醇厚菸香，令松方幸次郎在世時的回憶歷歷重現。

記得曾在某本書上看過。人的五感之中和記憶最直接連結的是嗅覺——原來如此，濃郁的香氣的確會與回憶息息相關。

吉田在指尖把玩變短的雪茄，一邊像呼喚遠方友人般說道：

「哪，田代。到了我這個年紀，有時會覺得，『Truth is stranger than fiction』——事實比小說更離奇。……不是嗎？」

這是英國詩人拜倫的名言。「是的。」田代回答。

「的確一點也沒錯。」

吉田聽了，嘴角驀然露出笑意，

「我第一次見到松方先生，是在倫敦，我記得那是……大正十年的春天吧。當時我在日本駐英大使館擔任一等書記官。翌年被任命為天津總領事，離開了英國。」

他明確地說。

「您記得真清楚。」

田代佩服地說。

「那當然，我記得可清楚嘍。」

吉田像唱歌般悠然回話。

吉田邂逅松方，是在松方第五次赴英時。即便在吉田所知的企業家中，松方也算是出類拔萃、特別國際化的個性派人物。吉田娓娓向田代敘述讓他產生那種印象的事件。

一九二一年秋天，日本駐英大使館收到一封邀請函。是松方在倫敦最高級的克拉里奇飯店的宴會廳舉辦晚宴。吉田也偕同駐英大使林權助一同受邀出席。

林大使與松方早有舊交。前往晚宴的車上，林大使提點吉田，「松方正以充裕的預算在歐洲收集美術品。他好像在巴黎也四處蒐購了不少，正是意氣風發之時。今天算是他感謝英國社交界的一種儀式。」

「那場晚宴規模很大。起碼有上百人吧。王室的人也出席了。其他也都是財政界最頂尖的名人，幾乎都是英國人。只要踏進晚宴會場一步，就能立刻了解他有多厲害。」

身著禮服的松方在會場門口迎接客人。虎背熊腰的身材穿著燕尾服，看起來氣宇軒昂，但是蓄著小鬍子的臉孔有點親切討喜。他一一與賓客握手，同時用流暢的英語打招呼。

看到林大使，松方更是笑開懷。想必是同胞知己的到訪令他格外開心。對吉田，松方也用對待老友的態度親密招呼。

回憶敘述到此，吉田忽然吃吃笑了起來。

「可是，就在與松方打招呼之際，林大使說出意外之詞。」

——喂，松方。你是大富翁，不過那些錢反正遲早也會全部失去。既然遲早都要破產，不如趁現在盡量花掉吧。

隨便是油畫還是甚麼，能買多少就買多少。然後帶回日本，應該會對國家有所貢獻。你就努力去買吧——。

「他真的說那種話？」

田代目瞪口呆。這種說話方式也太失禮了吧。

「是的。面對那位松方先生，也真虧大使說得出口。」

吉田彷彿此刻就在現場，忍俊不禁地回答。

「不過，所以說大使不愧是大使。那時候，很巧妙地把買畫說成『為國貢獻』。不動聲色地說出重點。」

的確，能夠當面對當時所向無敵的松方說出那種話的，恐怕也只有大使閣下或總理大臣吧。

「不過話說回來，沒想到他真的如大使所言……」

聽到吉田帶著嘆息的低喃，「的確……」田代附和。

「松方先生真的如大使所言能買多少就買了多少……」

「不，我不是指那個。」

吉田立刻說。

「我是說大使預言的破產。」

一九二一年。第一次世界大戰結束的三年後，松方領導的川崎造船所一帆風順，想必誰也料不到居然會破產。

就連松方自己，大概也打算就這樣一氣呵成把公司做大變成日本第一——不，世界第一的大企業。

然而短短六年後，川崎造船所就被逼到瀕臨破產的斷崖邊。松方只能負起經營惡化的責任引咎下台。

沒想到林大使的預言成真——最不敢相信的恐怕是松方本人。

「第一次見到松方先生時，我還記得他當時威風凜凜，英文說得像母語一樣流暢，機智風趣，簡直像道地的英國紳士，簡直太瀟灑了。當時我是大使館的一等書記官，講得一口英國養成的純正英語。我記得我不甘示弱，還拚命朝他搭話呢。」

把話題拉回昔日松方在世時的颯爽模樣，吉田說。

「如今想來，那其實是松方幸次郎的鼎盛期吧……」

到了一九二〇年代，因應戰時特需一片好景的日本經濟開始急轉直下，面臨戰後恐慌。

另一方面，三井、三菱、住友、安田等財團和大型紡織公司以堅實的經營擴大收益，這些少數大企業導致資本不斷寡占化。結果富者越富，貧者越貧，社會走向二極化。

戰時造船業、銅礦、貿易公司等行業如魚得水擴大了事業規模，戰後反受其害，中小企業相繼面臨債務超過及關門、破產的命運。

松方擔任社長的川崎造船所，也在戰時企圖抓住商機一口氣擴大事業版圖。然而，川崎造船所和一般的造船業暴發戶不同。

憑藉松方的出色創意和執行力，該公司在戰後不僅沒有沒落反而越發興隆，利潤總額達到最高點。員工增加到二萬二千人，也因此，當時川崎造船所的大本營神戶市甚至躍居日本全國第三多的人口。

「後來那位老大說過。『我必須養活二萬二千名士兵。這二萬二千人都有父母妻小，平均起來一人有五個家屬。二萬二千乘以五……等於有十一萬人得靠我糊口。你說我怎麼能打輸這場仗。』」

彷彿要鼓舞自己，吉田重述松方這番話。田代聽了，只覺心頭一緊。

——是的。

現在的日本，像當時的松方那種人物——不守常規，強勢，不拘小節，放眼大局，為了日本，為了社會，率先帶頭幹大事的那種蠻勇，已經徹底銷聲匿跡。

日本在太平洋戰爭敗北。只不過是八年前的事。總覺得這個事實令日本人徹底龜縮。

戰後，日本被GHQ占領。戰時只要持有洋文書就會被指控為「賣國賊」，可是戰敗後改革學制，在中學引進英語教育。就算是窮鄉僻壤的中學生，也開始學習用英語打招呼說「哈囉」和「古拜」。

就在一九五一年九月——一年八個月前，吉田茂在舊金山簽署和約，敗戰國日本終於達成自立。今後對日本將是重要時期。為了成為與歐美比肩的大國，此刻正需要松方這樣的人物。一個力量強大足以牽引政治、經濟、社會的大人物。

而且，為了不亞於別國，也為了讓國民過真正富足的生活，需要藝術文化的力量。就算是為了年輕學子的教育，也需要有能夠享受真正藝術的文化設施——美術館。

可是——

松方幸次郎……已經不在了。

「田代，你曾經深得松方先生疼愛，甚至帶你一起去莫內家……你第一次見到他時，他是甚麼樣子？」

被吉田這麼一問，田代不禁苦笑。

「傷腦筋，要談那個嗎？」

吉田一聽，流露好奇的眼神轉向他。

「聽起來好像藏了甚麼趣聞啊。這可不能放過。快，趕緊一五一十說出來。」

碰上談判技巧卓越的首相，藝術史學家毫無招架之力。田代開始敘述他與松方難忘的相遇。

把松方介紹給田代的，是他的友人，外交官岡本武三。

岡本比田代大七歲，和田代同校，畢業自東京帝國大學法科。進入外務省後，與林大使的長女結婚。田代去佛羅倫斯留學的路上，偶遇同船的岡本夫妻，因此走得很近。

載著三人的船經由印度洋抵達倫敦。田代去佛羅倫斯之前暫留倫敦，就在這段期間經由岡本夫妻的介紹有幸見到林大使。

外貌頗有古代武士氣質的林權助，得知田代為了拜定居佛羅倫斯的美籍藝術史學家貝倫森為師特地隻身前往該地，當下大吃一驚。當時出國留學的多半是學習法學、理工、或建築及造船的優秀學生，赴歐聲稱想學習西方藝術史的人難得一見。原來如此，若要認真學習西方藝術史的確只能來西方，你的想法相當理智——林大使頗為感佩。並且說，你也是個怪胎啊。

「是啊。後來，同樣也是岡本把你介紹給我認識。」

吉田語帶緬懷地說。

「當時真是美好年代啊……」

對吉田而言那個時代想必也是充滿幹勁，滿心期待與人見面的時期。日本屬於英、法、美等列強諸國的「協約國陣營」。雖是遠東的小小島國，卻是日俄戰爭時打敗那泱泱大國俄羅斯的難纏國家。規矩守禮又勤勉的日本人，在英國受到善意的歡迎。吉田身為日本駐英大使館一把手，早已成為另眼相看的對象，似乎也很享受在倫敦的社交。田代滯留倫敦期間，不時與吉田共餐，也被吉田帶去紳士的社交場合。

就在某一天，岡本對他說，想讓他見一個人。他說，那人名叫松方幸次郎。

——對方是神戶的川崎造船所社長，是當今勢如破竹的大人物。也沒受到戰後不景氣的波及，公司收益不斷上升。

他說對方是來英國洽公，會在倫敦停留一陣子。那時還沒聽說松方在收集美術品，只知是個了不起的大企業家，田代有點摸不著頭緒。

——就算見到那樣的大人物，我又能幫上甚麼忙？

聽到這個素樸的疑問，岡本說，這你可問對了，隨即露出掀開冒險故事第一頁的少年般的神情。

——表面上是來洽公，但松方先生據說其實另有目的。為了達成那個目的，他需要你的協助。林大使也說，你最適合這個任務。總之你能不能見他一面？

聽到岡本這麼說，田代更糊塗了。

——真正的目的？需要我的協助？我最適合那個任務？而且居然連林大使也這麼說……

田代感到非同小可，在一頭霧水的情況下，某個星期天早上去了松方在倫敦的下榻之處。

松方的寓所在聖詹姆斯公園南側的高級公寓「安妮女王公寓」內。這棟十二層樓的集合住宅，低樓層是飯店，住宅層的居民也享受飯店的服務。主要的住戶都是貴族和國會議員這種富裕階層，日本人好像只有松方一人。

本以為是在飯店大廳碰面，沒想到岡本轉告他，對方說有東西想先讓他看看，請他直接去房間。他問是幾號房，岡本說：「你去了就知道，松方先生的房間窗口會有信號。」即使他追問甚麼信號，岡本也只是叫他先去再說。田代只好抱著如墜五里霧中的心情出門。

遼闊的公園西側是白金漢宮，東側有國會議事堂和英國政府的主要設施，堪稱最有大英帝國風範的壯麗地區。安妮女王公寓就傲然矗立其間。

——這就是松方先生住的公寓嗎？

這棟仰望時甚至會脖子痛的高樓，據說竣工於五十年前，令人驚嘆。據說維多利亞女王還曾感嘆這棟公寓令她再也無法從白金漢宮看見西敏寺——。

就在這時。

他看見五樓的邊間窗口，有一塊白布迎風招展。別的窗子都緊閉，唯有那扇窗子打開，有白旗似的布塊飄揚。田代當下拿定主意，去那個房間一探究竟。他規矩地敲了二下門——。

「——松方先生出現了嗎？」

吉田問。

「對。是他本人來開門。」

田代回答。吉田說聲「果然」，憋住笑聲，

「那麼，那面白旗是甚麼？」

他又問。田代故意一本正經。

「——是兜襠布。」

「兜襠布？」

「對。他說是自己親手洗的。」

二人不約而同放聲大笑。

在冠有安妮女王大名的高級公寓窗口晾曬的兜襠布「白旗」歡迎下，田代與倫敦名流之間早已無人不知無人不曉的企業家松方幸次郎見面了。

單身赴任的寓所客廳並不大，頂多只有桌椅和沙發，看起來就給人臨時寓所的印象。

松方像招待遠來好友般說著「歡迎歡迎，請進請進」，把田代邀入屋內。
一頭霧水來到這裡的田代，與松方面對面坐下後，突然開始緊張該說甚麼才好，腦中一片空白。
「枉費人家還特地用兜襠布迎接來減緩你的緊張……」
吉田還在笑。笑到都流眼淚了。田代又一本正經板起臉，
「這件事，為了松方先生的名譽，直到此刻之前我一直沒提過。都是因為總理您太擅長套話了，害我不小心說出來。」
說完他露出苦笑。
「不，松方先生肯定也在天上一起笑。哪，是吧？」
彷彿故人也一起坐在簷廊，吉田對故人如此呼喚。
「結果你們談了甚麼？」
「別提了，我緊張得要命……起初談了些甚麼，我完全想不起來。不過……」
過了一會，松方說，我有東西想給你看，請跟我來。把田代帶去隔壁房間。
田代說，他在那裡看到的，是一幅畫。
「一幅畫……」
吉田呢喃，田代點點頭，
「他說『我就是想讓你看這個』……是弗蘭克·布朗溫的畫作。」

弗蘭克．威廉．布朗溫。皇家藝術學院的會員，以繪畫創作為中心，也涉獵雕刻、工藝、版畫、廣告美術、家具設計、建築、室內裝潢設計等方面，是創作領域廣泛的藝術家。不僅在英國，當時在法國及美國也頗受歡迎。很難用「畫家」一詞簡單定義他，但在田代看來，他的確是擁有精湛技術的「靈巧」畫家。

一八六七年，生於設計士父親因工作關係移居的比利時，布朗溫沒有接受正統學院派的美術教育，在旁觀父親工作的過程中自然對創作產生興趣，幾乎是自學作畫。到三十幾歲為止始終未獲肯定，他一邊從事船隻甲板員等工作一邊拚命繼續創作。他的繪畫主題之所以以船隻和造船廠居多，就是因為來自個人體驗。

進入二十世紀之際，巴黎及紐約的畫商與珠寶商開始委託他做室內裝潢和設計，他精力充沛地完成各種工作。由於長期未能發跡，任何工作他都欣然接受。說得特別好聽是天才型的全方位發展，說得普通好聽是中庸，說得難聽就是沒個性——這是後來田代對布朗溫的評論。

那是田代第一次見到布朗溫的畫。造船廠的風景——暗褐色的畫面，描繪一群男人光著上身揮舞槌子的情景，是風格厚重的畫作。

——你覺得怎樣？

被松方這麼一問，田代遲疑了。

他不知該如何回答。如果說這幅畫真好，那分明是在逢迎拍馬。可是如果說這畫好沉重，又太直白了。——該怎麼辦？

「結果田代小青年是怎麼回答的？」吉田打趣地催促。

田代抓抓白髮，靦腆地說：「我說，彷彿可以聽見槌子的敲擊聲。」

「原來如此，小夥子，說得好。」

「是，總算混過去了。」

二人哄笑。

松方在第一次大戰期間赴英時，看到布朗溫創作的戰爭海報——那是政府宣導徵兵制度及激發愛國心的宣傳海報，松方這才發現這位號稱「一張海報就足以匹敵一個軍團兵力」的藝術家雄厚的潛力。過去松方滿腦子只有事業，並未積極對美術品產生興趣，但他這時第一次對「繪畫」萌生興趣。當他路過畫廊時，湊巧見到布朗溫的作品。看到那現代化的主題——船隻、造船廠以及壯碩的勞工們，他當下買了那幅畫。

他一眼看到就覺得親切，本以為繪畫是高尚難以接近的東西，原來也有這種描繪現代情景的作品，這讓他感到既新鮮又有趣。

松方就這樣一點一滴增購布朗溫的作品。後來還透過介紹見到畫家本人，徹底傾心於畫家寬容的個性與全方位的才華，開始認真收集他的作品——經過大致如此。

講到這裡，田代終於得知松方為何需要自己的協助，那天被叫來的理由，以及松方赴歐的「真正目的」。

——田代。林大使告訴我，你是為了學習西方藝術史專程來歐洲。他說你相當有風骨。

你能不能做我的美術品收集顧問？

「初次見面，而且對我的經歷、我打算研究甚麼，乃至於是否具有審美眼光，他一概不知。說穿了，我只是個來歷不明，說甚麼『彷彿可以聽見槌子敲擊聲』這種青澀台詞的毛頭小子，松方先生卻開口提出這種請求。」

初次見面就提出的請求。田代鮮明記得那瞬間。而且事後每次想起都忍不住微笑。

「可想而知你八成嚇得目瞪口呆。」

吉田愉悅地笑了。

「不過，松方先生果然厲害。一打照面就立刻看穿田代雄一是何許人物。因為你可是日後獲得全球肯定的偉大學者，藝術史研究的第一把交椅。」

「哪裡哪裡。不敢當。」

田代謙虛推辭。

「當時我甚麼人也不是。連東南西北都分不清楚，英文也講得沒那麼好，不是企業家不是官員，不是教師甚至也不是學生——只是個一心一意追求藝術的年輕人。」

與松方的相識，讓那個甚麼人也不是的自己，成了一號人物。

也不知究竟是哪一點被松方看中。不曉得該說順理成章，還是瞎貓碰到死耗子，或者該說「天上掉下餡餅」。

總之不管怎樣，田代初次見到松方幸次郎就立刻成為他的美術品收集顧問。他完全沒料到，自己會參與日後被稱為「松方收藏品」，歷經離奇命運的這批傑出美術收藏品的形成。

「這大概就是所謂的緣分吧。」

吉田幽幽說。

「的確找不出別的形容詞。」

田代贊同。

自從第一次赴歐邂逅松方後，田代不僅為了自己的研究，也為了文化及學術交流一再訪問歐美。同時也擔任帝國美術院附屬美術研究所所長、東京美術學校的教授。

戰時，他暗自祈求戰事早日結束，卻沒有呼籲過反戰。了解歐美現狀的田代很清楚，日本的對手是多麼強大的國家，而且是多麼周密又毫不留情地擊潰敵人。但他沒有任何方法可以提醒國家「這場戰爭莽撞無謀」。

當時他和松方已經疏遠了，但他不時會想起松方。他在想，松方先生對這場戰爭不知做何感想。

那是個無論對誰都難以理直氣壯說出自己意見的時代。

戰爭末期，日本終於遭到美軍轟炸。人命自然不消說，連全國各地寺院和神社的文化財產也面臨戰火波及的危機。田代努力通知各設施機構將文化財產送往鄉下避難，但人手和資金都不足，明知空襲隨時有可能降臨，卻陷入絕望的狀況，不知怎樣把佛像送走，又能送到何處避難。

然而，集中於京都和奈良的多數文化財產，奇蹟地平安迎來了終戰。但田代還是深感自己的無能為力。

就結果而言文化遺產保住了。不過，並非主動保住。自己應該要更積極採取行動的。他很不甘心。不料，他以意外的方式再次和文化遺產扯上關係。一九五〇年，文化遺產保護法制訂時，政府請他擔任諮詢委員。

文化財產不能再次陷入危機——抱著這個想法，田代接下這個職位。

巧的是，就在他決心為藝術再出把力的當頭，收到松方的死訊。

松方晚年被迫退出財界也退出政壇，妻子也過世了，他失去了一切。

有段時間傾注所有熱情收集的美術品，也未能留在他身邊。

再次想起這個結局的吉田與田代，頓時打住對話。

吉田把菸頭扔到簷廊下方，仰望五月清爽的晴空。田代知道，這位現任總理大臣此刻正在緬懷故友。

吉田將視線轉移到隨薰風搖曳的石南花，驀然說道：

「你知道嗎，田代，我很懊悔當初沒能參加松方先生的喪禮。」

這意外的一句話，令田代不禁望向吉田的側臉。吉田沒有轉頭看田代，

「我很想趕去……可是……當時局面太難了……」

他像在說服自己般低語。吉田的懊悔在田代的心頭靜靜響起。

松方過世，是在三年前的一九五〇年六月二十四日。

前一年因腦溢血病倒後，就在弟弟森村義行位於鎌倉的別墅僅有二間大的小偏屋——主屋已被美軍接收，在么女為子的照顧下與病魔格鬥，可惜不幸併發肺炎，心力和體力都潰散了。

據說在臨終前，身為虔誠基督徒的為子替他受洗，讓他安詳地奉主寵召。

田代透過友人——松方之女花子的夫婿松本重治接獲消息，二話不說就立刻趕去。

松方幸次郎的遺體瘦小得判若兩人，但遺容已脫離俗世汙濁一臉安詳。

松方幸次郎波瀾萬丈的人生劃下休止符的這天，日本的歷史出現重大變動。

太平洋戰爭結束屆滿五周年，以美國為主的戰勝國，終於開始積極與日本和談。

六月二十一日，美國國務卿約翰・福斯特・杜勒斯訪日，準備簽署對日和約。對日和約盡早簽訂正是吉田茂的心願，也是最重要的任務。

吉田賭上政治家生命，傾力與杜勒斯會談。這將關係到翌年簽訂的舊金山和約。

六月二十二日，吉田與杜勒斯進行會談。

二十五日，北韓越過將朝鮮半島劃分為南北兩半的「北緯三十八度線」進攻南韓，朝鮮戰爭爆發。

二十七日，美國的杜魯門總統對北韓宣戰。

日本拚命摸索自立、和平之路，在東亞，新的戰火爆發。

就在這樣的劇變中，松方幸次郎過世了。

六月二十七日，於鎌倉的大町天主公教會舉辦松方的告別式。

祭壇的高處放著綴有「內閣總理大臣　吉田茂」這塊名牌的花圈。

吉田沒出現，若就時局考量應是理所當然。田代甚至能想見吉田無法出席告別式的憾恨。

教堂門口的馬路擠滿出席者。聽說松方的死訊後，和他有淵源的人們從四面八方趕來。

大家紛紛表示想見最後一面，感激松方先生的照顧。出席者流著眼淚，彼此為重逢欣喜。他們說，是松方先生讓我們再次齊聚一堂，謝謝您——。

目睹那一幕，田代再次感到，故人不知受到多少人信賴、愛戴，又是如何鼓舞了他們。

也再次感到，其中受惠最深的一人就是自己。

「——當時，如果總理您趕來出席喪禮……」

田代恍惚的眼神射向空中，如此喃喃自語。

「松方先生大概會生氣吧。可能還會大罵現在不是來這種地方的時候。」

吉田驀然笑了。

「是啊……肯定會這樣吧。」

松方幸次郎，已經不在了。

但——

「松方收藏品」，歷經將世界一分為二的那場大戰，此刻，放在法國。

為了取回那批作品，田代不久將前往巴黎。

2

一九五三年六月
巴黎　日本大使館

從凱旋門呈放射狀伸出的大路之一奧什大道沿線，成排的七葉樹在石板步道上形成綠蔭。路旁仍保有十九世紀後半興建當時模樣的公寓整然林立。其中一棟，是去年剛剛重新開放的日本大使館。

前年九月，簽訂對日本的和平條約，也就是舊金山和約。日本終於徹底擺脫「戰敗國」，恢復獨立，做為一個國家重新出發。

因此在簽訂和約的各國設立日本大使館。

日本與法國自一八五八年簽訂日法修好通商條約以來，持續交流了八十年。結果卻因之前的大戰斷絕關係。

不過，先人締造的交流歷史奏效，戰後，兩國率先朝著復交展開行動。日本戰敗的翌年，一九四六年法國軍事代表官員抵達日本展開外交。

另一方面，一九五〇年十月，日本政府在外事務所於巴黎成立，由外交官萩原徹擔任所長。之後於一九五二年日法恢復正常國交，日本大使館重新開門。

戰後第一任駐法大使是西村熊雄。西村在戰前是日本駐法大使館的書記官，戰後擔任條約局長，簽訂舊金山和約時負責事務，是總理大臣吉田茂的得力助手。另有萩原徹擔任公使，協助西村大使。戰後第七年，日本與法國再次成為友好邦交國。兩國之間在戰時擱置的案子，必須盡快解決。首當其衝的，就是「松方收藏品」。

為了取回被當成敵國財產——正確說來不是「敵國」是「個人」財產——遭到法國沒收後，一直扣留在法國國內的「松方收藏品」，絕不能錯過這個機會。

為了討回收藏品，日本政府指名的交涉代表之一，就是藝術史學家田代雄一。

田代隨同文部省事務官雨宮辰之助，在奧什大道的日本大使館內某會議室的桌前坐下。

窗外七葉樹的綠葉在午後陽光下閃耀。等候西村大使抵達之際，鄰座的雨宮小雞啄米似地開始猛打瞌睡。就在剛才，他還站在凱旋門正下方放眼眺望香榭麗舍大道，勇氣十足地嚷著：「好，拚了！」就像是準備上戰場打天下的大將……田代暗自好笑。

二人在前一天深夜抵達巴黎，這天下午立刻前往杜勒麗花園的橘園美術館，觀賞莫內的〈睡蓮〉。這是因為第一次出國出差的雨宮抱怨時差調不過來，幾乎整夜沒睡，所以田代才帶他出門。已有多次出國經驗的田代知道，要調時差最好的方法就是曬太陽。不過，在綠意盎然的公園散散步，欣賞莫內描繪的清新睡蓮後，雨宮似乎已變得活力充沛。

敲門聲響起。田代站起來，本來向前傾身打瞌睡的雨宮也慌忙站起來。

門開了，是西村大使，萩原公使也跟著現身。

「歡迎田代老師。謝謝你大老遠趕來。」

西村倏然伸出右手。打招呼時不是鞠躬而是很自然地握手，這種態度很有外交官的標準作風，同時也頗為優雅。瘦臉戴黑框眼鏡充滿知性風情的西村，和田代是舊友。

「好久不見。很高興能見到閣下風采依舊。」

田代一邊握手，一邊客氣寒暄。

「別用『閣下』寒磣我了。被老師這麼稱呼我都不好意思了。」

西村說，田代報以微笑。

「那麼至少請讓我喊你大使。日本大使終於重回法國，真是可喜可賀。」

接著田代也與萩原握手。這位同樣是老熟人了。

「好久不見，田代老師。重回巴黎的感想如何？」

萩原從容不迫說。萩原也是道地的外交官出身，屬於知法派，對於駐日法國大使館重開頗有貢獻。如果沒有此人，恐怕無法這麼快就重開。

相慶重逢寒暄敘舊後，田代介紹雨宮。剛才的瞌睡蟲早就不知去哪了，雨宮就像被掛在衣架上似的站得筆直。

「這位是文部省的雨宮。這次的『歸還』任務，由他負責日本方面的事務。」

「敝姓雨宮。很榮幸能夠見到大使閣下。」

雨宮說著深深一鞠躬。

「啊，辛苦了。這是第一次來法國嗎？」

西村隨和地問。

「是的，這是第一次。」

雨宮紅著臉回答。

「我記得你們是昨天抵達的吧。長途旅行想必很累。」

萩原也開口慰勞。

「是……不，呃，不是，不會，雖是長途飛行，但托您的福我很好。」

雨宮結結巴巴的回答讓田代忍俊不禁，但他還是憋住笑意說：

「不過，幸好搭的是法航，從羽田起飛只用了五十個小時就到巴黎了。時代果真不一樣了。」

「是啊。戰前從橫濱到馬賽搭船就要一個月。就算經由滿鐵[3]利用西伯利亞鐵路也要二星期。相較之下這真是飛躍性的進步。」

西村如此接腔。

西村和萩原，以及田代，昔日都耗費了漫長時間在旅途上。耗費的不僅是時間，也需要昂貴的費用和長途跋涉的體力與意志力。因此，在那個年代若要出國就得有相當的準備與覺悟才能實現。

如今民航機可以飛往海外，今後國際交流想必會更頻繁。昂貴的機票錢，現在還不是一般人能夠付得起的。不過，今後日本經濟不斷成長，等到國民富裕了，或許將來人人都能夠隨意出國旅行。但願有那樣富足的一天——短暫的對話中，田代敏銳察覺西村心底的這個期望。

「對了，吉田總理還好嗎？」

一坐下，西村立刻問。

「是的，非常好。」

田代不假思索回答。

「我出國的前夕，還去大磯拜訪過總理，請教談判對策。我本來以為第五次內閣剛剛組閣，總理想必很累，還不知有無機會拜見總理，心想能有五分鐘見面時間就很幸運了……沒想到驀然回神才發現已打擾了三小時。」

扼要說出他們如何談論松方幸次郎的種種回憶後，西村和萩原都興味盎然地傾聽。

「嗯，原來如此。『松方收藏品』的歸還終於逐漸有了實現的可能，所以總理想必也很關心吧。」

萩原的話語之間帶有一點滿足。田代點頭回應。

3.滿鐵：南滿洲鐵道。日本當時為了經營滿洲（中國東北）奪得路權後成立的鐵路公司。

「是的。總理很了解，就算是為了擺脫『戰後』這個束縛，也需要文化的力量。」

剛組閣正是忙碌之際，吉田茂卻抽出三個小時與藝術史學家會晤，田代自己比任何人都清楚，這點絕不尋常。換言之，那代表吉田把取回「松方收藏品」視為重要案件。

「松方收藏品」如果歸還日本，將會成為我國卸下「敗戰國」的頭銜達成復興的「醒目標誌」。田代透過在大磯的會談知道，吉田就是這麼想的。

「那個……恕我冒昧想請教大使、公使兩位閣下一個問題，可以嗎？」

一直姿勢筆挺旁聽三人對話的雨宮，這時帶著顧忌問道。

「當然可以。你不就是為了這個耗費五十個小時飛來嗎？有甚麼問題儘管問。」

西村寬容地回答，雨宮說：「是，那麼——」然後小聲乾咳了一下。簡直像教授與學生的對話，令田代忍俊不禁。

「吉田總理出席舊金山和會時，曾對一同出席會議的法國外交部長舒曼商討歸還『松方收藏品』，所以談判才有了進展……但在那之前，換言之，戰後不久，我聽田代老師說總理就已對留置在法國的那批作品耿耿於懷。歸根究柢，戰時下落不明的收藏品，究竟是幾時、在何處、怎麼被發現的？我是認為或許可以根據當時的狀況擬出談判對策……」

比方說是在松方位於巴黎的公寓找到的，或者在中立國瑞士的銀行管理下，如果是在能夠證明這批作品「屬於松方幸次郎個人所有」的狀況下發現的，應該就能輕易推翻被當成「敵國海外財產」沒收的立場。然而法方並未把發現當時的狀況詳細告訴日方，因此田代也很想知道這點。

田代接到「松方收藏品被發現」的消息，是在一九五〇年秋天。來通知他的，是松方的女婿松本重治。

據松本表示，是駐日法國軍事代表部突然聯絡松方三郎——和松方的年紀差了一大截的同父異母弟弟，表示「想與松方幸次郎取得聯繫」。三郎告訴對方松方已不在人世，對方詢問：「法國目前保管松方氏的收藏品，有誰了解那件事嗎？」令三郎啞然。

三郎雖知兄長昔日在鼎盛期曾於歐洲蒐購一批美術品，但那些作品留置在英法就開戰了，松方度過寂寞的晚年黯然離世，因此那些風光時期的美術品早就被塞到記憶的角落拋諸腦後。身為記者兼日本代表性登山家的三郎，與美術八竿子扯不著關係，突然接到法方的詢問當下很困惑，只能找親戚松本重治商量。

松本是曾在歐美留學的國際派記者，在國內外都有廣泛的人脈。吉田茂也把他視為智囊之一，私下支持吉田的國際政策的白洲次郎就是他的學弟。戰後致力於「在日本創造真正的國際交流據點」，建設國際文化會館。就在這節骨眼上，敬愛的岳父過世，他繼承遺志，越發執意要用文化的力量振興日本。

松本立刻聯絡老友田代。就松本所知，最了解「松方收藏品」的人物除了田代雄一再無第二人。田代至今仍清楚記得接到松本電話的瞬間。話筒那頭的松本聲音在顫抖。

——老師，現在方便嗎？請仔細聽我說。

我岳父，松方幸次郎的那批「收藏品」找到了。

對，對，沒錯。找到了。不，這我不知道。詳情還不清楚……。

是法國那邊通知。他們找到松方三郎先生。說想和松方幸次郎聯絡。詢問他現在人在哪裡……。

說到這裡，松本哽咽難言。

難以置信。握話筒的手不停哆嗦。田代二話不說就衝出家門。

田代和松本重治、松方三郎一起前往法國軍事代表部，會見莫里斯・德讓代表。圓臉蓄小鬍子的代表，神情嚴肅地面對三人。隨即用法語說。

——松方幸次郎氏昔日收藏的美術品，現在，被法國政府視為「二次世界大戰時的敵國海外財產」接收保管。

首先，這批收藏品的現在所有者，是我國政府，這點請各位記住——。

「至於收藏品發現時的狀況……很遺憾，我這邊也不了解詳情。」

聽了雨宮的問題，首先由萩原回答。

「不過，目前收藏品放在國立近代美術館的倉庫。我們只被告知這點。」

「那麼，這是否表示，戰時收藏品也是被藏在那裡？」

雨宮又問。

「這就不知道了。對方只告訴我們戰時下落不明……」

萩原含糊回答。

「是甚麼樣的經過不清楚，總之對方說找到收藏品了，現在放在近代美術館——而且強調現在『屬於法國政府所有』。這就是對方的見解。」

造訪日本駐法大使館的那晚，田代及雨宮聯袂出席大使官邸的晚宴。

二人住的是馬德萊娜教堂附近的飯店。清爽地沖個澡，換上新襯衫打領帶，二人前往馬德萊娜廣場。

從昏暗的飯店大廳一走出去，雨宮立刻仰望蔚藍無雲的夏日天空驚呼。

「哇，這太陽怎麼這麼大。都已經晚上七點半了……簡直像正午。」

「因為夏至快到了吧。這個時期到十點天都還是亮的。」

田代說。

「啥？十點……晚上嗎？不會吧，真不敢相信……」

雨宮眨巴著眼反問。

「這種陽光……沒想到好歹都是『晚間』了陽光還這麼刺眼。和日本截然不同呢。真是不來不知道。」

田代第一次來歐洲時的感想也正是如此。只覺得所見與所聞差了十萬八千里。

巴黎的緯度比東京高，因此正午高度——也就是太陽升至中天的位置較低，從旁照射的日光動輒令人感到刺眼。天空也藍得深邃，很耀眼。他是在歐洲生活了好幾年之後才明白，那同樣也是因為緯度高所以陽光下會有這種感覺。

田代初次在巴黎度過夏天時——對，就是追隨松方幸次郎從倫敦來到巴黎時——雖已知天黑得晚，但比倫敦更刺眼的眼光還是讓他吃驚。倫敦即便在夏天也多半是陰天，有時甚至會冷，很少感到陽光耀眼。所以夏天的巴黎之耀眼甚至讓他暈眩。

為了享受始終明亮的夜晚，人們聚集在街角的咖啡屋談笑。就算天終於黑了，街上依舊喧囂熱鬧，不知從哪傳來手風琴的聲音。街上到處都有不散的宴席。塞納河和泰晤士河比起來顯得更窄，陽光灑落水面流淌的情景，更襯托出永恆之都的璀璨華美。

「不過話說回來，第一次體驗巴黎的夏天，倒是讓我有所發現。」

「發現？發現甚麼？」

田代稍微抬起留學佛羅倫斯時在帽子名店「帕尼扎」買的巴拿馬草帽帽沿，如此說道。

雨宮問。汗珠停留在太陽穴。

「印象派。」

「——印象派？」

雨宮納悶不解。田代綻放笑容。

「你今天第一次看到莫內的畫吧？有甚麼感覺？」

雨宮一頭霧水地應了一聲，但西方藝術史權威的問題不能不回答。

「這個啊……畢竟是名作嘛。我感覺很厲害。即使是那麼大的畫面，還是掌控得很好，而且很有平衡感，可以看出莫內的畫技之高……」

「不對，不對。你那不叫做『感覺』吧。那是你的腦子『思考』的東西。我是問你的心，你的眼睛，有甚麼感覺？」

再次被這麼詢問，雨宮愣住了，但他立刻小聲驚呼：

「刺眼。陽光非常刺眼。」

田代莞爾一笑點點頭。

「對，這樣就對了。」

「是，不好意思。」

雨宮規矩地低頭行禮。

「印象派的畫很刺眼喔。充滿光線。莫內的畫就是最好的例子。你知道為何會感覺刺眼嗎？」

雨宮猛然駐足，抱著膀子，一手放在下巴沉吟。田代不禁失笑。

「你看你，又來了。簡直成了羅丹的雕刻『沉思者』。」

「咦，真的耶。」

雨宮慌忙鬆開雙臂，報以苦笑。

「雨宮，你站在橘園美術館的莫內畫作前時，有沒有覺得就像站在睡蓮綻放的池塘邊？」

「對，就是這樣。」

「為什麼呢——那是因為莫內在夏天的陽光中，把自己眼中所見，如實摹寫在畫布上。」

所以，觀者等於透過莫內的眼睛看到了池塘風景——田代如此解釋。

「我透過莫內的眼睛……」

雨宮喃喃嘀咕。

「是的。」田代再次強調。

「不只是莫內的畫。印象派，以及之後登場的梵谷、高更及秀拉，新銳畫家們全都走出畫室，到戶外創作。」

過去畫家通常都是在畫室裡面對著模特兒創作。為了得到安定的光線，大多數畫室都是面對陽光照不進來的北方。觀諸印象派之前的法國繪畫，就算是用色明亮的作品，也不至於耀眼得令人瞇眼。走出畫室在戶外光線中創作，為印象派的畫面帶來那種耀眼的光芒。

「我夏天剛來巴黎時，就是發現了這個。我心想，原來是這種光線。」

年輕時代的田代發現，莫內，雷諾瓦，梵谷的畫布上洋溢的光線，原來就是這街頭洋溢的光線。

轉眼過了三十幾年。

那場戰爭之後，失去了許多東西，各種事物巨變。此刻世局仍在變動，不過，這街頭洋溢的耀眼光芒不會變——是的，打從昔日的印象派。

這個事實，讓田代得到些許鼓勵。

日本大使官邸，位於法國總統執行公務的艾麗舍宮附近聖奧諾雷市郊路旁的時尚公寓中。

自從西村熊雄大使到任以來，接待過無數要人、賓客，也辦過私人餐會順便開會。

從日本來的訪客還不算多。所以，一旦「有同胞自遠方來」，當然不能不好好款待。餐會一開始，西村就說，希望大家不要客氣儘管放輕鬆。明天要坐上嚴肅的談判桌，今晚先吃點美食養精蓄銳。

——這種身經百戰的外交官才有的貼心，讓田代很感激。

官邸的餐廳餐桌已鋪好雪白的桌布等待客人抵達。田代被安排在上座，西村、萩原、雨宮依次就坐。本應同席的夫人們似乎都迴避了。或許是大使事前交代過今天的聚會話題可能有點麻煩吧。

當天下午，在日本大使館碰面的四人，針對翌日預定與法方就歸還「松方收藏品」進行的會議，促膝做了一番討論。

已故的松方幸次郎，昔日在歐洲蒐購的西洋繪畫、雕刻作品「松方收藏品」。總數據說多達數千件，但實際上誰也不知道正確數目——這點，根據過去的調查早已知道。

「松方收藏品」大致分為三批各有不同命運，這點田代等人也早已知道。

第一批是帶回日本的，在松方生前遭到拍賣，賣到日本國內外。

第二批放在倫敦的倉庫保管，卻不幸因失火燒毀。

第三批放在巴黎的羅丹美術館倉庫保管，戰時下落不明。

此外，除了西洋繪畫與雕刻，松方也曾收集大量的浮世繪。這是受到十九世紀後半至二十世紀初席捲歐洲的日本風潮「日本主義（Japonism）」的影響，把法國珠寶商人亨利．維威爾收集的作品全數買下。只有這批浮世繪免於佚失，戰前獻給皇室，目前收藏在東京國立博物館。

這次要和法國政府放上談判桌交涉的，就是這第三批「下落不明」的作品。

雖然中間經過的詳情未被告知，但總之下落不明的「松方收藏品」在戰後找到了。一舉發現了數百件知名畫家的名作。法國政府自然不可能放過。查明日本人——敵國人民——是「昔日」的擁有者後，法國政府立刻接收，留置在國立近代美術館的倉庫。

一九五〇年秋天，松方之弟三郎接到法方電話表明「想與松方幸次郎取得聯繫」時，距離法國政府接收其實已過了一段時間。事後才知，收藏品在太平洋戰爭結束那年，也就是一九四五年的前一年，被德國納粹占領的法國獲得聯軍解放那年就已找到了。換言之，松方家接到消息時，距離發現作品已過了六年之久。

松方最熱中蒐購這批收藏品的一九二一年，當時羅丹美術館的館長萊昂斯．貝內迪特擔任松方的顧問，建議他主要購買法國近代繪畫。松方沒有把買下的作品立刻送回日本，透過貝內迪特的關係保管在羅丹美術館當成倉庫使用的禮拜堂。同年，田代曾被松方帶去這個禮拜堂參觀這批作品。

結果第二次世界大戰就此展開，這批作品被某人從羅丹美術館帶走，就此下落不明。

據說多達數百件的作品一下子全部下落不明也很奇怪，但究竟是被人趁著戰亂偷走，還是被納粹德國接收，或者藏在秘密的地下室，戰時這批作品在哪受到甚麼樣的待遇——就連這個問題本身法國當局是否了解，日方都沒有被告知，至今始終一團迷霧。

但那本來就不是爭議點。總之原本下落不明的作品找到了，目前保管在國立近代美術館的收藏庫——這點已經得到確認。

法國當局之所以與松方家聯絡，是因為已經查明這批作品的「原主人」是松方幸次郎。

一收到法方的聯絡，松方家的人和田代都相信奇蹟般被找到的「松方收藏品」想必會一件不少、毫髮無傷地原封不動歸還給松方家，因此大喜過望。親族含淚欣慰地想，未能再次見到收藏品就過世的松方幸次郎這下子想必也能在地下瞑目了。

沒想到，法方的通知內容令人意外。

——「松方收藏品」是松方幸次郎氏舊藏的財產。

然而，之前那場大戰過後，敗戰國的海外財產由聯合國各當局負責接收，就算是個人財產，有時也會被沒收作為賠償。這批收藏品也基於同樣理由被法國當局接收，目前擁有者已成為法國政府。

當局在今後的戰後處理上，認為應該告知「原主」松方幸次郎氏及其親族，該收藏品之所有權已移交給法國政府。

尚祈理解——。

「——法國不僅不歸還『松方收藏品』，還先發制人的聲明已經收歸己有。純粹只是基於禮貌上知會原主……感覺就是這樣。」

喝著餐後咖啡，田代如此說。

大使官邸的晚餐桌前，開始繼續白天的會議。

官邸雇用了法國廚師，服務生也是法國人。他們一邊對著在日本是「高嶺之花」的法國料理套餐食指大動，一邊議論「法國的不合理行為」。說來諷刺，但田代親身體驗到，國際外交，尤其是在戰後處理上，絕對有可能出現這種矛盾。

「我請松方三郎及松本重治這二位以『諮詢顧問』的立場，一同出席與法國駐日代表會談……但二人看起來都目瞪口呆。而且……完全無法反駁。」

田代的語氣帶著一絲苦澀。

大使西村在濃縮咖啡杯放入方糖，拿銀匙緩緩攪拌，

「各位的心情，我可以理解。」

他沉靜地說。

「但，那就是……日本現在的位置。我們的國家，的確就是『戰敗國』。」
是的，日本的確是「戰敗國」，該如何擺脫這個位置？
簽訂舊金山和約時身為條約局長輔佐吉田茂的西村，對那個困難性和重要性都非常清楚。
「可是，在松本重治先生的判斷下，找吉田總理商談此事真是一針見血。當時，簽署合約的準備已進行到最後關頭，但總理還是為了此事立刻採取行動。」
松本從法國當局不管出於甚麼動機還是通知日方找到「松方收藏品」的這個事實，嗅到一絲「歸還」的可能性。
身為吉田茂智囊之一的他，立刻向總理請求私下會面。得知主旨是「關於松方幸次郎舊藏的收藏品」，吉田立刻把松本叫去他在箱根的別墅。當時田代也去了。
——我岳父的收藏品在法國找到了。而且現在被法國政府接收，很遺憾地成了他們的東西。
一見面立刻接到松本如此報告，當時吉田茂的神情，田代永遠忘不了。
起初是逐漸擴大的驚愕。接著，逐漸射出不可思議的光芒。
——是嗎……松方先生的收藏品啊……。
吉田茂嘟囔一句，沉默片刻，隨即慢條斯理地發話。
——既然如此，那就討回來吧。
把那些收藏品——討回這個國家。

晚餐後，西村品嘗香氣馥郁的咖啡與糕點，開始描述吉田茂對於歸還「松方收藏品」的談判是如何積極。

「關於這批收藏品，我第一次聽總理提起，就在松方三郎先生、松本重治先生與田代老師一起去找總理商量之後。」

「也就是說，是一九五〇年的年底……是嗎？」

田代問。

「對，沒有錯。」

西村點頭。田代不禁沉吟。

「原來如此。那時……對大使來說應該是最艱難的時期吧？」

「的確。老師果真明察秋毫。」

西村說著苦笑。

「當時我在外務省擔任條約局長，在兼任外務大臣的總理指示下，正忙著整理日本這邊針對合約的事項。」

戰後，日本外務省最大的課題，就是盡快與戰勝國簽訂和談條約。

對日和談條約，是終結二次世界大戰時同盟國諸國與日本之間「戰爭狀態」的條約。

日本於一九四五年對同盟國諸國「無條件投降」。在國際社會上日本純粹是「戰敗國」，遭到代表同盟國的美國占領，換言之如今還在「戰爭狀態。」

為了脫離這種狀態，恢復國家主權，必須與同盟國諸國簽訂和談條約。

日本的目標，是「全面和談」——換言之，一國不缺地簽訂所有同盟國批准的和談條約。

「和約的內容，想必是以美國為中心由同盟國方面決定的，但日本方面擬定的又是甚麼樣的內容呢？」

雨宮問道。白天開會時他還很緊張，但在晚餐的桌前，葡萄酒的醉意加上與生俱來的好奇心，讓他態度一轉，什麼都想問西村熊雄這個戰後史的活見證。

「一言以蔽之，就是把日本的希望說清楚。」

西村扼要說明。

「美方準備的條約內容，我們已大致掌握。因為有些戰後處理用的文件早已存在。」

開羅宣言、波茨坦宣言、投降書、華盛頓極東委員會對日基本政策的文件複寫本，外務省都已弄到手。

而且在一九四六年的巴黎和會上，也提出了針對二次世界大戰戰敗國義大利、匈牙利、羅馬尼亞、葡萄牙、芬蘭的和談條約。

只要分析這些文件，就不難想像同盟諸國想怎麼打造「新的日本」。

「那麼，我們事先分析他們的要求，檢討哪些能夠接受，哪些難以接受……如此這般確立日方的態度，是這樣嗎？」

雨宮又問。

結果西村用悟道者的語氣說：

「要真是那樣就好了……可惜所謂的外交，通常沒這麼順利。」

「田代老師和雨宮君想必還記得……外務省事務當局整理的『日本針對預設和約內容之期望』這份內部資料，全盤被美國雜誌抖出來。」

雨宮小聲驚呼：

「我記得。那篇報導的內容……我們文部省除了大臣誰也不知道，因此非常震驚。」

「那次的確是嚇了一跳。」

田代也對那篇獨家報導印象深刻。《世界報導》（World Report）雜誌於一九四七年十二月九日號刊載的報導，對華盛頓和東京雙方造成衝擊，也引發議論。

「不過，那次事件感覺上好像立刻被擺平了。是不是有甚麼外交角力在背後作用？」

田代繼續問。

「這個就很難說了。」

西村回答。

「到底是從哪外洩的，我們也像被潑了一頭冷水……那本來就不是正式公文，華盛頓當局或許也認為，『日本並非束手無策地乾等著，原來也在拚命思考啊』。」

西村身為負責整理的人，當然就算被究責也不足為奇。他想必也抱著丟官的心理準備，但田代猜想，八成是吉田不讓他走吧。他是吉田全心信賴的心腹，最重要的是吉田想必打算讓西村賣力工作到和約簽訂為止。

「總之，日本的目標是『全面和談』。要實現那個目標，就得與時間賽跑。為了盡快與美國洽談，早日實現和談，日本政府的確相當焦急。」

西村接著又說。

日本急著和談自有其理由。

同盟國的二個主要大國——美國與蘇聯，當時雖勉強維持協調，但雙方對戰後處理的想法互有分歧，正處於緊繃狀態。頗有一種危機感，擔心會因某種契機打破平衡，弄得不好甚至可能演變成最糟糕的狀態。

最糟的狀態，就是為了東亞的霸權，美蘇之間爆發戰爭。

中國此刻作為共產主義國家與蘇聯交好。日本被美國占領。朝鮮半島分裂為二，成了體制相反的南北韓。美蘇將日本與朝鮮半島夾在中間互相牽制。

如果這兩大國爆發戰爭，也甭提甚麼對日和約了。繼第一次、第二次世界大戰之後，世界想必又會被捲入第三次大戰。而且不能排除日本變成兩國主要戰場的可能性。

必須盡快全面和談——西村等人焦急的背後，很諷刺的，有著非和平的戰爭威脅。

「總理與外務省有多麼急著和談……簡直筆墨難以道盡。」

本來一直沉默聽眾人對話的公使萩原徹，這時用平靜的口吻接腔。

「西村先生拚命策畫，想趁著聯合國還能保持協調之際設法，可惜平衡還是打破了。」

一九四八年二月，聯合國的捷克共產黨發動叛變，誕生共產主義政權。在背後操縱的就是蘇聯。同年六月封鎖柏林，德國隨即分裂為東西德。東德加入蘇聯陣營，西德則成立了西方各國主導的民主主義政府。

東與西。正如這些事件所呈現的，全球被分成東西兩大陣營對立。

「當時已經顧不得被記者曝光，簡直是……一陣戰慄。」

萩原說到「戰慄」這個字眼時，田代也不寒而慄。

在報紙看到「柏林封鎖」這幾個字時，田代記得自己當時也心情晦暗。因為他直覺，這下子「全面和談」恐怕沒希望了。

當時，輿論都期待「全面和談」。如果不能讓所有的同盟國諸國批准和談條約，換言之如果沒有全面和談，日本就不算真正恢復主權——這樣的輿論佔據主流。

然而，美蘇開始「冷戰」後，已不可能全面和談。

日本被迫面臨極為艱難的局面。

按照輿論堅持全面和談的方針，等到可能實現為止——換言之，如果日本決定等到美蘇和解，諸國步調一致為止，那會怎麼樣？

在那期間，說不定會發生最糟的事態——第三次世界大戰爆發。屆時豈不是雞飛蛋打全盤落空？

不等全面和談。不，是不能等。

吉田茂如此判斷。

有了得不到蘇聯、捷克、波蘭三國批准的這個心理準備後，吉田大幅轉向，決定把目標改成以美國為主的民主主義各國的「多數和談」。

吉田的盤算是這樣的；

先達成多數和談，讓各國認知日本的獨立，恢復主權。無論如何這個都該放在第一優先，是獨一無二的終點。

進而取回外交能力，與剩下的三國個別交涉，另行謀求關係正常化。

雖然前途布滿荊棘，但除此之外別無他途，這就是吉田的英明決斷。

「不僅是社會輿論，就連政府內部，對總理的決斷提出異議的人也不在少數。」

西村如此回想。

「世界情勢時時刻刻在變化。而且是惡化。在那種情況下世界能夠對日和談嗎？還有，就算多數和談成立了，之後日本又要怎麼維護本國的安全？憲法上明文禁止日本武裝軍備，萬一被捲入戰爭會有甚麼下場，簡直不要太明顯。如此一來，安全保障不得不仰賴第三國——也就是美國。」

與和談條約表裡一體的日美安保條約，之所以被提出檢討，就是因為有這樣迫切的背景。

「總而言之，為了和談，日美雙方三度準備會談。美國當局的負責人特地來東京會商……」

以西村為首，外務省條約局的官員們，為了這事前會商，不分日夜拚命研擬內容。他們也抱著一絲期待，或許只要誠實相待，對方就會聽進日方的請求。

然而，會談一開始，那個期待就破滅了。

美國代表是這麼開出第一槍——。

——日本無條件投降了。因此，和談條約由我們同盟國擬定。日本只要簽名就好。

我們不是來和日本談判的。是來告知的。

「即便如此，我們還是得表達一下意見才行。畢竟為了這一天，我們這些事務人員不知已辛苦準備了多久。可我們只要稍微露出希望怎樣的意思，美方就立刻用『這是告知，不是談判』一再堵住我們的嘴。」

美方準備的和談內容，大致都在預想範圍內。

不過，任何條項都不許日方發表意見，遑論提出異議。

西村懷著滿腔鬱悶，結束與美方的「會談」，去找吉田報告。

他認真地照實說出會談的大致內容。一邊報告，不禁在膝上用力握緊雙手。

他只覺心頭熱血沸騰。但他未將那股激情訴諸言詞，就此結束報告。

吉田始終淡定地傾聽西村敘述。聽完一切後，他問了一句話：

——你的意見如何？

西村想了一會說：

——對不起。

道歉之詞脫口而出。

——我們力有未逮，事先準備的說詞完全被堵住……那甚至不是「會談」。是「片面告知」。

吉田依然平靜地聽西村說，最後，冷不防問道：

——不甘心嗎？

這句話刺痛西村的心口。西村忍住湧上心頭的熱血，誠實回答：

——是的……很不甘心。

吉田正面直視西村的眼睛說：

——那就是所謂的敗北喔。

千萬別忘記那種感受。

「從那天起……我一直沒忘記總理說的話……一直在心頭銘記著敗北。」

敗北。

那種苦澀的重量，想必也同樣壓在吉田的心頭。

這個辛酸的字眼，令日本人的心口流血，臉頰滑落淚水。

然而吉田大概想說，不管再怎麼不甘，今後都不能迴避吧。如果不以那個為起點邁出步子，日本就不會有未來。

「我們不會停下和談的腳步，盡可能做好了一切準備。日本的外交已經遲了千百步，必須盡快設法趕上各國……」

西村彷彿凝望遠方說。

「畢竟，會談也被美國打得毫無還手之力。在這樣的狀況持續下，不可否認的是，的確也會不安地懷疑日本的外交是否真有正常運作的一天。不過，每次我都告訴自己，一定會有那一天。否則總理到目前為止的努力都會化為泡影。我們這些事務人員的努力也將成為徒勞。為了避免那種情形，我決心賭上外交官生命也要促成和談。」

之後——。

就在終於預定明年簽訂和談條約，詳細日期也已開始考慮的一九五〇年年底。

西村被叫去位於白金的舊朝香宮邸——外務省大臣辦公室。

吉田在辦公桌前抽雪茄，一邊等候西村的抵達。

西村說聲抱歉探頭時，吉田立刻把雪茄放到菸灰缸。香氣馥郁的紫煙瀰漫室內，吉田背對窗口照入的光線站起來。

——西村，這下子事情有趣了。

吉田的臉上綻放豪邁的笑容。

於是，西村這才得知原委。

被扣留在法國的珍寶。取回吉田老友松方幸次郎美術收藏品的計畫。

「整理和約內容的同時，日美安保條約的擬定也正面臨最後關頭，因此突然聽到美術收藏品的事，老實說，我當時真擔心總理這下子恐怕也焦頭爛額，不知到底行不行。」

西村說著爽朗地笑了。

關於外務省與美方為了和約的擬定是如何過招的秘聞，為大使官邸的晚餐桌帶來凝重又傷感的氛圍，但冒出「松方收藏品」這個字眼後氣氛立刻變了。

若是嚴肅的外交問題及政局的話題不可能如此。彷彿給沉重的對話倏然吹入涼風，田代不由暗想，這正是藝術與文化了不起的特性。

「總理的好友松方幸次郎先生，我當然久仰大名，也在松方先生擔任眾議院議員時見過多次。但他當時已失去收藏品，過著和美術毫無關係的人生，因此我作夢也沒想到，竟然還有一批足以令總理也嚴重關心的名作留在法國。」

被留置在法國的「松方收藏品」多達四百件的情報，早已送到吉田的案頭。

而且由於法國當局視為「敵國海外財產」接收，據說法方主張「屬於法國所有」。

可是吉田斷言一定要取回。

當時吉田直視西村的雙眼，鄭重用斬釘截鐵的口吻說：

——你知道嗎，西村。這是告慰死者之戰。

松方先生生前一直想在日本建立專門展覽西洋美術的道地美術館，不惜投注私人財產收集美術品，形成那批收藏。

日本為了與列強比肩，不僅在軍備及財政上，也必須致力於藝術、文化。若連一間美術館都沒有，枉稱泱泱大國。松方先生早就明白這點。

我很早就聽他本人這麼說過，也一直暗自決定，當那一天來臨時一定要出把力。

但他未能實現夢想就離世了。

所以我要代替松方先生完成這件事。

西村。這場戰役絕對不能輸。

後方支援就交給你了——。

「當時總理眼中的光芒……我永難忘懷。」

西村說著，自己也兩眼發亮。

「我們在之前的世界大戰輸了。輸得體無完膚。而且和美國試圖和談也被吃得死死的，讓我很不甘心……在這種狀況下，總理那番話不知多麼讓我振奮。」

告慰死者之戰——這句話，讓西村心中幾欲熄滅的微弱燈火又亮了起來。

那盞燈火是甚麼？

或許，那是身為日本人的驕傲——。

以戰敗為名的暴風雨中，有一陣子差點被吹熄的燈火，驚險地在最後關頭重燃火苗。

本來就不可能主動對戰勝國法國挑釁，況且不管日本說甚麼都會變成死鴨子嘴硬。

不過，昔日松方幸次郎高舉「在日本建立美術館」的大義名分遺留的收藏品，還是得歸還日本。如果能實現，便可為被戰敗擊垮的日本國民帶來重大希望。

而且有朝一日若能根據松方收藏品建立美術館，公開展出這批作品的話，不僅可實現松方的遺志，國民也可觀賞優秀的西洋繪畫與雕刻。

屆時，松方收藏品及展出收藏品的美術館，想必會成為日本恢復主權及復興的確鑿證明吧。

——這還有甚麼好猶豫的呢。

「打從那天起，總理和我就針對討還『松方收藏品』秘密開始做準備。在那過程中，田代老師也大力幫忙，真是太感謝了。」

西村說著，朝田代投以感慨萬千的注視。

為了討還這批收藏品，該如何發動對法交涉，如何進展？

吉田思索對策。

田代昔日曾是松方蒐購作品時的藝術顧問，因此吉田希望由他擔任這個計畫執行的核心人物。他首先當面請託，說只有田代能夠勝任，接著又透過第三次組閣時擔任文部大臣的哲學家天野貞祐正式提出委託。

這種委託方式，讓田代感到吉田希望確實推動此事的用心。

田代和政治毫無關係，因此如果只有總理大臣當面委託，只會把私事變成非正式的委託。另一方面，田代過去接受文部省的委託屢次和國外教育機構及學者、藝術家交流或交涉，因此，透過文部省這個窗口，讓此事得到公認，變成日本政府的官方委託。

本來田代就很憂慮松方收藏品的下場，是否到最後都沒有任何一件回到日本。

這時吉田茂透過天野貞祐正式委託他參與討回收藏品的談判，他怎麼可能不答應。

「天野老師轉達總理的委託時，我更加下定決心。總理對西村大使說『這是告慰死者之戰』時的心情，我也非常理解。」

聽完西村的敘述，田代說。

「同時，我也非常感激並且驚喜。就好像松方先生在對我說『請再幫一次忙』……」

對田代而言，這猶如天啟。

看過許多國外美術館及優秀收藏品的田代，比誰都清楚藝術文化在各國已成為富裕程度的指標。

年輕時，他和松方走遍倫敦及巴黎的畫廊，夢想著有朝一日能根據這批收藏品在日本建立美術館。那場戰爭，以及松方的死，讓他早已放棄夢想。沒想到如今或許還能實現。繼吉田、西村之後，田代也奮起了。他要讓幾乎被吹熄的燈火再次火紅燃燒。

「我雖身微力薄，但有幸參與本案，一定全副武裝不敢大意。」

雨宮肅然立正如此保證。

「雨宮，談那個還太早吧。俗話是說『贏了也得全副武裝』，現在連勝負都尚未分明呢。」

田代打趣回嘴。

「啊，不好意思。」

雨宮靦腆地抓抓頭。於是眾人放聲大笑。

「結果，總理直接和法國外相面談了。也不知是怎麼展開談判。」

笑完之後，雨宮又問。

「是啊，去舊金山參加和會時，與舒曼外交部長進行了會談。直到會談前夕，我還在和總理檢討談判內容，就該怎麼談話做細部調整。」

西村回答。

「可是，最後的最後，還是總理天才式的外交手腕發揮作用。」

一九五一年九月八日。

吉田茂出席在舊金山舉行的對日和談條約簽訂儀式，親自用印。

吉田賭上政治家生命促成的和談在此實現，日本終於取回主權。

進而，吉田也在這天發揮了超人的外交能力。

不只是簽署合約日美安保條約，關於討回松方收藏品，他也和法國外交部長說上話了。

外務省對預訂批准合約的法國事先提出要求外交部長會談。

會談的目的，表面上是針對日法恢復邦交，實際上是要請求法方歸還松方收藏品——這就是吉田的目的。

西村也一同出席。雖然事先沙盤推演過會談內容，但吉田對他說，「最後就看我的」。

這是困難的交涉。就算日本已恢復主權，也難以想像法國會輕易歸還已經接收的財產。弄得不好對方也許說聲「NO」就直接翻臉結束會談。

然而，到此地步只能交給總理了。

西村下定決心，不管結果如何都只能承受。

一行人前往舒曼下榻的馬克霍普金斯飯店。會談時間只有二十分鐘。該怎麼辦——。

西村的敘述，令田代、雨宮、甚至萩原，都聽得全神貫注。雨宮彷彿現在就要開始吉田與舒曼外交部長的會談，整個身子都向前傾。那個模樣讓田代忍不住好笑，但他赫然發現原來自己也把上半身探出桌面。

一反現場緊迫的氣氛，西村驀然微笑說：

「令人驚訝的是……總理開口說的，並非松方收藏品。他開始說出毫不相干的話題……」

「啊？」雨宮眨巴著眼。

「可是會談只有二十分鐘時間……對吧？」

「對。總理談的是戰前，他還年輕時的回憶。」

從吉田口中冒出的往事。那是他還在外務省當外交官時的事。

外務省有「外務查察使」這個職位。每次負責人都會替換，前往各國的日本大使館視察就是工作的一環。

某一年，被任命為查察使的吉田，前往莫斯科視察蘇聯的日本大使館。滯留期間他在街上四處看，聽說「有一個美術館展出大量法國美術品」，他很好奇為何展出的不是蘇聯美術品而是法國美術品，於是去一探究竟。

一走進展覽室，吉田就感到彷彿走進狂放的美學荒野。

牆上掛滿前所未見的奇妙繪畫。鮮豔的色彩，自由律動的形狀。歌唱，演奏，舞蹈，歡笑，憤怒，哭泣，生存。無論是人物、動物、風景、靜物，全都從容大氣，在這世界生活呼吸的繪畫就在眼前。

——這究竟是甚麼？

他本就不太了解繪畫。既不知畫家的名字，也不懂作畫的年代。

然而那些都不重要。此刻，自己目睹的畫作中蘊藏的「生命」光輝是甚麼？這種步步緊逼而來的強大力量！

——這一切就是法國繪畫？每一幅不都是壓倒性的「傑作」嗎？

他不知道怎樣才叫做「傑作」。但在吉田的腦中除了「傑作」二字想不出其他。

吉田興奮得彷彿渾身火熱燃燒。他懷著滿腔熱情離開美術館。

——我看到不得了的東西。

吉田在心中讚賞。他讚賞的，不是在美術館收藏了這麼多傑作的蘇聯。他讚賞的是法國。

不僅讓蘇聯國民感動，連身為日本人的自己都跟著心頭熱血沸騰，這樣的無數傑作都是在法國誕生的。

蘇聯擁有這麼多傑出的法國繪畫收藏固然令人驚嘆，但就結果而言，這等於盛大宣傳了在蘇聯的法國文化。

這，才是藝術文化的底蘊吧。

年輕時代的吉田，如此醒悟。

他在與法國外交部長會談時，一開頭就這麼懇切敘述了這段回憶。

舒曼興味盎然地傾聽。聽到「盛大宣傳了在蘇聯的法國文化」時，他重重點頭。吉田沒錯過這機會，立刻趁勝追擊。

——聽說「松方收藏品」就包含許多法國美術品。法國當然有多得數不清的美術品，所以這批收藏品今後在不在法國，想必都不會有太大的影響。可是，如果這批作品放在日本，不知會對日本人造成多麼大的影響。雖然日本人深愛法國美術，可惜幾乎所有的國民都沒看過真正的原作。松方幸次郎氏生前對這種狀況頗為憂心。正因如此，才會投注私人財產收集法國美術品，打算將來在日本建設西洋美術館。可惜壯志未酬就悵然逝世。

法國若能索性將這批收藏品贈送給日本，日本國民不知會多麼歡喜，受到多麼大的鼓舞。而且必然會對法國感激不盡。

如果能據此開設美術館展出那批作品，想必也將成為法國文化在我國的有力宣傳。這對法國絕對沒壞處。不，必然大有助益。

不知您意下如何？

能否接受我這個提議——。

「總理簡直是滔滔不絕一口氣把話都說完了。從昔日在莫斯科的回憶開始，最後巧妙地繞回來做結論。表達出『希望能將松方收藏品歸還日本』的意思。」

西村說完時，所有人都已專注地傾身向前。

「……舒曼外交部長的答覆……是甚麼？」

雨宮用力嚥了一口口水，問道。

西村微微挑起眉頭回答：

「他只回答一句話。『是，首相閣下。』」

在場所有人這時都重重呼出一口氣。

不到三十分鐘就能引得舒曼外交部長親口說出肯定的答覆，吉田這種說服力和談判技術之高明，令西村打從心底驚嘆。而且崇拜得渾身發麻。

他很想大呼快哉說聲「幹得好」，卻還是強忍住，兩人直到起身離開的最後一刻，都拚命維持住嚴肅的表情。

吉田表達謝意，與舒曼緊緊握手，走出會談的房間。西村及數名隨行人員始終保持沉默，吉田領頭快步走過走廊，進入電梯。電梯下樓的期間，全體還是沉默不語。

吉田與西村鑽進在飯店門口等候的黑頭車後座。車門關上，車子啟動時，吉田這才終於開口。

——好不容易得到正面回應，你們卻各個板著臉，害我都跟著板起臉了。

說完，吉田破顏一笑，是真的高聲大笑。

「——幹得好！」代替西村大喊的是雨宮。

「不愧是我們吉田總理，太厲害了！啊，要是我也在場，肯定會忍不住跳起來。」

想像雨宮在吉田及舒曼會談的會場歡欣雀躍的樣子，田代不禁失笑。西村及萩原也愉快地笑了起來。

「我要是像你一樣率直就好了……可惜，我這人很笨拙，光是回答一句『對不起』已竭盡所能了。」

西村笑著說。

「哎，的確。總理和大使的表現只能說太厲害了。」

萩原搖頭晃腦地感嘆。

「這段秘聞，我在西村大使剛到法國赴任時就聽說過……但是不管聽幾次還是覺得大快人心。」

田代對萩原這句話頗有同感。他也同樣有種仰望雨後晴空的爽快心情。

「對了，田代老師。吉田總理年輕時在莫斯科觀賞的那個收集法國美術的美術館，您知道嗎？」西村問。

「對，那當然。」田代不假思索回答。

「那是普希金美術館……是俄國帝政末期開設的美術館，俄國革命後，二位俄國收藏家擁有的法國美術品都被革命政府接收，作為美術館的新收藏品公開展出。我想總理就是看到那個俄國收藏家收集的作品公開展出。」

噢——萩原不由發出感嘆。

「您果然很了解。」

田代莞爾一笑，

「其實我在一九二八年第一次造訪莫斯科時也去過，發現當地居然有這麼棒的美術館，我簡直跌破眼鏡。」

他坦承。

「噢，原來是這樣啊。」

這次輪到西村興致勃勃地傾身向前。

「連老師都這麼說，那批收藏品肯定相當精彩。那二位俄國收藏家很有名嗎？」

「我想日本應該都沒聽說過他們，那二位是謝爾蓋．史楚金和伊凡．莫洛佐夫。」

田代回答。

「據說史楚金是織品進口商，莫洛佐夫是纖維工廠老闆，二人因公務往返巴黎的過程中被法國美術吸引，這才開始競相蒐購。而且，他們收集的不是昔日俄羅斯帝國女皇葉卡捷琳娜收集的那種古典法國繪畫，而是專門蒐購最尖端、前衛的畫作。」

蘇聯也有舉世知名的美術館——不遜於羅浮宮、英國國家美術館、大都會藝術博物館的大美術館，列寧格勒美術館（亦稱冬宮）。這是俄國帝政時代首都列寧格勒（聖彼得堡）的宮殿，俄國大革命後改為美術館，收藏葉卡捷琳娜二世收集的德、義、法等歐洲古典繪畫。總數多達三百萬件，說是世界最大規模的美術館也絕不為過。

田代為了調查義大利文藝復興期的繪畫造訪列寧格勒時，被這美術館的規模嚇得目瞪口呆。波提且利、達文西、拉斐爾……這些名家的傑作一字排開。彷彿遨遊在美術森林的小鹿，田代徘徊在廣闊的館內各處，盡情欣賞了無數名畫。

興奮尚未冷卻，田代又從列寧格勒前往莫斯科。因為他聽說在蘇俄的新首都也有大規模的西洋美術館。沒有親眼一睹他可不甘心回國。

田代前往普希金美術館時，本以為展出的也是列寧格勒美術館那種古典作品，沒想到走進展覽室的瞬間，就徹底顛覆了他的期待。等著他的，是十九世紀至二十世紀初期創作的法國近・現代繪畫。以柯洛為首，莫內、竇加、雷諾瓦，還有塞尚、梵谷、高更、盧梭、畢卡索這些大師的作品。其中尤其出眾的，是亨利・馬蒂斯的作品群。

鮮豔得幾乎令人暈眩的藍、綠、紅。用黑色輪廓線清楚勾勒出來，單純化到極致的人物肖像及靜物畫、室內畫、風景畫。看似淡然陳列實則經過精心計算的構圖。當時，馬蒂斯是好不容易剛開始嶄露頭角的新銳畫家，田代是在列寧格勒第一次看到他的整批作品，他打從心底驚嘆——這下子出現一個偉大的畫家了！

那些近代美術品，幾乎都是史楚金和莫洛佐夫這二位私人收藏家，直到十幾年前在巴黎蒐購而來的。聽到美術館人員這麼說明，田代頓時萌生興趣。

——如此說來……和松方先生的收藏品豈不是有大幅重疊？

那個時期，由於松方擔任社長的川崎造船所經營出現危機，松方已經不再收集美術品。史楚金和莫洛佐夫在巴黎蒐購畫作據說是一九一〇年代左右的事，雖然比松方在倫敦開始收集的時間早了一些，但就算說是同一時期也不為過。一九一七年俄國大革命爆發後，據說他們各自流亡，這些收藏品就被革命政府接收了。

話說回來，如此大膽的收藏品究竟是怎麼形成的？

這些收藏品頗有一貫性。以古斯塔夫・庫爾貝為起點，巧妙地汲取了有百年歷史的法國繪畫一路走到革新派前衛美術的流派。當時還沒得到甚麼好評價的前衛畫家們，包括梵谷和高更，現代美術的畢卡索，還有馬蒂斯的畫作，他們都毫不遲疑地買來了。田代當時想，在收集這批作品時，肯定是有頗具先見之明的優秀顧問。

「收集前衛派法國繪畫的俄國收藏家……好像和松方先生有共通之處呢。」

雨宮說。

「傾注私人財產蒐購藝術品，戰後……或者說革命後，卻被政府接收，這點也很像……我沒去過莫斯科，但我忽然對那二位俄國收藏家有種親近感。」

田代聽說，史楚金和莫洛佐夫最後都未能再見到自己的收藏品就這麼流亡海外過世了。就連這點都和松方很像——雖然這麼想，但他沒說出口。

「同一時期兩者都在收集類似傾向的美術品，這真的是巧合嗎？抑或，是時代造成的結果？」

萩原問。田代微笑，「公使，謝謝您提出這個好問題。同時也是好答案。」他說。

「本世紀初，尤其是松方先生集中購買美術品的一九二〇年代前後，正是興起一股流行收集美術品的時代。過去當然也有，但這個時期的特徵就是以『世界規模』流行。」

「您的意思是……」西村插嘴。

「在那個時期之前，純粹是局部性的……歐洲繪畫在歐洲買賣，幾乎完全不會流入美國或日本，是這樣嗎？」

「對，正如您所言。」

田代回答。

「十九世紀後半，連結歐美的航線發達，報章雜誌以及電信方面的報導及資訊網也很健全。到了二十世紀，歐洲的流行已經可以第一時間向世界傳播。富裕的美國人及俄國人，還有日本人，都可以搭船去歐洲了，也可以接觸到最先端的藝術。在那種狀況下，法國的近代美術，其實不是先得到法國人的肯定，反而是目光敏銳的美國收藏家、史楚金這樣的俄國收藏家，還有松方先生這樣的日本收藏家率先發現作品的價值。」

前衛藝術家的作品，例如被稱為印象派和後印象派的那群畫家，雖然如今在歐美人氣很高，但起初被貶得一文不值，法國人幾乎不屑一顧。「印象派」這個稱呼，也是因為莫內和竇加這些前衛畫家們自費租借場地舉辦團體展時，莫內展出的作品名稱為「印象．日出」，所以評論家才半帶揶揄地如此命名。

「算是投資潛力股嗎？」

萩原說。

「可以這麼說。」

田代回答。

「老師，前衛藝術是甚麼時候被介紹到日本的？我記得小時候，在父親手邊的雜誌上看過梵谷的畫……」

這次輪到雨宮發問。雨宮家祖孫三代都是文部省的官員，一家子其實都是菁英。

「好問題，雨宮。」田代笑嘻嘻回答。

「歐洲的近代美術，以及法國出現的前衛美術，最早在日本被提起，是各位都聽過的同人誌《白樺》。這是柳宗悅、武者小路篤實、志賀直哉、岸田劉生……這些如今代表日本的文人及畫家，年輕時標榜個性主義及自由主義，於一九一〇年創刊的雜誌。我學生時代也很愛看。」

就在史楚金和莫洛佐夫在巴黎四處收集塞尚、梵谷及高更作品的同一時期，《白樺》率先在日本介紹了他們的藝術。

不是遵循保守的學院主義思想及技法的藝術，藝術家自由發揮，並且徹底解放個性，悠然表現出的繪畫、雕刻、工藝、手工。把率先發現那個價值介紹到日本視為使命的《白樺》，田代也是受其影響的一人。

《白樺》率先播下的種子，在日本藝術家的心靈冒出自我的嫩芽。透過《白樺》認識了莫內、塞尚、梵谷、高更後，以他們為目標的畫家不斷出現。富裕家庭的兒子或有能力也有運氣的學生，得以前往歐美接觸到真正的作品，可是大多數的畫家預備軍，只能透過《白樺》及之後的雜誌書籍介紹的照片，或是在展覽會及學校看到的複製畫來學習。

「我也是看著照片和複製畫，越發憧憬『好想看到真正的作品』。幸運的是我得以出國留學，後來也能因工作關係去國外的美術館。可是大多數學畫的學生和研究者，始終無緣見到真正的作品，只能死盯著雜誌上剪下的圖片，想像原作會有多精彩。」

聽著田代的回想，西村不禁心有戚戚焉地沉吟。

「正因如此，松方先生的夢想……才會產生就算是為了日本年輕人的學習，也要開設一間能夠實際見到西洋美術的美術館這個心願……是這樣嗎？」

田代默默點頭。

松方一九一六年開始在倫敦買畫。之後去巴黎領著田代一鼓作氣購買法國繪畫是在一九二一年。當時日本還沒有真正展出西洋美術的美術館——日本第一間西洋美術館，是岡山縣的企業家大原孫三郎於一九三〇年創設的大原美術館——「想看西洋美術的實際作品，而且是最先端的作品」這種呼聲越來越高。松方敏感地察覺社會上這種希望，為了改變日本在文化方面的狀況，他開始行動。

「同樣是在當時，還有一個拚命購買法國前衛美術的美國人。那就是亞伯特．巴恩斯博士。」

田代又舉出另一個好例子。

在美國費城靠著製藥事業成為大富豪的巴恩斯，身受法國前衛美術吸引，決心打造世界最高峰的現代藝術收藏品。他傾注全力收集來的法國近代繪畫總數高達二千五百件以上。然而，巴恩斯除了學術目的之外從不公開收藏品。因為他認為自家收藏純屬私人，不該對一般大眾公開。

「我在戰前赴美時，有幸見到這批收藏品……那簡直是……筆墨難以形容，非常精彩。」

田代露出彷彿追尋收藏品幻影般的恍惚眼神，繼續說道：

「我很想讓別人也看到，分享這份感動……可惜博士去世後，依照他的遺言，依然不對外公開。很遺憾，那批收藏品有多麼精彩……就算是最厲害的研究者，恐怕也無法道盡。」

接著，他依序凝視桌前的三人眼睛，說道：

「所謂的美術，必須有創作者，以及觀賞者，二者齊備才成為『作品』……松方收藏品絕對不能任其就此埋藏在倉庫中。」

——告慰死者之戰尚未結束。不，毋寧才剛開始。

3

一九五三年六月
巴黎　羅浮宮美術館

當晚，田代輾轉難眠。

在日本大使公館開會兼聚餐的晚餐會結束時已近午夜零時。這天雖然喝了不少，但他毫無醉意。頭腦格外清醒，一直在繼續思考明天為了討回「松方收藏品」該如何進行交涉。

——是吉田總理替我們推開如此沉重的大門。

自己一定要設法從那門縫之間把松方收藏品帶回國。而且是一件不少，以完美的形式帶回。

鄰接馬德萊娜廣場的飯店房間朝西，長日西曬導致房間熱氣蒸騰十分悶熱。田代躺在床上翻來覆去。每次，明天的談判對手喬治・薩勒斯的臉孔就會模糊浮現又消失。

法國國立美術館的總裁喬治・薩勒斯和田代是多年老友。

一九二一年夏天，田代初次從倫敦前往巴黎。他將在巴黎和松方幸次郎會合，協助松方蒐購畫作。和松方一起滯留巴黎只有那一次，但此後直到戰爭爆發為止，田代多次因研究或學術交流造訪巴黎。就在第二次造訪巴黎時，見到了當時擔任羅浮宮美術館東方美術部門策展人的薩勒斯。

比田代大一歲的薩勒斯，外公就是巴黎的象徵——艾菲爾鐵塔的設計者，居斯塔夫・艾菲爾。薩勒斯和外公不同，並未從事建築設計的工作，但放眼世界的目光或許得了外公的真傳。走上藝術史研究這條路的薩勒斯，成了包括伊朗、阿富汗、中國的東方世界・亞洲美術專家，對於日本的藝術與文化也頗有造詣。也因此，對於從日本來到歐洲學習西方藝術的田代，薩勒斯格外親切。

田代不時被邀至薩勒斯家作客，或是和薩勒斯全家人外出用餐，他和這位代表法國藝術史學界的炯眼之士交情日漸深厚。等到薩勒斯就任吉美國立亞洲藝術博物館的館長後，不時也會針對日本的古美術及工藝品詢問他或徵求他的意見。每次田代無論有多忙都會詳細回信，真摯地給薩勒斯建議。反之，田代這邊如果要去歐洲做研究活動或和學術界人士交流，也會先給薩勒斯打聲招呼尋求他的協助。

田代是東方人卻對西方懷抱憧憬，薩勒斯是西方人卻全心投入東方文化。二人有志一同，致力於藝術史研究和國際交流。是名符其實可以互稱「同志」的好友。

得知這位同志就是這次的談判對手時，田代不得不感到某種天意。這簡直是求之不得，如果喬治是對手就可以直接挑明了說——如此安心的同時，卻也有點煩惱——喬治可是個難纏的談判對手。

正因為彼此相知甚深，也互相尊敬，這將是一場貨真價實的談判。

田代在內心反芻吉田茂對上舒曼外交部長時使出的那套論調。

——「松方收藏品」包含的那些法國繪畫，無論在不在法國，對法國人想必都不會有太大的影響。可如果放在日本，不知會給日本人帶來多麼大的影響。

那將會成為法國在日本的一大宣傳，必然對法國有益。

松方收藏品唯有放在日本，才是真正對法國有好處——這就是總理的論調。而且在舒曼聽來合情合理。

然而——

假設自己搬出同一套論調，在喬治・薩勒斯聽來又會有何反應？

薩勒斯可是以全球化視野審視「美術」、「文化財產」、「美術館」，關注他們的存在及前途、現在與未來的人物。他和世界各地的藝術家、收藏家、學者專家、美術館人員都有聯絡，身為核心人物頗為活躍。也參與國際博物館協會（ICOM）的設立，被視為該協會的下任會長有力人選，此刻對他而言正是重要時期。

薩勒斯會怎麼應對日本？關於松方收藏品又會做出何種決斷？不僅法國，世界各地的美術相關人士想必都正審慎地觀察中。

反思自己，又是如何？

日本是戰敗國，所以不能對戰勝國做出非分要求。那是日本簽訂和約之前的立場。

但現在不同。簽訂和約後，日本的獨立及主權已被世界認可，重新復活了。

西村熊雄說的那種「緊抱敗北感」的體驗，自己也有。但他完全不打算訴求對方的憐憫。只能堂堂正正戰鬥。即使對方是統領法國——不，全世界美術館的大人物。

即使對方是自己心靈的盟友。

近黎明時，下雨了。

聽著雨聲終於睡著的田代，錯過了和雨宮的早餐約會。直到憂心的雨宮來敲他房門，他還在呼呼大睡。

「真不愧是老師。」

從昏暗的飯店大廳走到馬德萊娜廣場，雨宮佩服地說。

「面對即將來臨的大場面還能酣睡，證明您是大人物。哪像我緊張得要命，完全睡不著。」

田代苦笑。

「如果不是你來叫醒我，我差點繼續睡到錯過和喬治・薩勒斯的會談。」

石板路的凹陷處形成水窪，在路面處處映現一方夏日天空。田代和雨宮小心避開水窪，一邊走向羅浮宮美術館。

日本公使萩原徹正在可以眺望杜勒麗花園的凱旋門廣場等候二人的到來。距離約定時間還有十五分鐘，但他先來了。

「公使，抱歉讓您久等了。」

田代道歉。

「哪裡，是我到得太早了。我在杜勒麗花園逛了一圈剛回來。現在正是花園最美的時期。」

萩原爽朗地說。

「怎麼樣，開完會要不要一起散步走回去？」

「好啊。」

田代也笑嘻嘻接腔。萩原點點頭，開口邀約：

「塞納河畔也有不錯的咖啡館。不如去喝一杯吧？」

緊張的雨宮，看著萩原從容不迫的模樣，似乎鬆了一口氣。萩原試圖讓不習慣外交的菜鳥官員放鬆心情的舉動，讓田代感到資深外交官的老謀深算。

三人去羅浮宮的職員出入口，對服務台的男性表達來意。過了一會，一名年輕的男性職員出現，帶三人入館。

喬治・薩勒斯雖已離開羅浮宮，但現在以國立美術館最高總裁的身分仍在館內有辦公室。全國各地的國立美術館都有館長，薩勒斯等於是統領他們。換言之，薩勒斯的意見就是代表全國各美術館的意見，薩勒斯的意向就是法國的意向。

老朋友的地位更高了呢。田代思忖才一段日子沒見，他和自己之間已有如此差距。雖然一直把對方視為盟友，但對方或許已經不這麼想。

三人尾隨男職員走過美術館後台的走廊。雨宮這是第一次來羅浮宮，可惜要參觀壯麗的大展覽廳恐怕只能等會談結束之後。但雨宮還是滿眼稀奇——實際上，要看到羅浮宮的後台的確遠比看到大展覽廳更稀奇——頻頻東張西望打量歷史悠久的後台每個角落。

男職員在走廊深處的某扇房門前停下。敲二次門後開門。請進——他催促三人走進房間。

接下來要見的不是老友，是談判對手——雖然自認已這麼告誡過自己了，田代還是滿腔懷念幾乎溢出心頭。

那是個美得甚至令人不忍煞風景地稱為「辦公室」的房間。彷彿仍保有十九世紀初期室內裝潢的書房，左右牆面從地板到天花板堆滿無數的書籍。房間中央有辦公桌，背後的牆壁兀然掛著一幅小小的蝕刻版畫，首先映入眼簾。

整個室內，說到繪畫就只有那幅無色的小小蝕刻版畫。少女的頭部隨意將蓬亂的頭髮綁起。陰翳的臉孔勾勒出少女純真的柔美。田代一眼就看出，那是保羅・塞尚的作品。

這是個裝潢風格古典的房間。而且是羅浮宮內的國立美術館最高行政總裁辦公室。照理說，應該會從龐大的館藏作品中挑出幾件大型古典油彩畫掛出來才對。可薩勒斯並未那樣做。

他摒除一切裝飾，只掛了一幅塞尚。而且不是油彩畫是蝕刻版畫。那一幕彷彿貫穿田代的心口。靜靜把手放在身旁的椅背上，修長挺立的紳士背影。田代對著那懷念的背影喊道：

「——喬治！」

梳理整齊的白髮紳士轉過頭。

「——雄一！」

二人不約而同朝對方走去，緊緊握住對方的雙手。

薩勒斯泛著柔光的眼眸一如從前。端正的長臉刻畫皺紋，向來是註冊商標的小鬍子卻不見了。老友已成了高雅的老紳士。

「歡迎你來。距離咱們最後一次見面……有多久了？」

薩勒斯拉著田代的手親密地說。田代也滿面笑容。

「有十四、五年了吧。那還是戰爭開始前……」

他用流暢的法語回答。

田代一直很擔心，能否跨越那場戰爭不由分說在他和好友之間造成的隔閡。不過，看來那應該只是杞人憂天。

田代的心情頓時好轉，忙將萩原、雨宮依次介紹給薩勒斯。萩原自從抵達日本政府戰後首先在巴黎開設的事務所到任以來，就見過薩勒斯，不過頂多只是寒暄兩句的程度。

「這次很榮幸能跟您晤談。您的大作《眼神》讀來令人興味盎然。」

萩原為了今天特地研讀過薩勒斯的著作。薩勒斯頓時笑開懷。

「真的嗎？那真是謝謝。來，這邊請。」

三人在桃花木的大桌前坐下。這時門開了，二個穿西裝的男人走進來，是法國政府的官員。和薩勒斯不同，二人就算和田代一行人握手，撲克臉也毫無變化。

打完招呼，眾人就座，正式面對面。

田代的正對面坐的是薩勒斯。那是曾經親暱守望過畢卡索、馬蒂斯等許多藝術家的溫柔眼神。田代凝視那雙一如往昔的眼眸，啞口無言。

好懷念。想說的話太多。該從何說起——一瞬間，他幾乎忘了自己為何在此和薩勒斯面對面的使命。

就在這時。

「——首先，我想先聲明一件事。」

先開口的，是薩勒斯。

對方出其不意的發言，田代甚至忘了接腔。但薩勒斯毫不在意他的反應，繼續又說：

「一九五二年我國批准的舊金山和約生效，留在法國國內的日本財產，據此正式歸屬法國政府所有。因此，『原松方收藏品』現在是法國所有的法國財產。」

田代感到被狠狠打了一耳光。

他想立刻反駁，卻說不出話。萩原及雨宮也保持沉默。看起來成了日方全體在洗耳恭聽法方的「告知」。

「因此，」薩勒斯單方面繼續說，

「接下來要討論關於『原松方收藏品』的處理，今後應該統一用法國對日本的『捐贈』來形容……各位沒意見吧？」

「不對。」

田代的口中終於迸出話來。

「松方收藏品是松方幸次郎氏動用私財購買的。換言之，是個人財產。合約上說的應該是『戰敗國的』海外財產，所在國家有權沒收。因此『松方收藏品』並不符合這條條約。」

田代直視薩勒斯的眼睛，擲地有聲地撂下話。

「『松方收藏品』即便現在，實際上應該也屬於松方家。我們希望貴國能夠全數『歸還』。」

薩勒斯眼也不眨地凝視田代。田代清楚看見，藍色的眼眸微微浮現一絲寂寥。

「如果日方堅持不是『捐贈』而是『歸還』……很遺憾，這場談判本身就不可能繼續進行。明知如此您還要這麼說嗎？」

薩勒斯用淡漠的口吻說。

「哪有這樣的……」

困惑的雨宮用日語說。

「為了這樣就不能繼續談判，簡直太誇張了。」

但，談判本就是這樣。

田代用力屏息看著薩勒斯。薩勒斯也沒有迴避田代的注視。

諷刺的是，二人很有默契——都抱著寸步不讓的強烈決心。

這是田代第一次目睹老友如此強硬地主張甚麼，他困惑得連自己都感到滑稽。

——不對。

田代無法克制臉頰僵硬。

——此刻眼前的這個人……不是自己認識的喬治。

自己的好友喬治，無論談論多麼困難的話題時，從來不改沉穩的聲調。

熱愛美術，支持藝術家，長年傾注熱情在自己的研究上，努力串聯世界各地的美術館想掀起一股浪潮——那，應該就是喬治・薩勒斯這個人。

現在坐在眼前的人——只是死板地拘泥於不是「歸還」是「捐贈」這句話，簡直像個不知變通的官僚。

那個親密地一起喝酒，促膝長談，孜孜不倦談論美術的話題、美術館的未來的喬治……究竟消失到哪去了？

「正如剛才所說，原松方收藏品已經歸法國所有。現在要求『歸還』，豈不是太荒謬？」

薩勒斯略為加強語氣說。

「想必各位也知道，但現在還是想再確認一次。這次會談，是法日兩國基於雙方的同意，將目前保管在國立近代美術館收藏庫的原松方收藏品，『移管』給日本的準備會議。那是我們雙方的最終目標。……是這樣沒錯吧？」

被打得毫無招架之力的田代，赫然一驚。
——此刻，對方的確說「移管」。
換言之，不管是歸還還是捐贈，法國把作品交給日本後，就會把處理權完全讓渡給日本。為此，此刻日法兩國站在談判的起跑線上。但這不是二者的賽跑，是接力賽。彷彿可以聽見薩勒斯無聲地說，你要牢牢接住那根棒子。
田代看著薩勒斯的眼睛——那宛如祈求的眼神。
「是的，沒有錯。」
田代終於點頭。
「為了將松方收藏品正常移管給日本，我們必須進行會談。所以我才從日本前來。」
田代說著，視線霎時瞥向掛在薩勒斯背後的牆上唯一一幅畫——保羅・塞尚的蝕刻版畫〈少女頭像〉。在裝潢華麗的室內，唯一的一幅畫，正因為內斂低調，更加打動田代的心。
那幅畫彷彿一朵朝顏花。據說茶道宗師千利休邀請豐臣秀吉喝早茶時，把院子怒放的朝顏花全部剪掉，只在茶室的壁龕插了一朵來迎接秀吉——這段歷史故事，驀然浮現田代的心頭。
畫中少女隔著薩勒斯的肩頭定定凝視田代。用那純真無垢的眼神。
——相信吧。
田代告訴自己。

——相信喬治吧。

就算是談判對手，他對自己而言仍然是無可取代的摯友。

「……承蒙貴國『捐贈』松方收藏品，吉田茂首相特地命我轉達對貴國的衷心感謝。」

這時插話的是萩原徹。他明確地說出「捐贈」這個字眼。

田代豁然清醒。

這次談判的日方代表不是自己。身為公使的萩原才是法國這邊的交涉窗口。自己是以最了解松方收藏品的顧問身分參與這次談判，如果感情用事，只會讓本該有進展的事都無法進展。

田代當下忍住，交給萩原處理。

「今天，據說會當場拿出捐贈的作品清單讓敝國檢視，因此我們特地從日本請來田代教授——能否請貴方先拿出清單？」

萩原有條不紊地說。

「好的。我們已備妥清單。」

薩勒斯回答，給一旁的事務官使個眼色。事務官從黑色公事包取出文件，交給薩勒斯。

迅速翻閱文件確認後，薩勒斯把文件放到桌上。接著說：

「這就是『捐贈』清單。」

他把文件滑過桌上，交給萩原。

萩原只確認封面，立刻把文件滑到鄰座的田代面前。

田代從西裝內袋取出眼鏡，拿起文件。他的指尖微微顫抖。

文件裝訂了封面。

Direction des Domaines de la Seine／Liste des Peintures dépendant de la Collection MATSUKATA

（國有財產管理局　松方收藏品所屬繪畫清單）

田代調整呼吸後才翻開。

文件有編號，羅列出畫家姓名及作品名稱、製作年份、尺寸。從EDMONDFRANÇOIS AMAN-JEAN（艾德蒙法蘭索瓦・亞曼・尚）開始，按照字母順序依次是ALBERT ANDRÉ（阿爾貝・安德烈）、ALBERT BAERTSONE（阿爾貝・巴特森）、ÉMILE BERNARD（愛彌爾・貝納爾）……。

田代的指尖一邊滑過每位畫家的姓名一邊翻頁。閱讀英文或法文文獻時，他習慣用指尖跟著文字一行一行滑過，以免錯失自己要找的段落。

第二頁，第三頁，第四頁……二〇，三〇，五〇，一〇〇……繪畫清單最後一個編號是「三三〇」，換言之「捐贈」給日本的繪畫有三百三十件。田代瞪著最後一個作品編號，微微沉吟。

畫家的部分看完後，接著是雕刻家的清單。以羅丹的作品為主，包括安特瓦・布代爾、保羅・達代、夏爾魯內・德・保羅・德・聖・馬爾梭等人的名字。這部分沒有編號。一一數來共有六十七件。

繪畫三百三十件，雕刻六十七件——總計三百九十七件作品。

田代仔細看到文件的最後一個字為止。

在他檢視清單之際，在場全體都屏息旁觀。

從開始檢視不知過了多久。

田代終於摘下眼鏡抬起頭。

眼前的喬治・薩勒斯沉默不語。臉上隱約浮現豁出去的表情。

「——這些，就是全部嗎？」

停頓了一會，田代開口。薩勒斯依舊沉默。

「喬治。我再問一次。」

田代又問。

「這些，就是法國『捐贈』給日本的全部作品嗎？」

薩勒斯終於沉重地點頭。

「是的……清單上記載的就是全部。」

田代抿嘴凝視薩勒斯的眼睛。薩勒斯也默默回視。

凝重的空氣瀰漫。萩原當胸環抱雙臂靜觀事態發展。雨宮不安的眼神悄悄射向田代。

「……不對。」
田代沒有把視線從薩勒斯臉上移開，繼續說道。
「這些不是全部。留在法國的收藏品，除了這份清單記載的作品之外，應該還包括別的作品。」
說完，他把清單交給鄰座的萩原。萩原急忙翻頁。當然，他也是第一次看見清單。
「繪畫三百三十件，雕刻六十七件……」
萩原用日語喃喃嘟囔，雨宮迅速記錄。
「總計三百九十七件。」
他小聲說。
「其實，我們並不清楚松方先生在歐洲購買的作品全數。」
田代對薩勒斯說。
「但是有些作品應該還留在巴黎……一九二一年在我的陪同下，松方先生決定購買的幾件非常重要的作品……，例如：梵谷的〈在阿爾的臥室〉，雷諾瓦的〈穿著阿爾及利亞服裝的巴黎仕女〉，以及……莫內的〈睡蓮：柳樹倒影〉，都不在這份清單上。」
萩原的臉上出現驚愕。
「老師，這是真的嗎？」
他是用日語囁嚅。田代沒有回答，只是微微點頭。

「……沒錯。某些重要作品，並不在那份清單上。」

薩勒斯說。聲音清晰明瞭。

「這裡還有另一份清單……給你看看吧。」

官僚從黑色公事包取出薄薄的文件，交給薩勒斯。

薩勒斯沒翻開，直接在桌上遞出。這次是遞給田代，筆直地。

田代再次戴上眼鏡，垂眼看封面。

Liste des œuvres du séquestre Matsukata que les musées nationaux désirent conserver pour leurs collections. 30 Avril 1953

（國立美術館為了保存館藏希望接收之松方所藏作品清單　一九五三年四月三十日）

——啥？

田代一瞬間懷疑自己的眼睛。

國立美術館——這是指法國的多家國立美術館——想做為自己的館藏保存……松方所藏作品？

這是甚麼意思——？

田代急忙翻開封面。繪畫作品的清單出現——清單只有一頁。

弗朗索瓦・邦文、塞尚……庫爾貝、高更……。
微微顫抖的指尖，追著畫家的名字滑過。
梵谷……羅特列克……。
馬內……馬爾凱、莫洛……。
畢卡索……雷諾瓦……。
看完畫家的名字和作品名稱，田代低垂的臉孔久久未能抬起。
總數二十一。
這二十一件作品，分明正是松方收藏品的精髓。
——法國……難不成，意思是不肯歸還這些作品？
「……老師？您怎麼了？」
雨宮問。憂心的眼神瞥向田代的側臉。
田代摘下眼鏡，終於吐出憋了很久的氣。
「喬治，這到底是甚麼意思？」
田代用飽含怒氣的聲音說。
「這裡面列舉的作品，構成松方收藏品的核心。難不成……法國打算留下這些精品，只把第一份清單上的作品『捐贈』給日本？」

聽了田代說的話，萩原和雨宮倒抽一口冷氣。

萩原想必也沒聽說過吧，只見他僵著臉，從田代手裡接過文件過目。

「這到底是怎麼回事？」

萩原用日語嘀咕。

「請你解釋一下，喬治。」

田代不禁扯高嗓門。

「我們希望的，是將松方收藏品完全移交給日本。一件都不能留在法國。」

「恕我失禮提醒你，雄一。松方收藏品不可能『完全』。」

薩勒斯用冷徹的聲調放話。

「不只是你們，就連我們，也不知道怎樣讓這批收藏品『完全』。」

從一九一六年至二六年，主要在英法兩國收集的松方幸次郎美術收藏品，由於松方自己並未編列財產目錄，要掌握全貌極為困難。

如果集中保管在一個地方，要製作清單或許還容易一點，問題是松方生前把作品分散保管。其中一部分送去日本，但多數留置在倫敦和巴黎，自從松方不再收集美術品後，這批收藏就此散佚。

有的被國內外拍賣，有的被當成銀行擔保抵押品就此拍賣，有的在畫廊之間轉賣好幾手，歷經各種命運，散落到世界各地。

保管在倫敦倉庫的作品，不幸毀於火災。

進而，二次世界大戰的爆發，導致本該留在巴黎的作品有段期間下落不明。戰後是否一件不缺地找回來了，誰也不清楚。

而且，從找到作品到法國政府接收作品的現在這段期間，是否一件也沒少，田代等人並未被告知。

松方收藏品到底是甚麼樣的收藏品？

無人能夠完美解答。

「雄一，我知道這對你而言肯定是非常遺憾的提議。但我身為法國國立美術館總裁，不得不告訴你。」

薩勒斯神情沉痛地告訴他。

「第二份清單上的二十一件作品，是堪稱法國國寶的文化財產。絕不容許移交給別國。因此，這二十一件作品，今後將永遠歸法國國家所有，由我國的美術館收藏、展出。不接受任何異議。——你沒意見吧？」

下午三點，塞納河畔咖啡館的露天座，遮陽篷形成涼爽的陰影。田代、萩原、雨宮就坐在那裡。

萩原點了一瓶粉紅葡萄酒，請服務生順便送來冰塊。然後在酒杯放入冰塊。

「夏天這樣喝也不錯。」

田代和雨宮也有樣學樣地調製冰葡萄酒。
「先乾杯吧。」萩原帶頭，三個玻璃杯鏗然一響被高舉。
冰涼的葡萄酒滑過喉頭。終於活過來了，田代深深呼出一口氣。
「總算活過來了。」
雨宮似乎也有同感，如此說道。
「是啊。真的是活過來了。」
田代笑著呼應。
但嘴上說得輕鬆，他的心裡卻凝重沉澱。
關於松方收藏品的「歸還」——不對，是「捐贈」的談判會議，午前就結束了。
實際上，是根本算不上「談判」的單方面會議。田代不得不認為，多年老友喬治．薩勒斯擔任談判對手之舉反而是禍不是福。
很多藝術家及有力人士都很敬仰冷靜又理性的薩勒斯。他掌握人心的說話技巧，井然有序的思考，鍥而不捨的堅毅韌性，打造出他現在的地位。
如果他是站在自己這邊的，那他會是最可靠的同志。但他若成了敵人——雖然很不想這麼說——自己恐怕毫無招架之力。這點田代很清楚。正因如此，才將一縷希望寄託在長年建立的友誼上。

——雄一。看在你的面子上，我就也檢討一下日方的提案吧。

至少，他希望薩勒斯能夠說出這句話。

可惜結果是慘敗。

收藏品被分割為法國「捐贈」的作品，以及留在法國國內成為國立美術館各館館藏的作品。而且那些不會回到日本的作品，全都是堪稱松方收藏品的白眉之作。

法國的「國寶級」作品不可能任人帶出國。因此分成「捐贈」和「殘留」二大類。而且法國完全不接受異議——這，就是法國強硬塞給日本的最終結論。

進而，法國在捐贈松方收藏品給日本這件事上也提出了條件。

那就是美術館的創設。

站在法國的立場，日本那邊如果沒有機構承接就不能捐贈。因此，必須盡快建設設備齊全的現代化美術館，用來接收捐贈品——薩勒斯把這點當成最重要的條件，告知田代等人。

日本目前美術館寥寥無幾。尤其是以西洋美術為主的美術館，頂多只有位於岡山縣倉敷的大原美術館。雖說戰後已近十年，日本依然沒有餘裕來建設真正的國立美術館。

不過，田代本就期盼貢獻一己之力，好讓國內能夠盡快建設國立美術館，日本在文化方面的發展趕上別國。既已確定松方收藏品會回國，在東京開設新的國立美術館就成了當務之急，田代自己也早已在敦促政府。

所以，薩勒斯提出的條件，田代視為當然地接受。

但日方的談判代表萩原公使卻沒有立刻點頭答應。站在他的立場，對方提出的條件他不可能當場允諾或反對。他只能回答，要先回去檢討一下。

和法方的會談約有二小時。離開辦公室時，田代和薩勒斯緊緊握手。

田代對於昔日好友，現在的談判對手，已經無話可說。薩勒斯也一樣。二人互道一聲謝謝，擠出笑容就此作別。

既然來都來了，田代乾脆帶著萩原和雨宮在羅浮宮內逛了一圈。環視掛滿大展覽廳牆面的無數繪畫，雨宮名符其實地張口結舌。田代看他那個傻樣子總算心情愉快了一點，隨即又驀然想起和松方幸次郎第一次來這裡時的情景。

哇……當時年輕的田代和現在的雨宮一樣看傻了眼，松方卻對他說：

——日本也得創設不輸給這羅浮宮的美術館。

哪，田代，我是認真的喔。

「田代老師。喬治．薩勒斯提出的條件，和您提倡的正好完全一樣呢。」

他們錯過了午餐因此決定就在此用餐，三人點了清蒸比目魚和水煮四季豆。比目魚端上桌時，萩原回顧今天的會議說。

「要證明松方收藏品已回到日本，必須有接收的容器——也就是需要一間美術館，果然如老師事前所料。」

這時，正在拿刀叉拆魚骨的雨宮，煞有介事地皺起眉頭：

「可是，沒想到那會被當成『條件』……既然要捐贈，我覺得接下來的事情應該交由日方全權處理才合乎道理嘛……」

他如此抱怨。

「這樣豈不是等於疼愛女兒的父母對未來女婿說，你得先蓋個房子，這是我們同意把女兒嫁給你的條件。」

「你這小子，講話倒是挺有趣的。」

被萩原這麼一說，雨宮規矩地低頭行禮。

「哪裡，惶恐之至。」

「不，雨宮這個比喻用得好。他們是在說，我要把掌上明珠交給你，所以你得準備相配的珠寶盒。不過，他們會這麼要求也很合理。」

田代說。

「公使，您還記得嗎？松方先生當初之所以出資蒐購這些作品，本來就是因為他想在日本創設氣派的美術館。所以，不如趁這次『歸還』的機會……」

「是『捐贈』。」

萩原插嘴。語氣很尖銳。

田代連忙說「不好意思」，小聲乾咳了一下。

「那麼，不如這樣說吧……『捐贈歸還』。您看如何？」

雨宮一聽，從比目魚的盤子抬起頭。

「這是怎麼說，老師。這種說法……我還是頭一次聽說。」

被雨宮這麼一問，田代自嘲似地微微笑出聲。

「你當然沒聽過。因為這是我現在臨時想到的。」

雨宮愣住了。田代對著天空放話。

「恕我再嘮叨一次，這絕非捐贈。是松方先生的東西歸還給松方先生的母國。怎麼會是贈送。如果對方還堅持是捐贈，那就說是『捐贈歸還』好了。喬治這傢伙真是的，我沒想到他會是那麼難搞的對手。」

說完，他拿叉子戳起水煮四季豆送到口中，猛然開始咀嚼。

萩原和雨宮，只能啞然地面面相覷。

晚風輕柔拂面的時刻，田代獨自坐在巴黎皇家宮殿的庭園長椅。

隔著羅浮宮，和塞納河反方向，也就是北側，有車輛川流不息的里沃利街。越過那條街繼續向北走，就會抵達有幾個法國政府省廳入駐的巴黎皇家宮殿。這是年僅五歲的路易十四世從羅浮宮移居的皇宮，也是政治家卡米爾・德穆蘭用「各位，拿起武器！」這種說詞煽動大眾引發法國大革命的場所。環繞庭園的建築物仍保存完整一如當時，但一樓有成排的高級服飾店和咖啡店，擠滿了夏夜出來散步的巴黎市民。

庭園有修剪整齊的七葉樹林立，在夕陽照耀下，成排樹木籠罩細長的步道落下陰影。

在咖啡館露天座吃完遲來的午餐消磨許久後，田代告訴雨宮，他要去冷靜一下頭腦再回飯店，就這麼一路閒晃到皇家宮殿。之後，像要拋開扛著的重擔，他重重在綠蔭下的長椅一屁股坐下。

摻冰塊的葡萄酒不可能喝醉。他的腦子格外清醒。

「捐贈歸還」——想起這個臨時掰出來的字眼，苦澀的笑意扭曲嘴角。

——我到底在講甚麼鬼話。

是捐贈還是歸還，不都一樣嗎。總之，只要那批收藏品能夠回到日本就好。

是的。而且，只要能夠創設美術館——松方先生的遺志不就能夠實現了嗎。

即便如此，還是不甘心。

不甘心——不甘心甚麼？

對，那當然。是喬治・薩勒斯翻臉不認人，讓人不甘心。

我本來還抱著期待。還深信不疑。我以為喬治迄今仍對我抱有不變的友情……是我太天真了。
我在說甚麼傻話啊。都這把年紀了，還在滿腦子想甚麼朋友、友情的。
可即便如此……即便如此，我。
我，還是，想做他的朋友。
我這麼想，難道錯了嗎——。
「……雄一？」
熟悉的聲音響起，田代吃驚地抬頭。
眼前站著西裝筆挺的喬治．薩勒斯。田代驚訝地站起來。
「喬治……你怎麼會在這裡？」
「我還想問你呢。你怎麼了？一個人躲在這。」
「沒有，那個……我只是想讓開會太激動的腦子冷靜一下。」
他忍不住老實招認。薩勒斯浮現一如往昔的沉穩微笑。
「我是為了白天開會的結果，來皇家宮殿中的某個省廳做報告。現在正要回家。」
「噢，這樣啊……你太太還好嗎？」
田代一邊問，一邊想起戰前去薩勒斯家時，他的妻子還做拿手的舒芙蕾招待。薩勒斯莞爾一笑。
「謝謝你的關心，她很好。」

這麼回答後，薩勒斯又問：
「我可以坐下嗎？」
「當然。請坐。」
田代就像要請他在自家客廳的沙發坐下似地邀請。
並肩坐下後，二人各自望向步道的樹蔭。
七葉樹的繁茂綠叢之間灑落的夕陽下，孩童和小狗嬉鬧著跑過。後方還有推著嬰兒車的年輕母親。即便是這樣如詩如畫的和平風景，之前也未能打動田代。但此刻他忽然發覺自己正瞇起眼凝視。
「白天會議的結論……你一定不服氣吧。」
薩勒斯忽然用自言自語的口氣低聲說。田代覷向薩勒斯。薩勒斯依然用側臉對著他，說：
「如果我處於你的立場，大概也會說出和你一樣的話……但我希望你理解。現在，我的職責是管束法國全國的國立美術館。就算是面對親密的好友，我也只能正確傳達國家的決定。」
然後，他像要告訴自己般說：
「在法國，不管那是屬於誰的，最重要的文化財產一律禁止出口──事實上，松方收藏品不該送回日本的呼聲，迄今在相關人士之間依然很強烈。畢竟如你所言，收藏品越『完全』重要性就會越高。……我不想找藉口辯解，但是在收藏品中只留下二十一件在法國，其餘全部捐贈日本──這個結論是我費了很大的力氣才達成的。坦白講，能做到這一步已經很不容易了。」

要在吉田茂及法國舒曼外交部長的同意下，由日法雙方共同推動松方收藏品捐贈＝歸還的這條路絕不平坦，這點田代早就明白。

從西村熊雄大使那裡，也聽說過在這段交涉的過程中好幾次都差點失敗。戰後不久，日軍在法屬印度西南虐殺法軍的消息曝光，法國政府內部據說也有不少強硬派堅決反對捐贈（歸還），認為對日本完全不必溫情對待。

能做到這一步已經很不容易了——薩勒斯所言不虛。

田代終於理解。薩勒斯不是為了法國，毋寧是為了日本，竭盡所能地在幫忙。

而且他明知以談判對手的身分前來的老友會反彈，還是誠實地選走了最好的二十一件作品。

那二十一件不知多麼有價值。正確了解這點，並且能夠分享的，想必只有喬治．薩勒斯和田代雄一二人而已。

田代驀然想起在薩勒斯辦公室看到的塞尚的蝕刻版畫〈少女頭像〉。

羅浮宮的收藏品質量堪稱位居全球美術館頂點，在羅浮宮有自己的辦公室，而且統領法國全國各大美術館的薩勒斯，想必也很清楚，雖說只是扣留二十一件作品，但在日本談判團成員看來會顯得多麼貪婪。

然而，薩勒斯本來並非那種人。他從一幅小小的蝕刻版畫也能發現感動，是個深諳美的本質的人物。

巧的是那一刻，田代心裡浮現千利休關於朝顏花的那段故事，或許，正是因為了解摯友的品性吧。

田代重新發現薩勒斯的本意，頓感眼窩深處發熱發麻。

他起身站在薩勒斯的眼前，對老友喊道：

「我明白，喬治……所以，我想拜託你。」

薩勒斯在一瞬間瞇起眼仰望田代。田代直視薩勒斯碧藍的眼眸，抱著祈求說：

「能否在『捐贈清單』再加上三件作品？」

薩勒斯的眼眸微微游移。他似乎條件反射地想說甚麼，卻又吞回肚裡。田代看出他「先聽聽你要說甚麼」的暗示，於是繼續又說：

「那已是很久以前的事了……我剛認識你之後，不是對你說過嗎。松方先生在巴黎大肆購買美術品時，叫我陪他同行當顧問。你還記得嗎？」

「噢，當然記得。」

薩勒斯總算開口。

「記得可清楚了。你就像是昨天才剛發生似的活靈活現告訴我，那是多麼令人雀躍的體驗。」

田代微笑。

此刻坐在眼前的，不是白天開會時坐在桃花心木桌子對面的國立美術館總裁喬治．薩勒斯。而是和田代一樣熱愛美術的一個普通人，喬治．薩勒斯。

「對。現在還覺得當時的事情歷歷如昨……不，就像剛剛發生的一樣印象鮮明。松方先生和我走遍巴黎大街小巷四處尋找名畫。」

——那就是田代記憶中的第一次巴黎之旅。

辭去教職，儘管周遭的人都說他太莽撞，他還是一心想去歐洲留學，想接觸真正的西方美術學習藝術史。只憑著那樣的念頭一路走來。

他隨身攜帶英義法三國語言的字典，該念的書籍全都看原文，他死盯著波提且利那幅〈維納斯誕生〉的照片幾乎盯出一個洞，竭盡全力地不斷努力。即便如此，他知道自己的論文終究是紙上談兵。因為他從來沒有親眼目睹過真正的西洋美術。

無論如何都得去佛羅倫斯，去巴黎，去歐洲。當這個心願終於實現，他經由倫敦抵達巴黎時，三十歲的田代，心想這世上竟有如此華麗絢美的城市嗎，彷彿誤入夢幻王國。

當然，之後造訪的佛羅倫斯也是和巴黎不相上下的美麗都市，歷史的寶庫。倫敦也是。但他還是覺得，巴黎和其他的城市好像有甚麼決定性的差異。

一九二一年，第一次世界大戰結束，距離人類史上規模空前的第二次大戰開始，還有一點時間。不知正有殘酷未來等在前頭的巴黎男女，每晚盛裝打扮去跳舞或看戲，聚集在街角的咖啡座談笑風生。

那時是夏天。行道樹沿著路旁形成無垠的綠色波浪，替蔚藍的晴空增添一抹色彩。

夕陽西沉時，從協和廣場筆直通往凱旋門的香榭麗舍大道上，汽車的車頭燈連綿不絕形成璀璨的項鍊。田代彷彿眺望幻影般目眩神迷看著那風景。

那一切情景，在那一刻。田代與人共享——和松方幸次郎。

「在日本打扮粗俗執教鞭的自己，如今穿上新西裝，和億萬富翁並肩在巴黎街頭昂首闊步。天底下還有比這更令人雀躍的事嗎？你覺得呢，喬治？」

田代戲謔地說。被他的語氣刺激，薩勒斯小聲笑了出來。

「西裝是在巴黎新買的嗎？」

被這麼一問，田代的反應是：

「不，是倫敦的裁縫做的。既然要陪那位鼎鼎大名的松方幸次郎一起逛畫廊，我也是卯起來決定好歹得人模人樣。」

他說著挺起胸膛。

「松方先生和我，當時並肩走在馬路旁的步道上。他很健談，邊走還一直在說話，我拚命想跟上他的話題，肩膀一次又一次撞到錯身而過的行人……甚至差點掛到車子上，有一次還撞上靜止的馬車的馬，差點被憤怒的馬給咬一口呢。」

薩勒斯再也憋不住似的放聲大笑。

「那你們聊得可真熱絡。」

「不，聊得起勁的是松方先生，我純粹只負責附和。直到抵達畫廊。」

沿路負責洗耳恭聽的田代，一旦抵達畫廊，角色頓時顛倒。

推開畫廊的門——正確說來是奉命推開——是田代的職責。先按呼叫鈴。畫廊經理出現。田代告訴對方「松方先生來了」。經理興匆匆敞開大門，迎接二人入內。然後迅速奔向店內後方。畫廊老闆從內室現身迎接。歡迎光臨，您能來真是太好了，來，裡面請，已經為您準備了上好的作品——老闆說著，五體投地表達出熱烈歡迎。

畫廊的員工全體總動員，不斷從倉庫搬出作品。有裱框好的，也有沒裱框的，甚至有看起來油畫顏料都尚未乾透似的新作。

「在某家畫廊，我還在驚嘆出現庫爾貝的大幅畫作，緊接著又發現在那前面有柯洛，還有居斯塔夫·莫羅，夏凡納，名畫源源不斷地出現在眼前……簡直難以置信的情景在眼前展開，起初我已經腦袋一片空白，極度亢奮，撇下松方先生就撲向畫作。」

田代說著，當時的情景又歷歷在眼前重現。

只看過畫冊及研究書籍上印刷品質拙劣照片的無數名畫。庫爾貝的畫面連細節都一樣清晰。夏凡納的畫彷彿撒了白粉有種朦朧的幻想式色彩。莫羅的色調絢爛奪目如真正的珠寶。

田代全身全靈感到唯有真品才擁有的強烈磁力。當然，那時他已在倫敦看過真正的名畫。但在美術館看到的畫，和在畫廊看到的畫，有決定性的差異。

畫廊的畫是以賣出為前提。換言之，可以到手——只要松方有那個意願。這個事實，才是真正讓田代亢奮得熱血沸騰。

當然，畫不可能成為自己的。但松方的構想——在日本創設一流西洋美術館的計畫若能實現，就能把這些名畫帶回日本。

自己幸運地出國留學，也實際接觸到真正的名畫了，但在日本，還有許多想這麼做也做不到的學生及研究者、畫家預備軍。如果連小孩都能親眼看見如此有個性又充滿力量的畫作，肯定會開拓嶄新的視野。

無論如何都想送回國。不，是親自帶回國。

帶回真正的畫作——。

「我當時都快瘋了。我一件一件連珠炮般迅速向松方先生解說：這件從藝術史的觀點看來極有價值，這件屬於某某流派，如果和那邊的某某一起買下來可以看出影響的軌跡非常有意思……簡直是滔滔不絕。我一心只想讓松方先生買下來，為了怕松方先生失去興趣，我拚命在解說。」

田代臉龐發亮地敘述。聽得入神的薩勒斯表情也很開朗。

「松方先生聽了你的解說是甚麼反應呢？」

薩勒斯問。田代苦笑回答：

「很冷淡。他只是不置可否地沉吟或說聲『是嗎』。最後總是來一句『夠了』。」

於是二人不約而同笑了。

「但我根本不管。眼前就有名畫在等著。彷彿可以聽見畫中有個聲音，叫我帶它走。我心想絕不能錯過這個機會，簡直是拚老命。」

松方幸次郎和顧問——在畫商看來或許單純只是個「跟班」——轉眼之間就成了巴黎畫廊界無人不知的人物。

一九二〇年代當時，畫廊還是以買賣古典繪畫為主流，不過經手近代美術的畫廊已趁勢而起。直到二、三十年前還被藝評家狠狠揶揄為「不懂繪畫為何物的愚者信手塗鴉」的畫家們——莫內、馬內、雷諾瓦、畢沙羅、席涅克、竇加、塞尚、梵谷、高更、秀拉等人，被一群畫商視為站在時代最先端，果敢切入保守派畫壇的樣式及思考模式的「前衛」畫家，努力推銷他們的作品。這些畫商包括安布羅瓦．沃拉爾、保羅．杜朗魯耶、達尼葉．亨利．康瓦拉、貝內姆．居諾兄弟。刻意經手前衛畫家的作品，對他們來說是一場豪賭。受到社會嘲笑、不屑一顧的印象派及其後畫家的作品，當初幾乎乏人問津，也付不出該給畫家的錢，有段時期差點兩敗俱傷。但他們沒有放棄，一點一滴，繼續將新生的前衛美術送給熱愛新事物的人們手中。

他們的努力沒有白費，在即將邁入下一個世紀時獲得一定的成功。例如莫內不是在法國，而是先在美國出名。那是因為畫商杜朗魯耶破釜沉舟地在紐約替莫內辦個展。陸續來到巴黎的美國富裕階層，不會戴著有色眼鏡看這種新生的藝術，他們感到有趣，認為作品具有某種內涵，於是毫不遲疑買畫。看到這種現象的杜朗魯耶，沒有在巴黎苦等他們的到來，他決心主動出擊，去美國推銷畫作。他的判斷很準確，個展大獲成功。現在美國的美術館之所以收藏了大量的印象派及其後的近代美術精品，正是因為有這樣的原因。

進入二十世紀後，積極收集前衛美術的收藏家相繼出現。諷刺的是，法國人不屑一顧的前衛美術，反倒被外國人先發現其中的價值。美國的李奧及葛楚這對史坦兄妹、巴恩斯博士、俄國富豪史楚金和莫洛佐夫——以及，松方幸次郎。

實際上，如果問松方是否一開始就發現前衛美術的價值，答案想必是「NO」。但他的確認為「趁現在收集前衛美術」有其價值。這或許是生意人的直覺。

松方打從一開始就自認不懂如何判斷美術價值。正因如此，他才會向田代及其他專家徵求意見。拄著手杖的松方帶著顧問一現身畫廊，畫商們立刻笑得滿臉開花，想著這下子倉庫要被清空了，一邊急忙去迎接這個如彗星般出現，炒熱巴黎美術市場的日本收藏家。

「短短數月之內，他不知預購了多少件作品。無論之前或之後，能夠有幸親身見證那麼豪邁的購畫場面，也只有在那段時期……」

田代滿腔懷念，繼續說道。薩勒斯也瞇起眼，望向巴黎皇家宮殿庭園樹木成蔭的小路。

「然後……我們終於遇見了『命運之畫』。」

陪松方開始逛畫廊一段日子後的某天，他們前往位於巴黎八區拉波埃西街的畫商保羅・盧森堡的畫廊。

松方和田代一如往常，一邊天南地北地閒聊一邊走過畫廊街。

之前那段時間已看過相當多作品並決定購買，但田代感到最近並未遇上令人心動的傑作。松方通常很少主動說他要買哪幅畫，幾乎都是根據田代及其他顧問的建議做判斷，這才決定購買。

當時，松方的主要顧問，是盧森堡美術館的館長兼羅丹美術館館長的萊昂斯·貝內迪特。他的確眼光很好，在美術界也擁有廣大的人脈，但他也會建議松方購買在田代看來似乎有待商榷的作品，因此田代很想協助松方正確地打開眼界。他祈求松方不要只聽貝內迪特的進言，而是自己主動去挑選真心想要的傑作。

為此，他渴望能夠遇上讓人無話可說的真正傑作。

田代前往留學地點佛羅倫斯的日期已近。他開始焦急，急著在自己滯留巴黎期間發現傑作。

他按下面對馬路的門鈴。畫廊的經理出現。說著「歡迎光臨，我們已恭候多時」打開門。拄杖的松方領頭，田代隨後，二人走進店內。

保羅·盧森堡張開雙手歡迎二人。寬敞的畫廊內，牆上掛滿畫作。但是要給二人看的畫不在這裡。一流傑作想必正在內室靜待松方的到來。

然後，一幅畫安靜地被送到二人眼前。

那正是梵谷創作的〈在亞爾的臥室〉。

偕同松方幸次郎被帶進保羅・盧森堡畫廊會客室的田代，就像看到幻影般呆然凝視色彩鮮明的畫作被送到眼前。

田代和喬治・薩勒斯並肩坐在巴黎皇家宮殿庭園的長椅上，發出熾熱的嘆息。

「當時那種衝擊，該怎麼形容才好呢。唉，喬治，我真恨自己詞彙的貧乏。」

「不，已經足夠了，雄一。」

薩勒斯彷彿自己也一起目睹了名畫的出現，語帶感動地接腔。

「你受到多麼強烈的衝擊……完全不難想像。那幅作品，的確是世間罕見的傑作。」

〈在亞爾的臥室〉是一幅長約五十七公分，寬約七十四公分的油彩畫，創作於一八八九年，是梵谷晚期的作品。

「結果，那幅畫給了你怎樣的一擊？」

薩勒斯用愉快的口吻問。這位老友最愛的，就是解說或聆聽繪畫的解說。

田代頓時卡住了，狠狠打了自己一巴掌。

「……該怎麼說呢……我……不，說甚麼都難以形容。我被電到了。被以梵谷為名的雷電。」

初次目睹的梵谷畫作——讓他毫無招架之力哼都哼不出一聲。那簡直是藝術之神的當頭痛擊。

那是梵谷在南法的小鎮亞爾度過人生晚期的陋室。泛灰的藍色牆壁，丁香紫色地板。床鋪和二張椅子，一張邊桌。微微打開的窗子，映出耀眼的綠色反照。窗旁掛的鏡子，反射南法的豔陽看似白花花。放在床上的白色枕頭，顯然也微微映現戶外的陽光。毯子的紅色讓畫面整體有了重心，形成強烈的對比。

和床鋪相接的二面牆，在側邊有四幅裱框的小畫，枕頭上方有一幅。這些男女肖像畫及風景畫肯定是畫家自己最滿意的作品。

房間極端變形甚至顯得畫面整體歪斜。就好像後方的窗子在不斷用力拉扯整個空間。無人的房間自己在呼吸、脈動，洋溢著躍動感。

和那充滿躍動感的畫面同樣令田代驚豔的，是畫中完全沒有描繪陰影。無論是放在地板上的床鋪，邊桌，椅子，牆上的畫框，通通沒有影子。每個物體都像被貼在畫面上一樣扁平。可是那一切，卻又有種飄然浮起的浮游感。

極端平面的，換言之正是「繪畫」式的畫。可是又像是從電影的一格飛出來般充滿動態的畫。雖是具象，卻又抽象。原色的鮮明色彩和豪放的色塊。就像他據說深愛不已的日本浮世繪——。

——那是奇蹟的一幅畫。

「我當時……完全迷失自我，也忘記要對松方先生解說，只是徹底被它吸引——那是一見鍾情。雖然不甘心，但沒有別的說法能夠形容。」

田代語帶熱切。薩勒斯驀然微笑。「一見鍾情啊……」他低喃。

「你變成那樣，松方先生的反應呢？」

被這麼一問，田代不知不覺緊繃的肩膀倏然放鬆，想起當時不禁笑了。

「那才過分呢。他板著臉默默看了一會後，只說了一句話。『這是甚麼玩意？』」

薩勒斯放聲大笑。

「也難怪。畢竟他過去應該從沒見過那種類型的畫吧。」

「就是啊。松方先生比旁人誠實一倍。不懂的就說不懂，然後就沒了。他就是這種人。我被藝術之神的惡作劇左右急不可待地做出庸俗解說，結果他卻似乎興趣缺缺，就這麼頭也不回地走出畫廊。」

啊？薩勒斯這次脫口驚呼。

「那太誇張了吧。也不管眼前就有一幅傑作？」

「是的。他說完全看不懂，回程甚至還有點生氣呢。」

田代苦笑著回答後，「他的確很誠實。」薩勒斯半是哭笑不得半是感歎地說。

「結果那幅畫怎麼又加入收藏名單了呢？」

「問得好。這正是松方先生偉大之處。」

田代當下回答。

松方憤然走出畫廊後，田代慌忙追上。他繞著聳起肩膀大步疾行的松方身前身後團團轉，比手畫腳口沫橫飛，使出渾身解數說服松方那幅畫是多麼偉大的傑作，如果加入收藏名單會多麼有價值，將來創設美術館時若有那件作品會讓日本的青少年多麼驚豔。

可是松方對田代正眼也不瞧，不發一語回到投宿的莫里斯飯店。

「我太失望了。那麼出色的傑作恐怕一輩子遇不到第二次，那晚我獨自借酒澆愁，心想怎麼會搞砸。」

「那時候，就像一見鍾情的單戀破滅吧。」

薩勒斯愉快地說。

「對，在那時候是。」田代回應。

——不料。

三天後，忐忑不安的田代實在擔心那幅畫後來怎樣了，該不會被情敵巴恩斯博士搶走了吧，於是一個人偷偷造訪保羅．盧森堡畫廊。

結果畫廊老闆保羅．盧森堡一如往常滿面笑容地出現，居然開口就說，田代先生您來了，上次謝謝您，托您的福，松方先生買下那幅〈在亞爾的臥室〉，哎不愧是眼光高明啊。

「喂，到底發生甚麼事？」

薩勒斯問，田代好氣又好笑地回答：

「你知道嗎，據說那位老大事後立刻折返畫廊說，『我要買剛才那幅畫。』他居然一個字也沒告訴我，在我面前裝作若無其事——怎麼樣，很厲害吧？」

「天啊，那的確厲害。說穿了，或許那也是藝術之神的惡作劇。」

二人大笑。

夕陽化為金色箭矢射入成排七葉樹之間。那璀璨金光中，二人並肩坐在長椅上，田代的回憶尚未講完。

「除此之外，藝術之神的惡作劇也不時發生。最絕的一次……是我和松方先生一起造訪莫內家時。」

莫內的家，位於塞納河支流，艾普特河流域的吉維尼這個小村莊。松方和田代從巴黎花了二小時車程去見畫家。

清風無聲拂過如鏡的睡蓮池。佇立在池畔，莫內用迅速的筆觸在橫長形的大號畫布畫下池面倒映柳枝款款搖曳的風景。松方默默旁觀片刻後，用拙劣卻彬彬有禮的法語，結結巴巴對畫家說：

——大師。過去的作品也行，能否賣給我一幅〈睡蓮〉的大作？

柳枝搖曳，睡蓮亭亭的池塘是日本風情的水畔風景，大師應該也知道吧。正因如此，才能傾注這麼多感情描繪吧。

我想代替如此深愛日本的您，把您的畫作帶回日本。

還請您成全我的心願——

「——結果，我並未見到莫內賣給松方先生的〈睡蓮〉大作。」

田代在腦中描繪那個睡蓮池，一邊說道。

「但我記得松方先生當時格外熱切打量的一幅畫。橫長形的大畫面下方有或紅或白的睡蓮綻放，柳樹倒映水面——那件作品肯定就是〈睡蓮：柳樹倒影〉。」

田代靜靜站起來，再次站在薩勒斯眼前繼續說。

「和名畫的難忘邂逅有很多，還有一次是和雷諾瓦的相遇。」

松方和田代看到雷諾瓦的傑作〈穿著阿爾及利亞服裝的巴黎仕女〉，是在保羅・杜朗魯耶畫廊。

雷諾瓦畫的，是當時只要是畫家八成都想嘗試看看的極具魅力的主題：後宮群美。不過，雷諾瓦向來注重寫實，他不會靠幻想去描繪沒去過也沒見過的回教世界女性。他純粹只是用「穿著阿爾及利亞服裝」的巴黎女人當模特兒。

以溫暖的褐色作為基本色調，在阿拉伯風格地毯上休息的三個女人。中央的金髮女人露出雪白的肌膚照鏡子。兩側的黑髮女人是協助她化妝的侍女。異國風情的衣裳和裝飾品，濃厚洋溢對東方世界的憧憬，畫面整體醞釀出蠱惑的氛圍。

「打扮成後宮女人的巴黎仕女，散發出若有似無的女人香，讓觀者產生百看不膩的心情……就是那樣的一幅畫。雷諾瓦的作品，過去我在盧森堡美術館也見過，但那幅畫不僅題材特殊，色調也比較壓抑，和過去見過的雷諾瓦作品風格有點不同。雖說當下還沒發現那是拿羅浮宮收藏的德拉克洛瓦的名作〈阿爾及爾的女人〉當樣本畫出來的。」

說完三個印象深刻的畫作故事後，田代直視薩勒斯的眼睛，用清亮的聲音說：「喬治，我想請求你。讓我把這三幅無可取代的作品帶回日本好嗎？——就算只是為了過世的松方先生。」
薩勒斯仍坐在長椅上，彷彿在仰望黃昏天空的眼睛轉向田代。
田代懷著祈求回視薩勒斯。他在等待。等待好友的一句話——僅僅只要一句「好」即可。
薩勒斯緩緩起身和田代面對面。然後，他說了一聲謝謝。
「謝謝你讓我聽到這麼寶貴的故事。但是……現在我不能立刻答覆。給我一點時間好嗎？」
好友沒有說「好」，但也沒有說「不」。
田代從中發現一絲光明。

田代回到投宿的飯店時，已過了晚間九點。
天色終於開始變暗，馬德萊娜教堂周邊瀰漫明亮的夜色。露天咖啡座擠滿了人，夏日長夜仍未央。
走進飯店大廳，只見雨宮正等著。一看到田代，他就大喊「老師」跑過來。
「您怎麼這麼晚才回來。我還怕您出了甚麼事。」
「啊，不好意思。因為我意外遇到一個人。」
田代故意賣關子，雨宮當下大為緊張。
「您遇到甚麼人？該不會是外交部長……」
「不，是更重要的人物。」

說完，他大喘一口氣。

「是喬治・薩勒斯。」

他說。

「我們湊巧在巴黎皇家宮殿的庭園遇上。聊了很久……也講了很多官方會議上不能說的話。然後，我就鼓起勇氣請求他。只要雷諾瓦的〈穿著阿爾及利亞服裝的巴黎仕女〉、梵谷的〈在亞爾的臥室〉、莫內的〈睡蓮：柳樹倒影〉這三幅畫就好，能否讓我帶回日本。」

雨宮沉默凝視田代的雙眼。田代察覺似乎有甚麼不對勁的瞬間，雨宮小聲告訴他：

「老師，其實大約一個小時前，有一個陌生的日本男士來過，他說想見田代老師。」

「……陌生的日本男士？」

雨宮點頭。

「他堅持非要見您，說有事要拜託。我堅持請他先說明來意，否則無法安排會面，那人這才說出實話。」

——法國政府接收的「松方收藏品」，其實是我從納粹德國魔掌下保住的。

田代瞪大了眼。

「他現在就在街角的咖啡館等您。」

——那人的名字，叫做日置釭三郎。

他是打從戰前就以川崎造船所員工的身分派駐法國，擔任松方助手的男人。

那個男人，正在等田代。他打算把松方收藏品的所有秘密，一切的一切，全部說出來。

一九二一年七月

巴黎——北站

4

冒著濃濃白煙駛過巴黎街頭的蒸汽火車頭逐漸放慢車輪的迴轉，一點一點地慢慢減速。

坐在靠窗的位子，幾乎貼在車窗上凝望巴黎街景流過的田代雄一，看到鋼筋組成的火車站玻璃大屋頂出現後，忍不住用日語大喊一聲：「噢，到了！是巴黎！」喀喀喀地把車窗向上推開。

白煙頓時飄進車廂內。坐在眼前的紳士猛然吐出一口氣，一邊咳嗽一邊怒吼：

「喂，老兄！別這樣好嗎，煙都飄進來了！」

周遭起身準備下車的乘客們也拚命咳嗽。

「啊，對不……Excuse moi……」

田代連忙改口用法語道歉。

一聲長笛音響起，火車嘆息般咻——吐出最後一口蒸氣，緩緩停止。

拎著旅行袋的旅客們爭相湧向出口。田代也被推擠著，拽著大行李好不容易才下了月台。

「喂！田代！這邊，這邊！」

有人用日語呼喊，田代抬起頭。四下一張望。

「──成瀨！」

他在人潮中找到戴著平頂草帽的熟悉面孔。那是東京帝大的老同學，成瀨正一。

撥開人潮走近後，二人緊緊握手。

「歡迎。辛苦你大老遠從倫敦……不，從日本遠道而來。近來還好嗎？」

成瀨的慰問，令田代展顏一笑。

「托你的福，都好。你怎麼樣？巴黎生活已是第二次了，應該很習慣吧？」

「是啊。畢竟這次我老婆也來了。和上次單身，而且是戰時大不相同。」

「幹嘛幹嘛，在我面前曬恩愛啊，臭小子。」

二人笑著，把行李交給成瀨找來的服務員，走過人潮混雜的車站內。

大馬路有亮晶晶的最新款雪鐵龍等著。田代瞪大雙眼。

「哇，好拉風。大少果然不一樣。」

司機替他們開門，二人鑽進後座。

「走吧。」

成瀨用發音優美的法語下令，司機應聲稱是，啟動汽車。看著成瀨已經一身標準巴黎人的作派，他雖比田代年輕，側臉卻耀眼得令人無法直視。

田代雄一這年三十歲，為了鑽研西洋藝術史，在這個春天初次踏上歐洲土地。

從橫濱港出發，搭船於五月抵達倫敦，滯留了二個月。並且預定在巴黎度過夏天後，搭乘火車前往留學地點佛羅倫斯。

在佛羅倫斯，他將會師事文藝復興研究的第一把交椅，美籍藝術史學家伯納德・貝倫森。在正式開始研究專業之前，既然來了歐洲，他決定見識一下藝術之都巴黎，所以搭船橫渡杜佛海峽，從法國北部的港都加萊搭乘火車，好不容易才抵達北站。

另一方面，成瀨繼上次的巴黎留學後，正在享受睽違近三年的巴黎生活。

成瀨的父親是十五銀行的總經理，成瀨在富裕家庭長大，一高畢業後進入東京帝大英文科，畢業後赴美進入紐約哥倫比亞大學研究所，他的優異表現就連比他大一歲的田代都為之咋舌，帝大在學期間與芥川龍之介、菊池寬等人創辦文學雜誌《新思潮》，備受矚目。也致力於研究獲得諾貝爾文學獎的法國作家羅曼・羅蘭，甚至親自去見一次世界大戰時流亡瑞士的作家本人。

第一次法國留學歸國不久，他便與川崎造船所的創辦人川崎正藏的孫女福子成婚。由於他立志成為法國文學研究者特地負笈留學時，巴黎正逢一次世界大戰的戰火，因此雖然見到羅曼・羅蘭，卻無法好好做研究。他立誓要「一雪前恥」，遂於今年春天偕妻福子再訪巴黎。

田代從倫敦發電報給人在巴黎的老友，通知成瀨他將於幾月幾日幾點搭乘火車抵達北站。雖然沒說希望成瀨來接他，但交情深厚的成瀨果然特地來車站接他了。

「對了，你在倫敦期間過得如何？第一次出國，想必甚麼都覺得有趣吧？」

被成瀨這麼一問，田代回答：

「是啊，的確如你所說。看甚麼都覺得新鮮。簡直大開眼界。」

堅固的紅磚建築和日本基本都是木造的房子截然不同，規劃整齊的街頭沒有電線杆也沒有電線。田代亢奮地訴說，成熟的都市景觀是如何令他目瞪口呆。

「這樣啊。我能理解你受到的衝擊。我當初剛抵達紐約時也是這樣。不過……我可要先聲明，巴黎與眾不同喔。」

彷彿要介紹自己的秘密情人，成瀨稍微壓低嗓門說。

「巴黎是真正的花都。就像是妖豔的美女吧。」

倫敦有種目無下塵的氣質，說來就像是端著架子的貴族夫人。而紐約用熱鬧繁雜這種字眼來形容最貼切，感覺更像個活潑好動的女學生。

「那麼巴黎呢？」

田代問。

「這還用說，當然是我的真命天女（Femme fatale）。」

成瀨奸笑著回答。

「虧你這個有婦之夫說得出口。」

「我有多麼迷戀巴黎這個絕世美女，我老婆清楚得很。」

車子輕快駛過拉法葉大街，經過歌劇院前，橫越梵登廣場，來到里沃利街。每次轉彎，田代就會忍不住歡呼著說：「噢，這是拉法葉大道嗎！」「哇，是歌劇院，歌劇院！真是太雄偉壯麗了！」「這就是梵登廣場？太棒了！」

成瀨似乎不禁苦笑，但他還是逐一說明：這美麗的街景，是一八五三至一八七〇年間，賽納省長喬治．奧斯曼奉拿破崙三世之命，帶頭指揮大改造的成果；你瞧路旁公寓的樓層高度全都一樣吧？三樓有陽台，是最高級的房間；之前歌劇院演出普契尼的《蝴蝶夫人》，我還讓我老婆穿上和服帶她去看戲；那間店就是普魯斯特和埃米爾．左拉常去的「和平」咖啡館；梵登廣場的圓柱是拿破崙一世仿照羅馬的圖拉真凱旋柱建造的……。

車子駛過里沃利街，最後抵達高級飯店「莫里斯」。行李員從後車廂取下行李箱，上前問「請教先生貴姓大名」。

「不，我不住這裡。只是來拜訪住在這裡的紳士。行李請先幫我寄放櫃台。」

田代第一次嘗試用法語回答。行李員說「好的，先生」，把行李送去寄物櫃了。

「不賴嘛。這不是溝通得很好嗎？」

成瀨半帶調侃說。

「唔，我的藝術史可不是白念的。」

田代驕傲地挺起胸膛。

「那我們走吧。那位大老正翹首等待你的抵達。」

眼看成瀨要走向電梯間，「等一下。」田代說。

「我想確認一件事。能否先在這裡等我一下？」

田代不管愣住的成瀨，逕自快步走到飯店外。

隔著里沃利街，對面就是杜勒麗花園豐饒的滿眼綠意。右邊是協和廣場的埃及方尖碑，俗稱「克麗奧帕特拉之針」的尖端彷彿要刺向藍天般屹立。田代深吸一口穿過蒼翠樹林之間吹來的風——實際上是眼前穿梭的汽車排放煤煙造成的汙濁空氣。

——啊，終於。

我終於來了，來到憧憬的藝術之都……！

感動竄過身體每個角落令他渾身發麻。這個城市和數不清的無數藝術家的人生有深刻關係。被難以逃避的魅力吸引，他們來到這裡，覺醒身為藝術家的使命，開創自己該走的道路。

真命天女啊——花都巴黎！

田代小心閃躲川流不息的車輛，穿越里沃利街，走向杜勒麗花園旁的人行道。然後轉過身，仰望聳立在馬路對面的莫里斯飯店雄偉的建築。

成排的窗戶，窗戶，窗戶。敞開的窗戶，防盜窗緊閉的窗戶，有綠色遮陽篷的窗戶。望著所有的窗戶和陽台，田代噗哧笑了出來。

——果然沒有掛出來。

回到飯店大廳，成瀨正在痴痴等候。

「抱歉，讓你久等了。」

二人走進電梯。

「你剛才到底是去確認甚麼？」

對於成瀨這個問題，田代說：

「不，沒甚麼。」

說完又吃吃笑了。

在倫敦初次造訪松方幸次郎時，迎接緊張的田代的，是晾在高級公寓窗邊的兜襠布。就連那樣的松方，或許在巴黎都不得不收斂。

七月初自倫敦啟程來到巴黎的松方，據說就在不久前獲得法國榮譽軍團勳章。田代接獲成瀨從巴黎拍來的電報得知這個消息時，當下大吃一驚。

松方當時只告訴田代：「我要去巴黎買美術品，所以你也要來，我有點急事先走一步。」然後就匆匆趕往巴黎。壓根沒提起他是要去領勳章，松方先生也真是壞心眼啊。田代很遺憾未能出席授勳典禮，因此有點埋怨松方的粗枝大葉。

按照成瀨的解釋，這肯定是法國政府為了感謝松方照顧法國的美術市場。但不管怎樣，這對日本人都是一種榮耀，應該先衷心表達祝賀，所以他一到巴黎還沒去自己的住宿處，就這樣直奔松方的下榻旅館。

田代和松方認識僅有二個月，相較之下，成瀨從小就認識松方。成瀨的父親正恭，是松方擔任社長的川崎造船所主要合作銀行十五銀行的總經理。由於這個緣故，松方簡直把新婚的小兩口當成自家孩子疼愛，尤其是對成瀨，早就表明等自己到了巴黎要購買美術品，希望成瀨當他的顧問——和松方在倫敦對田代說的話一樣。

「今天，松方先生接下來有甚麼行程安排嗎？」

田代在上升的電梯內問。

「首先由我說明到目前為止松方先生決定購買的作品。之後，或許會立刻去畫廊。」

成瀨回答。田代緊接著又問：

「在巴黎，松方先生的買畫顧問應該不只你一人吧？」

「對啊，嚴格說來我畢竟對美術是門外漢嘛……不過，遇上居斯塔夫．莫羅之類的有趣作品，我可是有建議他買下喔。結果松方先生毫不遲疑就要買。」

松方雖然放話「自己不懂美術」，但既然要買就毫不遲疑。無論是倫敦藝術顧問的核心人物．藝術家布朗溫的推薦，或是年紀足以當他兒子的成瀨，只要被他們充滿熱切的態度震懾，他就會決定購買：「既然你這麼推薦那肯定不會錯。」

其實他有點看人不看畫的味道——成瀨老實說。

「巴黎的藝術顧問之一，是盧森堡美術館的館長，也兼任羅丹美術館館長的萊昂斯・貝內迪特。在我印象中這位貝內迪特人脈相當廣。」

田代當下理解，貝內迪特就等於是巴黎的布朗溫。

「老實說，即便在我看來，也覺得貝內迪特介紹的畫作中迄今沒有甚麼好作品。」

成瀨走在漫長的走廊上，如此發牢騷。

「你大概還不了解美術商這個圈子的嚴苛競爭和齷齪。有時也會發生光靠清高無法解決的問題。尤其是涉及巨額資金時。」

彷彿要指點田代看清絕世美女背後的嘴臉，成瀨壓低聲音說。田代沒有點頭。但他覺得可以理解成瀨的言下之意。

億萬富翁松方幸次郎，帶著鉅款率領年輕的美術專家來到巴黎，此事幾乎已傳入所有的畫廊老闆耳中。

對方可是和全球資產階級做買賣的畫商。專業性高，生意手腕高明，也很狡猾，因此成瀨強調不能一味進攻，防守也很重要。

「如果不提高警覺，可能會被哄騙買下多餘的東西當冤大頭。所以一定要小心。總之你也該牢記心頭。」

走到走廊的盡頭，成瀨在那扇房門前駐足。

「不多不少只能敲二下。記住了嗎？」

成瀨肅容立正，如其所言輕敲二下房門。田代不禁挺直腰桿。

「誰？」

門內響起法語。

「是我們，成瀨和田代。」

成瀨用法語回答。頓時，房門無聲開啟。

門內出現的，不是松方，是個陌生的日本青年。

本以為會是松方出現的田代，迎上對方利刃般的犀利眼神，不由愣住了。

「啊，日置先生，你好。」

站在田代身旁的成瀨對那男人發話。被稱為日置的男人，似乎和成瀨見過面，兇惡的神情瞬間放緩。

「……請進。」

男人讓他們進屋。

成瀨領頭，田代隨後，二人走進房間。貼著絲質壁紙的牆面，水晶吊燈，貓爪躺椅，保養得當的各種精緻家具——一看就是富豪會住的房間。卻不見松方的人影。

「沒人在啊。」

田代嘀咕。成瀨環視室內，大喊一聲：

「松方先生！田代雄一到了！」

「噢，來了嗎！」

不知從哪傳來聲音。二人面面相覷。

成瀨再次大聲問。

「您在哪裡？」

「在廁所！」

松方大聲回答。田代噗哧笑了出來。

「知道了，您慢慢來！」

成瀨忍笑說，田代已經憋不住，捧腹笑了出來。

此刻名聲響徹全歐洲的大富豪，美術收藏家松方幸次郎，其實是個平易近人、大咧咧的性子。

——松方先生這種個性充滿人味真有意思。

過了一會，松方現身了。小鬍子，發福的身材，親切的笑容。他拄著手杖走近田代。

「噢，讓你久等了。歡迎你來，田代！」

他用力和田代握手。然後，非常高興地用力拍打田代的背部。

「覺得巴黎如何？不錯吧？畢竟是花都。和灰撲撲的倫敦可不同。綠意豐饒百花齊放，東西好吃，美女也很多。哎，簡直是人間天堂。你喜歡嗎？該不會已經不想去那甚麼土氣的義大利了？」

松方說得起勁幾乎手舞足蹈。成瀨苦笑說：

「田代才剛抵達呢，松方先生。他哪都還沒去。連塞納河的水面都沒看到。」

「甚麼？你連塞納河都還沒看到？」

松方渾圓的眼睛瞪得更圓，田代只能忍笑回答：「是的。很遺憾。」

「那可不行。塞納河是巴黎的王妃。來到此地怎麼能不去拜謁王妃。那可是歐洲首屈一指的美女，你肯定也會拜倒在她的魅力之下。」

「是。」田代老實回答。「我求之不得。」

「很好。那我就讓你看一眼我的王國吧。來，跟我來。」

跟在已經成了巴黎霸主的松方身後，田代和成瀨來到陽台。

「哇！」

田代不由自主發出感嘆。

位於五樓的房間，眼前是杜勒麗花園蒼翠欲滴的大片綠地。右邊有協和廣場的方尖碑猶如刺向晴空般聳立，更遠處可以看見艾菲爾鐵塔。傷兵院的金色圓頂反射夏日陽光如皇冠閃閃發亮。左邊是羅浮宮壯麗的建築綿延。

這是何等的開闊，何等的華麗！

啊——我終於來到這裡，來到巴黎！

憧憬的城市此刻在眼下一覽無遺，田代激動得幾乎落淚。

「公園對面那條河就是塞納河，再過去是左岸。許多畫家居住的蒙帕納斯在那邊。」

成瀨指著公園的對面一一解說。

「也有日本畫家住在那裡。叫做藤田嗣治，是個留著馬桶蓋髮型戴圓眼鏡的怪咖。」

第一次世界大戰結束，成為戰勝國的日本，有前所未見的無數日本人搭船來到巴黎。對一般人而言出國是遙不可及的夢想，但是企圖推展積極外交的日本政府，對於富裕階層自不待言，為了學術研究、學習技術、藝術交流，也大力鼓勵專家學者和藝術家出國。也因此，身為世界中心的藝術都市巴黎，聚集了為數頗多的日本藝術家和文化人。

「藤田啊。我聽過此人的傳聞，他現在就在這個城市啊。」

只聽過藤田嗣治名字的田代咕噥。

「前天我還跟他一起吃過飯喔。」

松方隨口說。

「啊？您已經見過他了？」

「嗯。那人挺有趣。明明是男的卻戴耳飾，穿著花俏的外套出現。我看他太有意思，所以也買了他一幅畫。」

松方說不知是甚麼樣的畫，但藤田保證會送來畫室最好的作品。

田代目瞪口呆。成瀨吃吃笑，附耳對田代說：「聽到沒？我說的沒錯吧？」

——松方先生買畫，有點不看畫只看人的味道。的確如成瀨之前發牢騷所言。

「你一到就直接來我這裡，那你還沒看過羅浮宮美術館吧？」

松方望著羅浮宮的方向問。田代點頭稱是。

「那好，今天我們先去羅浮宮，在塞納河畔乾杯吧。河邊有相當不錯的咖啡館。」

「好，這是我的榮幸。」

田代毅然回答後，提出請求：

「啊，不過松方先生，今天恕我僭越，能否讓我帶頭舉杯？我之所以從車站直奔您這裡，就是想先向您表達祝賀之意。」

說完，他肅然端正姿勢。

「這次您獲頒法國榮譽軍團勳章，真是恭喜您。」

然後鄭重一鞠躬。

「幹嘛幹嘛，這也太隆重了吧。」

松方破顏一笑說。

「聽到你這麼說我很高興。不過，不是為了受勳。是你一下車直接來看我，這點更讓我高興。謝謝。」

松方坦然道謝。田代也露出笑容。

「那我去安排車子去羅浮宮吧？」

成瀨機靈地問。

「今天天氣好，我們走路過去吧？反正近在眼前。」

松方愉快地回答。然後拄著手杖，從陽台回到室內。

他拿起衣帽架上的巴拿馬草帽戴上。

「好了，走吧。」

說著匆匆走出房間。

「真是急性子。」

成瀨嘆口氣。

「松方先生從以前就是這樣。完全靜不下來。不停大步向前走，要追上他的腳步很辛苦。」

成瀨嘴上抱怨，語氣卻像個孝順父親的兒子。

「松方先生，請等一下。鑰匙怎麼辦？」

成瀨朝那個大步走向走廊那一頭的背影大聲詢問。

「鑰匙在桌上，你幫我鎖門。」

松方沒轉身，直接回答。成瀨無奈地回到房間，鎖上門。

「真是傷腦筋的老爹。」

說著又吃吃笑了。

三人連袂走進電梯。電梯下降後，田代忽然察覺不對勁。

對了，造訪松方房間時，那個替他們開門的男人──「日置」，怎麼不見蹤影。

但松方和成瀨似乎壓根不在意。

──那到底是甚麼人？

田代感到很不可思議，但也不便問松方，就這樣又來到陽光耀眼的大馬路。

田代初次走進的羅浮宮美術館，果然是名不虛傳的美學迷宮。

本來是在十二世紀的法國國王菲利浦二世命令下，作為要塞建造的羅浮城堡，經過幾次改建，變成陳列歷代國王收集的藝術品的宮殿，法國大革命後成了公開王室美術收藏品的場所，變成對一般大眾開放的美術館。館藏內容無論質與量自然都是世界第一。

比方說，達文西的那幅〈蒙娜麗莎〉，就是十六世紀法蘭索瓦一世的收藏品。其他還有不勝枚舉的卓越收藏品流傳至今，再加上拿破崙一世時作為戰利品帶回法國的各式名品、珍品，乃至古埃及木乃伊和希臘、羅馬時代的裝飾品，館內展出了各時代各個國家、地域的各種物品也是一大特徵。

田代隨同松方、成瀨來到羅浮宮最有名的大展覽廳「大畫廊（grand galley）」，面對掛滿應有數百公尺長的廣大牆面的無數名畫，名符其實地張口結舌，整個人都看傻了。

——太……太厲害了……！

喬托、波提且利、達文西、拉斐爾。要找出非名畫的作品根本不可能，件件都是傑作。預定接下來要去佛羅倫斯正經研究文藝復興美術的田代，此刻近距離看到研究對象的「實物」，感動得熱淚盈眶。

田代佇立在波提且利的濕壁畫〈春〉的面前，專注得幾乎整個人都鑽進畫中。

他以前只看過黑白照片，原來實物色彩鮮豔得令人戰慄。他以為是黑色的婦人衣服其實是深紫色，女神耀眼的裸體上飄揚的羽衣是薔薇色，三美神的衣裳是橘色、白色、綠色和紫色。啊，還有她們的臉頰紅潤，嘴唇是鮮活的紅色！

田代全神貫注凝視畫面，努力想把躍動的色彩，徹底明亮又寫實的人物型態，這蘊藏生命的畫作一切都烙印在記憶中。他只是不停凝視。

不知過了多久。當他驀然回神，不由驚愕轉身。

展覽室中央放有長椅。松方坐在那裡，雙手擱在手杖上，正定睛看著他。田代慌忙朝松方走去。

「對不起。因為那是我研究的畫家作品，忍不住一時忘情……」

「哪裡，沒關係。」
松方灑脫地說。
「成瀨到哪去了？」
「他早就去別的展覽室了。那小子就是急性子。片刻都待不住。從以前就是這樣。」
松方這番話讓田代忍俊不禁。
「你看得可真投入。能夠讓你這麼投入，可見應該是很棒的名畫吧。」
「對，這是名畫中的名畫，是傑作。這是山德羅・波提且利這位文藝復興初期的畫家作品，創作於十五世紀後半。我以前只見過印刷不良的圖片……想都想不到，原作竟然是如此鮮豔的色彩。」
田代興奮地說。松方不禁感嘆一聲。
「是四、五百年前的作品嗎？」
「不，不對，是四百三十六年至四百三十八年前的作品。」
田代訂正。
「這麼斤斤計較啊。」松方皺眉抱怨。
「因為我打算成為藝術史學家。」田代抱著當仁不讓的決心回答。
「就是要有這種志氣，很好！」
松方笑了。然後問：

「那我再問一個問題。如果要買那幅畫，大約得花多少錢？」
田代頓時神色嚴肅。
「您這可問倒我了……我無法開出價錢。」
「為什麼？」
松方也臉色一正。
「如果是文藝復興的畫家，應該是來自義大利對吧？那幅畫大概是以前法國國王向義大利商人買來的。所以才會在這裡吧？如此說來，應該也能推測價錢。你是專家，這點小事應該難不倒你。」
要給自己的研究對象訂出價錢？田代感到一絲幻滅。
「我……要怎麼分析繪畫本身都沒問題，但我對經濟價值是門外漢……」
他勉強回答。
松方凝視田代。
「那麼，你是為了甚麼來巴黎？」
他問道。
「你似乎認為給美術品訂出價錢是『罪惡』。原來如此，你把自己的研究對象看得如此崇高，或許的確認為標明價錢是罪不可赦的侮辱。但若是這樣，我接下來要做的事情，你恐怕完全派不上用場。你再待在這裡也是浪費時間，不如趕緊去你的義大利吧。」

松方毫不留情地直指要害。

「在倫敦時，我曾請你陪我一起去買畫。因為我相信你有辨別真畫的好眼力。我不懂畫，但我還是決心收集畫作。所以，不管是美術館或畫廊乃至個人的家中，只要看到有畫掛著，我就想知道價錢。那如果是名畫，我更想買下來。這是因為——我想創建美術館。」

日本還有許多年輕人，一如昔日的你，想看真畫都看不到。

我想為他們帶來不是黑白複印而是真正的畫作——松方說。

「在日本，也得創設不比這羅浮宮遜色的美術館。……田代啊，我可是認真的喔。」

松方的大刀一揮，筆直貫穿田代的心頭。

田代很羞愧，是自己思慮太淺薄。同時也再次感佩松方的偉大。

羅浮宮美術館就算耗上一整天也看不完，是很有看頭的美術殿堂。

松方及成瀨早已來過羅浮宮多次，因此看似早已司空見慣，但田代不同。

打從年輕時就祈求，只要一眼就好只求能夠親眼見到原畫，現在面對自己憧憬多年的無數名畫，怎麼可能鎮定得了。從那幅畫到這幅畫，他就像被百花怒放的芳香蠱惑的蝴蝶，在名畫的花園四處飛舞。

在廣闊的館內，田代不知幾時和松方二人走散了，等他終於發現這點時，已是負責關門的男人提醒他「閉館時間到了，我們要關門了」的時候。

他吃驚地四下張望，卻看不到松方和成瀨。他慌忙要走，館員叫住他，「不是那頭，要走這邊。」

「出口在哪裡?」他問。

「從這邊直走，左轉。走一段路後右轉。然後再左轉，接著右轉，再左轉。」

他聽得頭都暈了。

「我知道了，謝謝。」

雖然完全沒聽懂，他還是姑且這麼回答後邁步前行。

背後的門依序吱呀作響地被關上，上鎖的聲音四處響起。吱……啪噹，喀嚓。吱……啪噹，喀嚓。彷彿被那聲音追趕，田代快步前進。

他穿過許多展覽室。希臘的水壺，美索布達尼亞的列柱，羅馬的雕像，古代的玻璃工藝品，羅曼式建築的浮雕，巴洛克的肖像畫──。每件作品都在挽留他。田代好不容易才擺脫那種吸引力，總算抵達出口。

一走到館外，正面玄關的沉重門扉就關上了。得知自己顯然是留在美術館的最後一人，即便只是短暫數分鐘，田代也感到自己獨佔了羅浮宮的無數國寶級美術品，不禁得意地暗自偷笑。

「喂!田代!」

遠處傳來呼喚。定睛一看，中庭對面，卡魯索凱旋門下，松方與成瀨正在抽菸休息。田代舉手作勢，朝二人那裡跑去。

「讓二位久等真不好意思。」

聽到田代道歉，松方竊笑著說：

「我剛剛還跟正一說，你搞不好成了美術的囚犯永遠回不來了。」

田代抓抓頭。

「您說對了。真的只差一點點。我是被關門的人趕出來的……」

他本想說，如果真的被關在裡面也好，想想還是算了。接著他又說：

「就算怎麼看都看不完，想必待多少天都不會厭倦。真是太厲害的美術館了。……這世上竟有這樣的場所，這本身就像是一個奇蹟。」

明知就一個立志成為美術史學家的研究者而言這個感想太拙劣，但這是他真誠無偽的心情。

聽到田代這番話，松方微笑。

「我想也是。正因如此，我才希望在日本也創設這種『奇蹟似的場所』。」

他說。

「雖然我不是很懂，但美術館這種地方，好像會這樣……讓人興奮難耐，心跳加快。」

只要走進那個玄關，就會雀躍地急著參觀。充分欣賞美術品後，帶著豐饒滿足的心情走出玄關。

就算是與名畫對峙，也用不著正襟危坐。只要敞開心扉面對，甚至可以聽到畫中傳出的聲音。也能超越時空與畫家對話。

美術館，就是這樣的場所。

「所以，我雖是外行人也忍不住想，要是日本也有這種場所該多好啊。大人小孩都會很興奮。還有你們，當然也包括我，都會很興奮……怎麼樣？你不覺得這是很有意思的點子嗎？」

松方的話語痛快地打動心扉，田代不禁露出笑容。

自己身為研究者，對於畫作，往往只顧著用腦子思考這幅畫的創作年份是甚麼樣的時代背景，受到甚麼人的影響，構圖又是怎樣。儘管根本沒有接觸過原畫——不，正因為沒有親眼見過，才會拘泥於時代和樣式，只知紙上談兵。

相較之下，松方先生是何等落落大方。

在倫敦相識後，剛開始陪同松方去畫廊時，彷彿要證明自己的富裕，在田代看來松方簡直像是在「瘋狂大採購」。

成瀨說的沒錯，松方買畫有點看人不看畫的味道。田代認識松方後，很快也發現了這點。

松方在英國最大的顧問，是貴為皇家藝術學院會員的畫家弗蘭克·布朗溫。松方很中意此人，在他身上花了不少錢。松方大量購買布朗溫的畫作，對於布朗溫推薦的畫家作品也沒仔細考慮就加入收藏名單。最後甚至連他意氣昂揚要在日本創立的美術館，都委託布朗溫來設計。

跟著松方，第一次來到布朗溫位於倫敦住宅區漢默史密斯的畫室時，看到構想中的美術館模型，田代二度為之驚嘆。設立美術館這個不知何年何月能實現的夢想不只是白日說夢，已經確實朝著實現在進行，這點首先令他驚訝，這個重任由一介畫家布朗溫來挑大樑更讓田代大受衝擊。

雖然有點懷疑這樣到底行不行，卻又很感動，覺得以這人的本領一定能做到。

總之，松方幸次郎和田代以往見過的任何人物都不同。無論是他走遍世界各地工作的態度，非凡的財力，一根腸子通到底的個性。

還有，田代也發現松方擁有非常強烈的好奇心。不知道的一定要知道。沒去過的地方一定要率先去看看。至於沒做過的事，他也會先試試看。這種好奇心，正是松方幸次郎的核心，塑造了他這個人。而且那種好奇心不斷尋求新體驗，加以吸收，每天都在學習。

經驗累積後他也沒有變得老奸巨猾，反而如少年般雀躍著「挺有趣的嘛」，並且不以為恥。一般人很難做到這種地步。經驗累積後會變得狡詐，一個成年人也怕丟臉做不出歡欣雀躍之舉。然而，松方不是一般人。那樣就好，那樣才好。

他是不斷追求新事物的人——對，他永遠是「嶄新的人」。

「對了，從明天起不去美術館了，陪我去逛畫廊吧。可以吧，田代？」

從羅浮宮美術館走向塞納河畔咖啡館的路上，松方問。

「當然沒問題。我雖才疏學淺，還請讓我陪您同行。」

田代當下回答。

「還有我也要去喔，別忘了我。」

成瀨也立刻插嘴說。

「這樣簡直像桃太郎率眾出征。」

松方揶揄。

「要去修理畫商這些惡鬼嗎？」

成瀨愉快地接梗。

「他們有名畫這個厲害武器，相當難纏喔。」松方說。

「那就把那武器搶過來！」成瀨說。

「這樣好像太危險了吧。」田代苦笑。

充滿冒險即將開始的意氣風發。

松方幸次郎。

這位大人物，嶄新的人，自己願意追隨他到任何地方。

來到巴黎的第一天，田代如此下定決心。

在塞納河畔的咖啡館用完晚餐後，把松方送回莫里斯飯店，成瀨和田代的任務結束，二人去了位於聖奧諾雷路旁的酒館。

夏至前後的歐洲，晚間七點的天色明亮，與其說是剛入夜毋寧仍該稱為白天。九點過後這才終於籠罩暮色。

在倫敦時，田代早已體驗過永不天黑的夜晚，但巴黎夜色的明亮又別有一番風情。不知是因為塞納河波光瀲灩，還是因為綿延不絕的行道樹耀眼的綠意。

他們在可以眺望大街的露天座坐下，田代點了紅酒，成瀨在酒單上發現白蘭地名酒「拿破崙」，點了一杯那個。

「真是矯情。」田代說。

「是松方先生教我的。」成瀨自豪地回嘴。

「上次我在稍微高級一點的餐廳發現年份特別的『拿破崙』，價錢貴得跌破眼鏡，但松方先生豈止是叫一杯，他是直接買一整瓶。我本來還以為有機會嘗到這玩意很開心呢，結果他說『這下子買到好禮物』，並沒有當場打開。害我失望透了。」

「禮物？那麼昂貴的東西到底要送給誰？」

田代問，成瀨的答覆令人意外。

「克洛德・莫內。」

「克洛德・莫內？……那個畫家？」

成瀨點點頭。

「松方先生三年前來巴黎時，據說在黑木三次先生的介紹下初次見到面。」

「黑木先生啊。對了，他現在也在巴黎吧。」

田代恍然大悟。

黑木三次是黑木為楨陸軍上將伯爵的嫡子。和松方幸次郎的兄長——前十五銀行總經理松方巖——的女兒竹子結婚後，目前正在巴黎留學。成瀨也有個擔任十五銀行總經理的父親，而且娶了松方擔任社長的川崎造船所創辦者的孫女，因此和黑木頗有淵源。對田代而言黑木是東京帝大的學長，但他也是伯爵家的嫡子，身分高貴難以親近。

黑木夫妻暫時定居巴黎，又有日本名流的身分，因此在巴黎社交界似乎頗為知名。夫妻倆深知看歌劇或鑑賞美術這種對藝術的關心在這個國家的社交也是極為重要的一環，因此和藝壇人士也有交流。

其中一人就是畫家莫內。昔日脫離學院派繪畫的規矩，畫出宛如塗鴉的作品被視為「愚人」的莫內，如今已躋身雅士名流之間，甚至和法國政府針對繪畫創作打交道。

莫內早就深受日本美術吸引，不掩對日本的憧憬，見到黑木夫婦後，自然是很高興。黑木夫婦也很欣賞莫內的畫，據說曾直接向畫家本人買畫。

黑木夫人竹子認為莫內的大方個性肯定會打動叔叔，因此松方幸次郎造訪巴黎時，她立刻提議去見莫內。

莫內的住處不在巴黎市內，他住在車程約需二小時的吉維尼這個小村。松方在侄女夫婦的牽線下見到莫內，果如竹子所料，雙方一見如故。

精心打理的美麗庭園中有個架設日本式拱橋的大池塘，水面浮著睡蓮，柳樹枝葉搖曳。池畔豎立畫架，上面放著足足有一張榻榻米那麼大的畫布，畫家運筆如飛。目睹那一幕，松方大受感動。等到要離開時似乎已徹底成為莫內的俘虜，開口請求：如果你准許，我想把這屋子裡所有你的畫作都買下來。

田代大吃一驚。

說到克洛德・莫內，田代嗜讀的文藝美術雜誌《白樺》也介紹過，在日本的年輕畫家和美術研究者之間被視為重要的當代畫家。沒想到松方已經去見過莫內了。

「那麼，松方先生有莫內的作品嗎？」

田代問。

「好像有。我沒看過他買的畫，是黑木先生告訴我的。」

成瀨回答。

「松方先生果然是看人不看畫來決定買不買。也許他不是喜歡莫內的畫，只是喜歡莫內這個人。但是，不過……不過，總之那是莫內，所以——」

田代深深點頭。的確沒錯。就算松方不看畫只看人就買下作品，但既然是莫內的畫那還有甚麼可挑剔的。

「所以，松方先生又想去見莫內，直接向畫家本人買畫，因此為了那天要準備特別的小禮物。就是那瓶『拿破崙』。」

原來如此。田代拍膝。

「不愧是戰略家。」他感嘆。

「就是啊。這種小地方，他是很精明的。」成瀨也附和。

居然想出用拿破崙來攻陷如今地位已屹立不搖的法國畫壇巨匠克洛德・莫內。這是田代絕對無法想像的策略。

成瀨把手裡的白蘭地酒杯優雅地轉了一圈。

「其實，松方先生一直在等你來。」

成瀨語出驚人。

「他說一定要帶你去吉維尼。他想讓你見莫內。」

田代頓時臉色大變。

「真的？」

「真的。只要你願意，他立刻就能帶你去。」

田代激動得差點跳起來。

這是多麼幸運啊！莫內的畫他只看過黑白翻印圖片。現在有機會親眼看到真正的作品。甚至還能見到畫家本人。

到底會是甚麼顏色呢？肯定像他在羅浮宮見到的波提且利的維納斯一樣，是他從未想像過的鮮明色彩。

「你可以先去盧森堡美術館，看看掛在那裡的莫內作品。有需要的話我可以介紹館長給你認識。那是松方先生最強大的顧問。」

盧森堡美術館館長兼羅丹美術館館長，萊昂斯．貝內迪特。

成瀨說，反正你遲早都會見到此人。

翌晨，田代呼呼大睡，直到旅館客房的房門被人匆匆敲響。

敲門聲起初低調，漸漸激烈，越來越高。

「田代！喂，田代！你在不在？你倒是回話啊！」

是成瀨的聲音。田代終於醒了，揉著惺忪睡眼去開門。門外，站著白襯衫槳挺還打領結的成瀨。

「嗨，早安。」

田代用含糊的聲音打招呼後，成瀨說：

「你還在睡？松方先生已經等不及了。」

田代一聽這才清醒。看看放在枕畔的懷錶，已經過了九點。他慘叫一聲，慌忙開始漱洗更衣準備出門。

來到巴黎的第二天，從今天起他要陪松方逛畫廊。

迅速換好衣服下樓一看，松方坐在飯店狹小大廳的扶手椅上看報紙。

「松方先生早。」田代說著，深深一鞠躬。

「對不起。本來應該是我過去與您會合，沒想到一不小心睡過頭了……」

報紙後面露出留著小鬍子的圓臉，松方和顏悅色說。

「沒事，用不著道歉。反正我每天早上都要出來散步。」

田代住的是距離馬德萊娜教堂很近的廉價小旅館，如果說松方住的最高級大飯店「莫里斯」是宮殿，這家小旅館就是平民住的大雜院。雖然徒步只有十分鐘的距離，但是讓松方過來找他還是讓田代很惶恐不安。但松方似乎壓根不以為意。

「不用道歉了。我們快走吧。畫作正在等我們呢。」

拄著手杖，松方毅然走入夏日陽光中。田代和成瀨也快步尾隨其後。

那天，松方領著田代二人先去的，是「德魯耶」這家畫廊。

抵達這家面向皇家路的畫廊後，成瀨先按下門口的門鈴。門很快就開了，一個打扮俐落的男孩出現，看清是三個日本人後，立刻把門整個敞開請他們進入。

「我們還沒報上姓名，他就這麼大方讓我們進去了啊。」

田代在成瀨耳邊悄聲說。

「只要有日本人在畫廊出現，那就一定是松方先生。」

成瀨得意洋洋說。

畫廊內，在色彩鮮艷的大小油畫之間，也有一些裱框好的黑白照片。而且有趣的是，那些照片並非人物肖像或風景照，拍攝的都是雕刻和繪畫。

看到油畫和「美術品的照片」一同展出，田代有種新鮮的驚奇。就好像照片也是一種藝術作品。其中一幅畫的照片他見過。畫的是渾圓的花瓶中插著向日葵——的照片。

「咦，這該不會是梵谷的畫吧？」

他不禁脫口而出。

「對呀，很有意思吧？是這家畫廊老闆拍攝的『畫作照片』。」

成瀨說。

畫廊老闆烏傑納・德魯耶是個攝影家，主要拍攝的都是繪畫和雕刻，拍了很多梵谷、塞尚、羅丹等最近當紅的畫家及雕刻家的作品。

按照成瀨所言，其實有些畫家等於是被德魯耶拍攝後才出名的。梵谷就是最好的例子，梵谷的畫被德魯耶拍入照片後，不僅在歐洲，也讓美國及日本人看見，留下了強烈的印象。

換言之，田代在日本的雜誌上見過的〈向日葵〉照片，意外地正是出自他來到巴黎第一家造訪的畫廊主人之手。

「早安，松方先生。歡迎光臨。」

就在田代盯著向日葵畫作的照片看得入神之際，背後傳來女性柔和的聲音。他轉身一看，一位身材苗條穿著垂墜式白色連身裙的中年婦女微笑佇立。松方拉起她的手，很老練地輕吻她的手背。然後用法語（雖然有點結結巴巴）對她發話。

「您好，德魯耶夫人。今天我有這個榮幸向您介紹我的年輕朋友嗎？」

得知她就是畫廊老闆的夫人，拍攝這些照片的攝影家之妻，田代心跳加快，緊張地打招呼：

「幸會，夫人。我是田代雄一。」

夫人從容對他一笑，伸出右手。田代一直不習慣西方上流階級這種吻女性手背的打招呼方式，明知這樣很不解風情，仍舊只是木訥地輕握夫人的手。

「他為了學習西方藝術史，今年春天來到歐洲。專攻文藝復興初期。隨後將從巴黎前往佛羅倫斯，預定在那裡師事美籍藝術史學家。」

成瀨用流暢的法語做介紹。西方藝術史，歐洲，文藝復興，佛羅倫斯，美籍……動輒搬出一堆世界級的厚重詞彙，是能夠靈活運用法語且熟知法國文化人思想的成瀨特有的戰術。必須給法國人留下「雖是日本人但在國際上很活躍」的印象，在這方面我們必須效法松方先生，這是松方式遊走西方社會的技巧之一——這是昨天，成瀨在酒館喝著拿破崙對他熱切強調的一點。

「哇，真是了不起。」

德魯耶夫人瞇起眼。

「哪裡，沒那回事……」田代本要謙虛，立刻又改口說「謝謝您的誇獎」。這是成瀨傳授的松方式遊走西方社會的技巧之二。絕對不能自貶。太過謙虛反而會變成自我矮化。

成瀨用法語繼續說明：

「這家畫廊，打從設立時就經手現代美術。畫廊以前據說也設有咖啡館，羅丹當時就經常來咖啡館。」

來畫廊喝咖啡後，沒過多久羅丹就和畫廊老闆烏傑納成為好友，教他如何拍照，提議由他來拍攝自己的作品。教導德魯耶攝影的趣味、選擇拍攝美術作品這個獨特對象的，竟然是羅丹。

攝影在十九世紀末普及，已經取代繪畫成了大眾慣用的記錄手段，但是具備高度完成度和藝術性的照片，其實也該被當成藝術作品吧？早早就提倡「作為藝術的攝影」並加以實踐的德魯耶，即便在巴黎無數畫廊老闆之中也獨樹一格極有特色。

田代拚命傾聽成瀨的法語解說，並且努力用法語讚美：

「了不起。德魯耶先生的活躍，肯定為美術界帶來新氣象。而且，竟是由羅丹大師親自教導攝影。這真是太難得了。」

松方式遊走西方社會的技巧之三。射人先射馬，擒賊先擒王。無論是男是女，先誇獎對方的伴侶基本上絕不會有錯。

不過，由羅丹親自傳授攝影而非雕刻，的確是非常難得，這絕非拍馬屁。

「如果可以的話，我很想拜見德魯耶先生。請問畫廊主人今天在嗎？」

田代問，德魯耶夫人微微浮現笑意回答：

「他五年前就過世了。現在我就是畫廊主人。」

田代很懊喪。看來自己好像得意忘形了。

松方一直旁觀二個年輕人用法語和夫人交談，此時終於切入正題。

「我聽萊昂斯．貝內迪特說，您的畫廊為我保留了莫里斯．丹尼的畫。我可以看一下嗎？」

聽到松方這麼問，這次夫人露出大大的笑臉。

「當然沒問題，您要現在就看嗎？」

松方也立刻展露笑顏。

「對，請務必讓我一睹。」

莫里斯．丹尼這個名字，田代頭一次聽說。是新進畫家嗎？

三人被帶進畫廊後方的會客室。白牆前面豎立著一大一小二個空畫架。松方緩緩在畫架正對面的長椅坐下。成瀨在左，田代在右，各自在扶手椅坐下。

不久，穿著白圍裙的男服務生進來，把銀托盤上的水壺和咖啡、熱巧克力放到桌上。松方習慣美式作風早上一定要喝咖啡，但他也愛吃甜食。夫人似乎早已熟知顧客的喜好，才會貼心地附帶送上熱巧克力款待。田代感到這是和只有紅茶的倫敦畫廊略顯不同的巴黎作風，不禁微笑。

男服務生離開後，二名畫廊員工合力搬來鑲有金框的畫作，放在較大的畫架上。

「哇……」

田代和成瀨同時失聲驚呼。松方把正要送到嘴邊的盛著巧克力的杯子喀嚓一聲放回碟子。

三人的眼前出現的，是玫瑰色街景。

縱長形構圖的上方，以冰冷的淡藍色天空為背景，在小丘上有教堂的鐘樓凜然矗立。以那個鐘塔為頂點，徐緩的丘陵上鋪展石造街市。家家戶戶妝點柔和的緋紅、粉紫、橙黃等暖色調，宛如怒放的玫瑰園。

畫面左前方有一名身穿墨色長袍的女性，雙手放在胸前仰望天空。右上方的教堂鐘樓和她對稱。藉此暗示她正在領受神聖的啟示。

雖是刻意沒有描繪陰影的平坦色塊，卻有種不可思議的深邃。明明並不寫實，卻可感到眼前正有無垠的街市綿延。

田代目瞪口呆。

近年來，法國畫壇不斷有革新派畫家登場，在全球掀起好評。日本也不例外，頻頻介紹這些果敢挑戰嶄新手法一舉揚名的畫家，或是沒沒無聞就黯然離世，死後才出名的畫家。

田代也從十幾歲就熟悉他們的「畫作的照片」。梵谷、高更、塞尚、雷諾瓦、莫內。為何這麼多宛如璀璨星辰的才華全都集中在法國出現，令人深感不可思議。

他們之中有許多都是在這巴黎努力作畫，有人開花結果，有人始終是花苞便凋零。為什麼？簡而言之都是因為巴黎是藝術之都嗎？

田代之所以來到巴黎，當然是為了協助松方購買收藏品，但更重要的原因，其實是因為他想探究法國這片孕育藝術的沃土，巴黎這個城市的秘密。

正因如此，他一直很期待在初次造訪的巴黎畫廊接觸最先端的美術。首先會出現甚麼呢？如果是莫內就太好了。不，若是梵谷或高更也很棒。他在衷心期待能夠親眼確認那色彩、筆觸的瞬間。

沒想到，首先出現的，是田代從沒聽說過的畫家，莫里斯・丹尼的畫作。

彷彿突然被打了一耳光，田代當下愕然。

鮮明強烈的色彩、形象、構圖。一切的一切在田代看來都異常新鮮。他只有滿心的驚愕。無論是對畫家的力量，畫廊選中這位畫家的感性，乃至松方早已認識這位畫家的收藏家天賦。

「您喜歡嗎？」

夫人慢條斯理問。松方抱著雙臂，沉吟著深深點頭。

「真是太有意思了……老實說，我起初其實看不太懂這位畫家……但是隨著一幅、兩幅看多了，漸漸越來越喜歡他。首先，那種明亮的色彩就很棒。而且不僅僅是明亮，這位畫家，很有深度。非常深。」

松方之前在倫敦時，很少這樣面對畫作說出自己的感想。田代不得不認為，這想必也是巴黎帶來的影響。

一問之下，莫里斯・丹尼五十歲。是最近人氣高漲的畫家。之前和高更等人一起住在法國西北部布列塔尼地區的小村阿旺橋，之後，在巴黎郊外的聖日耳曼昂萊設立畫室，繼續創作至今。對於繪畫的平面性和色彩自有一番獨特的見解，並且身體力行。此外，丹尼也是虔誠的基督教徒，用嶄新的詮釋處理繪畫中的宗教主題。

烏傑納・德魯耶自羅丹開始，不斷與現代美術家交流。其中的代表性人物之一就是丹尼。德魯耶畫廊過去屢次舉辦丹尼的個展。盧森堡美術館的館長萊昂斯・貝內迪特來參觀丹尼的個展，向德魯耶提出想購買丹尼的作品納入館藏，從此開始了貝內迪特與丹尼的交流。而松方上次來巴黎時，貝內迪特就向他推薦了丹尼的作品。

這天，田代初次目睹的丹尼作品取名為〈錫耶納的聖加大利納〉。

松方立刻決定買下。身為顧問的田代，完全沒有出馬的機會。

松方作為一個具備敏銳直覺的收藏家早已起步。

之後他們又逛了五家畫廊，田代目睹松方受到如何隆重的重視。

無論他去哪，玄關大門都會立刻敞開。松方拄著手杖，昂然走入。現場氣氛頓時緊繃。松方先生光臨了！從畫廊主人乃至跑腿打雜的小男孩，為了一個日本人，細心周到地熱情招待，只為了不讓松方空手離開。

至於松方，一派淡定地接受招待。他沒有急吼吼。決定權在自己這邊，所以無論對方拿出甚麼樣的名畫，他都毫不激動，總之始終老神在在。

是否要買下眼前的作品，松方的決定方式有二種。一種是當場不置可否先帶回去。另一種是立刻拍板決定。非此即彼。

這是松方式購畫的規矩之一。

聽取畫廊主人的詳細解說——由成瀨翻譯——含蓄地不時哼一聲回應。這時，松方的表情文風不動。是所謂的「撲克臉」。不是面無表情，也不是若有所思。或許可以說，他的神情就像是在和茶友閒話家常的慈祥老爺爺。總之，絕對不是接下來要花幾十萬買畫的神情。

聽完解說後，松方問身旁的兩個青年：「你覺得如何？」成瀨早已習慣，也不多做解釋，當下就會單純明快地回答：我認為這件作品很稀奇值得購買，或者，買下絕不會吃虧喔。他如果要詳細解說，八成會從他專攻的羅曼．羅蘭的著作引用一兩句名言滔滔不絕吧。他自己也知道這點所以才直接省略。

相較之下，田代知道這正是自己該發揮專業的時刻，對照著藝術史試著開始解說。

從這幅畫可以看出受到十九世紀某某的影響，這個構圖的方式讓人聯想到某某的作品，基本上對於前衛藝術的發祥與發展尤其色彩濃厚地反映出時代性云云。

松方頂著撲克臉，嗯嗯有聲地聽得很專注。起初田代還略帶顧忌，但他的解說漸漸越來越熱切。松方依舊不時回應一聲「嗯」或「是嗎」。然後，就在田代正要講到最精彩的重點時，松方說：「夠了。」田代頓時洩氣，成瀨憋住笑意。

「我先帶回去考慮一下。」松方說著站起來。當他推門走上大馬路時，終於說出真心話：「我要買那幅。」其實田代的解說他也有在聽，同時對於是否該把那幅作品納入自己的收藏名單，也有他自己的盤算。

「如果表現出太想要的態度，對方八成會抬高價碼。就算想要，當下也不能流露那種態度。所謂的交易就是這樣。」

這是松方式買畫的規矩之二。

當克洛德・莫內和莫里斯・丹尼等他特別看重的現代畫家的作品出現時，他不會考慮太多就立刻說出「我要買」。或者，如果是他信賴的顧問——在倫敦的話是畫家布朗溫，在巴黎的話是羅丹美術館館長貝內迪特——推薦的畫家作品，他甚至沒看到畫就決定購買。成瀨之所以說他「買畫不看畫只看人」，正是這個緣故。

為了讓松方「當場買下」，巴黎的畫廊似乎卯足全力想了解這位新興收藏家的喜好。貝內迪特成為松方顧問一事早已成了有名的話題，每家畫廊都想先拉攏貝內迪特。你最好也趕緊先見他一面——成瀨如此忠告田代。

在田代看來，之前在倫敦時固然如此，在巴黎時，松方的存在感似乎變得更強烈了。

儘管他此刻所在的地方是全球屈指可數的強國，是所有藝術家苦戀的藝術之都，但那都與松方無關。因為他所在之處就是世界中心。

然而，松方自己不會這麼說。他身上有股力量可以讓周遭自然而然如此感到。

田代過去從不曾見過擁有如此強大吸引力的人物。偉大的人。嶄新的人。強大的人。那就是松方幸次郎。

他秉持強大的意志行動。於是周遭也跟著動。換言之世界以他為中心開始旋轉。那股力量，早已把自己也捲入其中——田代如此感到。

既然如此，他想被徹底捲入。他想親眼確認，究竟會發生甚麼。

田代的心頭因這龐大的期待漲得滿滿的。

他們在傍晚結束畫廊之行。

走出最後一家畫廊後，成瀨說要先行失陪就走了。

「他要和太太去看歌劇。老是跟著我好像讓人家很吃醋。」

松方愉快地說。

「真是令人羨慕啊。」

田代也半開玩笑地回答。不過，這是真心話。

他和成瀨是東京帝大的同學也是好友，但不管哪方面，和自己比起來，成瀨總是大步走在前頭。明明年紀比自己還小，知識和經驗卻遠遠超過自己，老成得甚至令田代有時懷疑他是否比自己還年長。

當田代聽說，就在之前的世界大戰期間，成瀨為了追隨醉心的羅曼・羅蘭不惜大老遠跑去瑞士時，他簡直嚇壞了。在自己的學生時代，就連從老家橫濱去東京的學校通學的火車費他都捨不得花。已是第二次長期滯留巴黎的成瀨，充當妻子的護花使者優雅地觀賞歌劇。人與人的差距可真大啊，田代不由暗自苦笑。

停在畫廊前的最新型雪鐵龍正在等候松方。對著松方正要上車的背影，田代說：

「那我也告辭了。」

松方聞言轉身。

「難道你也要去看歌劇？」

田代笑了。

「怎麼可能。我想在這附近逛逛再回旅館。松方先生也逛了一天畫廊想必很累了，請您回去好好休息。」

松方露出若有所思的神情。

「怎麼，你還跟我客氣？那你也上車吧。不用客氣。」

「不，可是……」

「少囉嗦，少囉嗦。再陪我一會。對了，我有東西想給你看。先陪我去那裡。走吧。」

田代不容分說就被拽上車。

之後抵達的，是戴高樂廣場。

一下車，田代就不禁驚呼。

夕陽下，廣場中心的凱旋門傲然佇立。

一八〇六年，在皇帝拿破崙．波拿巴的命令下，為紀念前一年奧斯特里茨戰役的勝利開始興建。但是拿破崙本人還來不及親眼看到它完工，便於一八二一年死在他被監禁的英屬聖赫勒拿島。

凱旋門直到一八三六年路易．菲利普的七月王朝時代之後才完工。拿破崙終於走過這道門，是他從聖赫勒拿島改葬巴黎時，人們抬棺經過。

近代法國藝術史和拿破崙的存在密不可分。因此，田代也知道拿破崙與凱旋門的故事。他深深感到，這種歷史是多麼諷刺。

那個凱旋門，此刻就在眼前。無論去羅浮宮美術館或看到塞納河，都有一連串感動，但當他仰望這個巴黎象徵性建築之一的凱旋門，新的感動又湧現他的心頭。

凱旋門比想像中還大，有股驚人的震撼力。被「門」這個字眼誤導，他一直以為規模應該更小。在此，他再次感到百聞不如一見。

「太壯觀了。這與其稱為『門』應該是『城』才對吧。」

田代說。

「就是啊。」

松方笑了。

據說以古羅馬建築樣式為範本建造的新古典主義設計。田代對著凱旋門瞇起眼，感慨良深地說：

「不過拿破崙當初大概也沒想到吧。當他命人建造這個時，正是所向無敵的時候。他是法國皇帝，歐洲的霸主。沒想到死後才走過這座門……」

拿破崙肯定很想見到這座門威風凜凜的模樣。

身為學歷史的人，有句成語不時在田代的心中來去。榮枯盛衰——這四個字，在田代仰望凱旋門的同時又浮現心頭。

「是啊。」松方不知心裡想到甚麼，驀然嘆口氣說。

「就算不是拿破崙，不管是誰，都不知道自己將來的下場。別說是將來了，就連明天都命運未卜。正因如此，我總在想，此刻這一瞬間該如何活著。」

怎樣才能將此刻這一瞬間延續到明天。又該怎樣將明天延續到未來。

每一瞬都是一生僅此一次的瞬間。如果不能有趣地活在這一瞬，就無法擁有有趣的人生。

松方的話語之中，帶有歷經無數大風大浪的人才有的真切意味。

松方幸次郎到底是甚麼樣的人，其實田代還不清楚。

他在留學佛羅倫斯之前途經的倫敦經人介紹認識松方，一見面就被松方委託擔任顧問，驀然回神時已被捲入，並且決心跟隨此人。

從認識到現在不過短短三個月。可是自己追著這個人不惜來到巴黎。

為什麼？

或許是因為自己雖不了解松方幸次郎是甚麼樣的人，卻已敏銳直覺到他說不定會名留青史？忝為初出茅廬的歷史家，他想親眼見證此人成為歷史一部分的瞬間。

——或許是因為自己這麼想。

田代專攻藝術史這個歷史學的領域之一，他自認還算理解每個時代都有改變歷史的大人物登場的「偶然＝必然」。

一個歷史上的人物的出現，在那一刻只是單純的「偶然」。但是，如果立足於後世的某一刻，從歷史中檢視那個「偶然」，就會很清楚那是多麼「必然」。

比方說，達文西這個歷代罕有的天才出現，並非湊巧，而是在幾百年的歷史累積中，一點一滴，逐漸準備，結果才產生了一個天才的必然。

換言之，或許也可視為，是各種工匠——當時還沒有藝術家這種稱呼——在不斷嘗試錯誤中耗費數十年、數百年發展出來的繪畫樣式與技術奠定基礎，支撐了達文西這個天才的出現。

自己和松方此刻這樣待在巴黎。那是出乎意料的偶然。

然而，有一天……經過幾十年後，他覺得總有一天回想起來會發現那個偶然是必然。為了那個「有一天」，此刻，他和松方，才會在這裡。

這樣仰望凱旋門，遠眺行道樹綠意綿延的香榭麗舍大道。交談，呼吸巴黎的街道。此刻，他們活著。

這件事本身，對田代而言，比任何事都有趣。

「既然都來到這裡了，我們稍微走一走吧？」

在松方的提議下，田代露出笑容。

「好，沒問題。」

讓車子先回去後，二人決定走回莫里斯飯店。

以戴高樂廣場的凱旋門為中心，有十二條大道呈放射狀延伸。其中，香榭麗舍大道是格外熱鬧美麗的街道。

石板大道的中央有汽車和載貨馬車穿梭，兩側是寬廣的人行道，人們絡繹走過。腋下夾著小報的先生，盛裝打扮的夫人，嬉鬧著跑過的孩童，搬運貨物的工人，賣李子的商人，賣花的姑娘。晚鐘自遠方隨風傳來。那想必是聖母院的鐘聲。

和頭戴巴拿馬草帽拄著楞棍緩步前行的松方並肩邁步，田代不由感到奇妙，此刻，自己二人也成了這巴黎風景的一部分。

當他們和挽著手走來的男女錯身而過時，松方問田代：

「對了，田代。你有沒有將來想帶去看歌劇的對象？」

打從認識松方到現在，始終沒機會詳談自己身世的田代，被對方唐突這麼一問不禁苦笑。接著他誠實招認：

「其實……我已經結婚了，可是妻子跑了。」

松方瞪大雙眼。

「跑了……不是你要求離婚？」

「不是。我堅持要去佛羅倫斯，她說，那你就去啊，然後告訴我，她要回娘家。」

松方噗哧笑了出來。

「即便如此，你還是堅持來到這裡？」

「是的。」田代爽快地回答。

「這是我沒想到的結局。不過，也因此，人生應該會變得很有趣。」

背對夕陽，松方與田代緩緩走過石板步道。天色始終明亮。步道旁櫛比鱗次的咖啡館露天座擠滿了人，大家喝著葡萄酒談笑風生。

「怎麼樣，田代？要不要去喝一杯？」

松方提議，田代不假思索回答「好啊」。

坐在露天座最前排的二人，用冰透的香檳舉杯互敬。田代到現在還無法抹去自己彷彿成為夢幻故事主角的心情。

喝完第一杯，松方嘆息著說：

「巴黎真好。對吧？」

田代點頭。

「我也有同感。比倫敦更開放的這點也很好。光看咖啡館就知道。」

「巴黎據說是咖啡館打造出的文化嘛。」

倫敦沒有這種附帶露天座的咖啡館。由於終年寒冷，再加上工廠的煤煙及汽車排放的廢氣導致空氣異常汙濁，根本沒那個雅興聚集在露天座喝酒。雖不知是否真的因為如此，但松方說，倫敦人和巴黎人比起來也比較內向保守。

「你之後要去的佛羅倫斯這個城市想必也是很有魅力的地方。不惜和老婆離婚都要去，可見不同凡響。」

田代苦笑。

「我也不知道那是甚麼樣的地方，但那裡有我很想看的繪畫和想見的人。」

繪畫方面，有波提且利這個文藝復興初期的畫家作品，目前收藏在佛羅倫斯的世界級美術館烏菲茲美術館。至於人，則是文藝復興美術的世界級權威，美籍藝術史學家，伯納德．貝倫森。

「我在帝大就讀時看了貝倫森老師的著作後，就一直心心念念想見這個人，如果可以的話還想拜他為師。為了深入研究西方藝術史，我知道我必須離開日本。就算我寫出再怎麼優秀的論文，如果我沒見過實際的作品，終究只是紙上談兵。」

貝倫森研究某個時代的特定作品，進而著眼於比較同時代的其他創作者及世界潮流、歷史背景。研究藝術史的人，就像要吹毛求疵般窮究一件作品，但貝倫森不同。他強調擁有開闊視野的重要性。

「起初，我寫信向老師問問題。收到非常詳細的答覆，我發現老師是用過去我完全沒想到的角度在審視繪畫。」

和貝倫森書信往返的過程中，無論如何都想見到此人，想在此人身邊學習的念頭與日俱增。貝倫森也表示光靠寫信講不清楚，叫他直接去佛羅倫斯。還說如果沒見到真畫，絕對無法碰觸到藝術史的真髓。

他想去的念頭已經快要爆炸了。可他沒有錢。在公立學校教書的田代，沒有那麼充裕的資金可以像成瀨正一那樣帶著嬌妻一起遠赴歐洲。

即便如此，他還是想設法去歐洲。他的強烈願望改變了狀況。

靠著一高、帝大的同學以及他執教的東京美術學校幫忙，募得赴歐的資金。田代的優異成績打從就讀一高時就很有名，以第一名自帝大畢業的成績和外語能力也獲得極高評價。不過，更重要的還是他「想要立足全球窮極研究」的信念與熱情，打動了起初都罵他胡鬧的周遭眾人。

「好不容易募集到赴歐的資金，留學期間的生活費也有政府的補助。我終於可以去歐洲了。我當時簡直樂得要升天。但……問題是我內人。」

田代和妻子結婚已邁入第三年。還沒有孩子。或許妻子可以等他回國，不，只能讓妻子等他──赴歐計畫全部都搞定後，他這才告訴妻子。結果，妻子乾脆地說要回娘家。

「老實說，我本來掉以輕心以為對方絕對不可能提離婚。但我們沒有孩子，我也整天忙於工作，想必她本來就很寂寞了吧。我們的婚姻就這樣以驚人的速度結束了。……我雖然很愧疚，但是心反而定下來了。我知道，此刻我還是非來歐洲不可。」

這是個舒適宜人的夜晚，再加上喝了酒，田代滿懷異樣清爽的心情和盤托出。

松方收起以往的饒舌，專心傾聽田代的個人故事。聽完後，松方問：

「驅使你做到這種地步的，到底是甚麼？」

田代抿唇沉默半晌，最後只回答一句話：

「是畫作。」

「畫作……？」

「對。我……扯了一堆複雜的理由，到頭來，其實只是單純地喜歡繪畫。遠甚於任何東西。」

田代的父親本是鄉下藩士，母親是神戶人。有二個姊姊一個弟弟。

父親在橫濱的商館當經理。認真篤實的個性深得雇主信賴，但一家六口始終為生計所苦。

期盼兒子從商的父親，把田代送進商業學校。

田代從小學時就成績優秀，還有作畫的天分。他抱著好玩在紙上描繪雜誌上的插圖，漸漸對作畫產生深厚的興趣。

雖然很想正式學畫，他還是在父親命令下進入商業學校，但他很不擅長撥算盤，實在跟不上。父親也終於發現，兒子是個除了算盤之外甚麼都會的「文科」高材生，於是他轉學到縣立文科中學，之後進入一高的英法科，帝大文科大學英文科。

就讀一高時，他去西畫家開設的畫塾習畫，帝大時也光榮入選文展[4]。有段時間也認真考慮過當畫家，但是中央畫壇已有淺井忠、黑田清輝、藤島武二、岡田三郎助這些從歐美回來的畫家活躍，看到他們展出從歐美學習後創作的精彩作品，他才發現自己的天分有多麼微不足道。

況且，田代也沒錢購買昂貴的油畫顏料和畫布。家裡光是為了籌措他的學費已傷透腦筋。田代必須賣水彩畫、翻譯英文美術書籍掙取不足的學費。更別說出國，那簡直是遙不可及的幻夢。想成為畫家，他在各方面條件都差太多。

「我去展覽會參觀海外歸來的畫家摹寫的法國繪畫及義大利繪畫，觀摩《白樺》雜誌介紹的歐洲繪畫的照片，只能想像原畫一定很棒。同時對自己終究畫不出來的那些畫作也越發憧憬，更加深了我想研究西方藝術史的決心。」

但是在日本學習西方藝術史畢竟有侷限。日本沒有真正的西洋美術館。因此，如果想看實際的作品只能出國。可是他沒錢。在一無所有的狀況下要繼續研究很困難。不知有多少次他幾乎灰心放棄。就在這時，他敬愛的藝術史學家貝倫森的來信讓他受到鼓勵，在「遲早一定要親眼看到波提且利、達文西的原畫」這個心願的引導下拚命跑到現在。這條路通往歐洲，倫敦，最後甚至讓他來到巴黎。

「回想起來，我並不富裕，也沒有家人的支持，我只是……只是一心一意喜歡繪畫，想參與，想稍微靠近一點，只憑著那個念頭堅持到這裡。後來在倫敦認識您，如今在巴黎陪您逛畫廊，得以看到無數了不起的畫。……說穿了，我滿腦子只想著畫，只是個無藥可救的笨蛋。除此之外，一無所有……即便如此，我還是覺得自己很幸運，是個幸福的笨蛋。」

專心傾聽田代敘述的松方，流露慈父凝視愛子的眼神。

---

4. 文展：文部省美術展覽會的簡稱。明治四〇年（一九〇七）創設的第一個官方美展。

「……這樣啊。難怪。」

松方恍然大悟般低語。

「我第一次見到你時就說過。我想在日本創立真正的美術館。你當時馬上說『那是很棒的主意』。……基本上，當我和初次見面的人提及美術館的構想，大家都只會滿臉訝異。還反問我『是不是在開玩笑』。可是你不同。你當時兩眼發亮。」

松方幸次郎和田代雄一。

年齡，家世，成長環境，經歷，一切都截然不同的二人。

然而，他們有一個共通點——對繪畫的狂熱，連接了二人。

松方又點燃一支雪茄，緩緩吐出青煙說：

「聊完你的身世後，或許會覺得我的過去有點前所未聞……但我還是想請你聽一下。為何我會有創立西洋美術館這種誇張的想法。」

晚鐘隨夜風傳來。一隻離群的紅嘴鷗，橫越緋紅天空。

之後，松方開始敘述。敘述他是如何在人生這條大道上勇往直前。

5

一八六六年一月
薩摩國　鹿兒島

松方幸次郎於一八六六年一月誕生，是薩摩藩的藩士松方正義的第三子。

在開國後的日本，本為貧窮下級武士的父親，擔任藩主島津久光的親隨，破例獲得拔擢，在明治政府成立後成為日田縣知事（縣長）。之後歷任政府要職，任職大藏卿（財政部長）時是日本銀行設立的主要功臣。之後分別擔任第四屆、第六屆內閣總理大臣，在近代日本黎明期歷任要職。

松方正義的孩子很多，共有十五子七女。幸次郎是第三個兒子，也是父親最看重的孩子。

他是個非常調皮的男孩。就算只是揮舞竹棍玩武打遊戲也全力以赴。有一次，為了嚇唬和他對打的玩伴，他甚至從屋頂跳下展開奇襲。結果被嚇到的是他的母親和奶媽。只是玩個遊戲卻弄斷阿奇里斯腱受到重傷。松方走路時之所以總是拿著枴杖，就是這次受傷留下的後遺症。

九歲時，他被已成為中央官員的父親叫去，開始在東京的生活。頑皮少年成了周遭也另眼相看的高材生，從共立學校進入東京大學預備門[5]。但是之後接連不及格，對學校體制不滿的松方，煽動同

5. 大學預備門：第一高等中學校，日後的第一高等學校前身。東京大學的預校。

學抵制畢業典禮，結果遭到退學處分。當時擔任大藏卿的父親覺得很沒面子，也曾設法想讓他復學，但松方反而向父親提出一個替代方案——去美國留學。

他的二個哥哥分別留學比利時和德國。他心想那自己就去美國，早就暗自在等待機會。「要留學的話必須先從預備門畢業。」父親如此表示，始終不肯點頭答應，但最後還是拗不過他。一八八四年，他終於乘船前往美國，進入羅格斯大學留學。這年他十八歲。

該校是主要接受在美日本留學生的大學。他和日本人校友整天玩撞球和美式足球，對理工科的專業課程始終提不起興趣。

二哥正作以外務省研修生的身分正在比利時留學。收到哥哥的來信得知歐洲變革不斷的動盪情勢，松方感到，相較於哥哥，自己就像泡在溫水中。「今後必須了解國際情勢。當外交官吧！」他如此決定，為了進入耶魯大學法學院，開始拚命用功。結果他考取了。之後又繼續念研究所，取得民法學博士學位。

到他二十四歲回國為止，在美國這六年，松方已徹底培養出國際人的視野。

一八九一年，父親正義就任內閣總理大臣，組成第一次松方內閣。松方成為首相秘書官，協助父親處理政務。

但第一次松方內閣很短命。組閣後立刻發生俄國皇太子訪日期間遭到基層警員襲擊的「大津事件」，被當頭澆了一盆冷水。翌年的總選舉也是一場混亂，結果僅僅維持一年三個月就宣告下台。

松方也和父親一樣下野了，但這個擁有卓越國際觀的青年盯上了企業界。

當時神戶的川崎造船所創辦人川崎正藏罹患重病，正在尋找繼承人。他的三個兒子都已逝世。當初因緣際會下川崎資助了松方的留學費用，卻未見過本人。這時他認為松方或許會是合適的繼承人，終於決定和松方見面。

來到松方正義宅邸的川崎，在面向中庭的會客室等候時，看到院子對面的簷廊有個青年在抽雪茄。這時正義出現，伸手搶下雪茄：

「抽甚麼雪茄。你這毛頭小子還早呢。」

青年倒是泰然自若，從西裝內袋又拿出一支雪茄點燃。正義哭笑不得問：「你就這麼喜歡雪茄嗎？」

結果青年咧嘴一笑，回答：「對，我喜歡。」

「乳臭未乾……」正義笑罵。

「不管怎樣，喜歡的就是喜歡。」

青年斬釘截鐵回嘴。

這個青年，就是松方幸次郎。

川崎醒悟他才是大成之器，當天就向正義請求。

——川崎造船所的社長，除了令郎別無人選。

一九一四年晚秋。

可以俯瞰神戶港的高地，被朝陽緩緩照耀。

在濛濛晨霧籠罩中，神戶的山本街有一角生著蒼鬱樹木。這個被圍牆環繞的地方，在外人看來，就像深處有神社祭祀的鎮守森林。

南邊聳立巨大的黑門。早晨六點，門栓吱呀作響地準時打開。吱吱，吱——二個男人從面向馬路的門內打開門。達，達，達……宅邸深處傳來馬蹄聲。路人停下腳步，探頭窺視門內。

不久，一輛雙頭馬車出現。車輪喀啦喀啦發出巨響，馬車沿著山本街向西奔去，在場的路人就像看到甚麼神蹟似地敬畏目送。

拉開車篷坐在車上的，是松方幸次郎。

羊毛大衣，禮帽，小鬍子，雪茄，是他固定的造型。吹著刺骨冷風吞雲吐霧，也是每早的慣例。

座位上放著英文報紙，以及他本人擔任社長的《神戶新聞》。二份報紙上都印著成篇世界大戰的戰況報導。

「嗯，是嗎。馬上就要三個月了啊……」

松方拿起英文報紙咕噥。

松方三十歲就任川崎造船所社長，至今已近二十年。彷彿要呼應日本走向近代化的腳步，松方的人生也同樣波瀾起伏。

進入二十世紀後世界越發靠海路連結。人與物流動全球，為此少不了船舶。船隻扮演的角色越發重大。

此外，為了增強軍備，列強各國也爭相開發軍艦。日本也不例外，建造巨大軍艦作為國策是必須之舉。

甫就任川崎造船所的松方，沒有錯過這個商機。

他沒有經營過公司，更何況是造船這個未知的世界。但他有超乎常人一倍的膽量。「既然沒做過那就試試看！」他積極地擴張業務。

留美歸來的松方，總是放眼世界。今後，日本如果還是只考慮自己國家將會落後世界。日本必須意識到自己在全球的定位，認清與各國的力量關係，極力保持平衡。

在這種情況下，該如何讓川崎造船所發展？

雖說是日本地方都市的一家企業，此刻也不容膽怯。松方打從一開始就已決定，一定要傾力放眼全球讓公司大幅成長。

松方就任社長後，立刻著手旱塢的建設。這是創辦者川崎正藏在他那一代未能實現，只好委託松方請他盡快完成的事業。

川崎造船所有修理船隻用的船架，但都是用台車與纜繩把船拖到陸地上，無法修理大型船隻。國內其他大型造船公司擁有修理大型船隻用的船塢，在修船比造船收入更好的造船業界，沒有船塢就沒有競爭力。

川崎正藏很早就考慮建設船塢，但是調查地質後，發現如果挖掘造船所周邊，都是沙土和泥巴並不適合建設，因此不得不暫時放棄施工。

但在繼續進行挖掘調查後發現了岩層。川崎決定「還是要建造船塢」。川崎確保有出色的技師和充足的財源，剩下的就委託給年輕的繼任者松方。

歷經言語無法道盡的辛苦後，船塢終於完成，是在松方接任社長的六年後。期間，松方就任神戶新聞社的社長，和舊三田藩主兼貴族的九鬼隆義的次女好子結婚，生下二個兒子，完成人生大事。

到了一九〇四年，日俄戰爭爆發。

日本之前就盯著俄國的大陸南下政策，把滿洲及朝鮮半島視為關卡。萬一這個關卡被俄國突破，就會威脅到日本的安全。在那之前必須先獨佔朝鮮半島，確保日本的安全保障。日本以阻止俄國南下這個名義決定開戰。

俄國不屑地把日本當成「極東小國」。但日本一口氣稱霸黃海，從朝鮮半島攻入滿洲，成功將戰局扭轉到對日本有利的局面。

由於在大陸開戰，兵員及軍事物資的運送至關緊要。日本全力傾注在海上運輸。軍艦、潛水艇、一般船隻——日本的造船業面臨非常事態頓時呈現蓬勃氣象。

早已躋身造船業巨擘的川崎造船所，接到海軍建造潛水艇的訂單。另外也拿到包括驅逐艦和運輸船總計十七艘船艦的訂單。

他們必須在有限的工期內盡快讓船隻下水。松方激勵員工：

「這是國家大事。日本的命運全靠各位的工作。記住，一定要用心去做。讓我們並肩奮戰！」

現場不分日夜趕工，松方自己有時也睡在社長辦公室監工。

一九〇五年，日俄戰爭結束。全球所有人都以為「日本發動這場莽撞無謀的戰爭，一定會被俄國打得體無完膚」，沒想到結果正好相反。

讓日本名符其實躋身列強的這場戰爭，也令全世界都發現日本統御嚴格的軍隊、艦隊的強韌。

川崎造船所也完美配合了軍方的要求締造佳績。雖說是日本地方都市的一家企業，這個公司卻有無止境的潛力——日本政府的器重自不待言，也贏得全世界的矚目。

身為公司首腦的松方幸次郎，四十歲的時候已成為眾人眼中的「大人物」。

就在這前後，松方二度赴歐。起初是一九〇二年，旱塢完成後出發，第二次是一九〇七年出國考察造船業。二次都是為了提振公司的業績，觀察接下來應該做甚麼才能夠立足全球脫穎而出，主動策畫的旅行。

當時松方雖也來過巴黎，卻只停留短短幾天。雖然難得有機會造訪藝術之都，但當時的他壓根沒想過要去美術館或畫廊。

這二次赴歐的期間，松方腦中除了公司、工作、造船以外甚麼也沒有。就算受邀去倫敦和巴黎的名流家中作客，看到華麗的肖像畫和撫慰心靈的風景畫，他也只當成那是壁紙的一部分。

一九〇八年他成為神戶商業會議所的會長。同時也接任九州電氣軌道的社長。正是人生一帆風順之際，但是受到戰後不景氣的影響，本來一直成長的川崎造船所不得不縮小公司規模。

「我們都是一家人。」松方經常這麼對員工說，眾志成城，無論是建設船塢的艱困工程或戰時，他們都同甘共苦一起熬過來了。可是這時卻面臨被迫裁減人員的事態。

裁掉一個員工，就等於也得裁掉員工的父母和妻小。松方流著眼淚勸他們辭職。擔任社長十幾年，這是他第一次當眾哭泣。結果，他一共裁減了五千人。

一九一一年他第三次赴歐。這次是為了與歐洲企業技術合作並取得各種專利權。他還是只把繪畫當成壁紙的一部分。

這時，世界進入軍備擴張時代。為此，各國的造船公司卯足全力競相開發更優秀的船艦。

松方認為自家公司也不能落後，親自飛往歐美各地考察。已經裁掉五千名員工了，不能讓他們白白犧牲。在那種狀況下毫無餘裕去看畫。

日本起初還沉醉在日俄戰爭的勝利，卻也知道今後如果漠視世界情勢絕對無法生存。就算是為了趕上列強的腳步，也只能擴充軍備。

松方在歐美收集了最近資訊和技術回來後，接到日本海軍建造巡洋戰艦「榛名號」的訂單。並且就任神戶瓦斯（大阪瓦斯的前身）的社長，同時兼任多家公司的社長，君臨經濟界的重要一角。

到了大正時代的一九一二年，他在總選舉出馬參選，以最高票當選，成為眾議院議員。他想超越政界、財界雙方的界線，振興日本——強烈的決心化為無盡的能量，驅使松方採取行動。

一九一四年六月，造訪奧匈帝國領地的波斯尼亞與赫塞哥維納共和國首都賽拉耶佛的奧匈帝國皇儲法蘭茲．斐迪南大公夫婦，遭到塞爾維亞民族主義者暗殺引發砲火，不久就演變成波及歐洲全域的戰爭。這場戰爭後來被稱為「第一次世界大戰」。

之前各自增強軍備勉強維持平衡的列強各國，因為這場戰爭，為了歐洲霸權展開火花四射的強烈鬥爭。

二十年前打贏中日戰爭，十年前又在日俄戰爭贏得勝利的日本，被歐美認定為亞洲現代國家，已經發展到足以與世界列強比肩。

身為英國同盟國的日本，該如何對應這場歐洲發生的大戰，政府內部的參戰派與反參戰派形成對立，最後日本加入聯合國陣營，於八月二十三日對德國宣戰。

聽到世界大戰爆發的新聞，松方在想——川崎造船所最大的機會來了。

對大多數日本人而言，歐洲發生的世界大戰只不過是隔岸失火。

然而松方不同。之前的歐美考察之行已經讓他切身感到世界正不斷擴大軍備。

就算沒有直接參戰，日本今後如果不繼續擴大軍備，面對列強的威脅必然會卻步。日本已經躋身世界現代國家了。已經不能再退後。

松方的預測很準確，日本果然以聯合國成員的身分參戰了。既然如此就得盡快完成榛名號交給海軍。

「正在趕工嗎？狀況如何？」

松方在忙得眼花撩亂的每日業務之間，不忘抽空頻頻來到造船現場視察。他知道自己出現會讓員工很高興，對員工是最大的激勵。

那麼忙碌的社長還親自來視察自己的情況。自己也得更加努力——松方一來就讓現場士氣大振，員工們更加迅速地拚命動手。

此外，松方不僅自己出國考察，也把核心社員、技師、工匠紛紛派到海外。為了「學習造船技術」，多達六十七名的社員、技師、工人被派往東南亞和歐洲。

「你們也去歐洲！」

松方對工人如此下令後，穿著日本傳統足袋的工頭面露詫異，非常困惑：

「可是社長，我們只會造船。就算去那甚麼英國法國，也不懂洋文，到時候該怎麼辦？」

「只要會造船就夠了。為了造出更棒的船，你們要把國外的技術偷回來！」

松方鼓舞他們。實際上，就算語言不通，技師們只要互相比對設計圖，工人們只要會動手，好歹還是能夠應付。

英國及法國的技師與工人，對於日本這個小國竟能打敗大國俄國的造船技術與工匠手藝本就極感興趣，因此松方知道，日本如果派技師和工人過去對方應該會很歡迎。

——歐洲發生的世界大戰不知會持續多久。

但在這段期間，全球想必須要更好、更多的船艦。同時，想必也會陷入嚴重的鋼鐵不足。

在那之前，不妨盡量弄來更多材料，盡可能多造幾艘船艦。

是的。只能這麼做——。

每天早上六點，松方準時坐上雙頭馬車，離開位於山本街的自宅，前往川崎造船所。單程二十分鐘的這段路程，對松方是無可取代的寶貴時間。

他通常坐在馬車上邊抽雪茄邊看報紙。判斷世界情勢的走向，思考今後該如何帶領公司，該採取甚麼行動。

但他無法考慮太久。時間只有二十分鐘。在不受任何人打擾的情況下，深吸一口清晨新鮮的空氣，他自問：現在該怎麼做？

松方非常喜歡這片刻時光。

那個晚秋的早晨，湧現松方心頭的，是無比的野心。

——世界今後將會缺乏船隻。這點如火洞明。那麼，只要搶在那之前多造船就行了。

他想出的主意就是「儲備船（stock boat）」。

在接到訂單前自家公司先投資造出船艦。等買主殺到搶購時，就抬高價錢，盡可能以高價賣出。他判斷供需理論想必會發揮作用。

不是「防守」而是「進攻」。川崎造船所決定先造八艘船。

不料，一開始就立刻碰壁。隨著戰爭日益激烈，鋼鐵原料的進口量銳減，價格高漲。成本太高就不可能有利潤。更何況如果弄不到短缺的鋼材，那就全完了。

川崎造船所過去也曾多次面臨危機，雖在戰時豁出去轉而採取攻勢，但這次說不定真的會適得其反。松方的心腹們當下勸告他，再這樣下去公司會垮掉，應該立刻中止建造儲備船艦。

然而松方的想法大不相同。

「如果弄不到鋼鐵，那我們自己鑄造不就好了。」

然後，他立刻派技師和工人去公營的八幡製鐵廠，學習鑄鐵的技術。

這下子連心腹都跌破眼鏡。但是到了這個地步只能硬著頭皮做到底了。

工人們本來只會造船，現在要從頭學習鑄鐵，情況就截然不同了。面對困惑的工人，松方激勵他們：

「如果不只是船隻，連鋼鐵都能自己鑄造，天底下還有比我們更強的嗎？那簡直是所向無敵！」

的確沒錯。工人們拚命用生疏的手法練習冶金和操作熔礦爐。這時有誰能想到，日後這項鑄鐵技術，竟會成為鋼鐵巨擘「川崎製鐵」誕生的基礎？

但鑄鐵終究趕不上造船的速度。發現材料即將見底，松方再次陷入走投無路的窘境。

社長實在是太胡鬧了，看來還是得放棄預先建造儲備船的計畫，公司的經營主管們正要這麼舉白旗投降時——

「我去採購鋼鐵。」

松方說著，決定親赴美國。

到了這個地步，除了直接去美國交涉盡可能用低價採購鋼鐵別無他法。之後再把造好的船高價賣出。不是賣給日本國內。隔著杜佛海峽正遭受德國威脅的英法兩國才是交易對象。

經營主管和心腹，都對他這個決定啞然。去美國也就算了，但是現在去正在打世界大戰的歐洲簡直是瘋了。他們一齊勸阻松方：現在不該去，會有性命危險。但松方不以為意地回答：

「如果真的死了那也是我的宿命。」

他一旦這麼決定就再也不回頭。一九一六年，松方帶著幾名部下前往美國。

交涉鋼材出口並不容易。但是最後，松方靠著留學時代培養的個人人脈，以及熱切訴求「此刻急需」鍥而不捨的交涉手腕，還是成功了。

終於敲定美國出口鋼材到日本一事。松方來不及休息又馬不停蹄前往倫敦。

戰局越演越烈。但是無論如何，此刻，非去不可。他必須在苦無船艦的英國努力推銷已造好的儲備船。

松方把川崎造船所的命運都賭在這次歐洲之行。不僅如此，也賭上自己的命運。

他壓根想像不到，在他將要抵達的倫敦，正有左右他人生的邂逅在等著。

佇立倫敦這個城市的街角，松方仰望大樓牆上張貼的一張海報。

海報上畫著一個男人背對軍隊，朝著正前方伸出食指呼籲。

「這裡面少了誰？你嗎？」——挑釁的文案映入眼簾。英國剛從志願兵制轉為徵兵制。所有英國青年都必須加入戰爭。為了鼓舞愛國心，並且激發民眾的鬥志，英國政府製作大量的宣傳海報，張貼在街頭所到之處。

來到倫敦後，松方正想方設法觀察戰局，判斷市場行情以便把船賣出更高價。當然，他毫無餘暇欣賞繪畫，但街頭隨處可見的海報畫面還是不容分說映入眼簾。

很有力量——松方想。

只不過是一張紙。卻有種力量能夠激發看到這張描繪英勇士兵的人。看到這張畫的年輕人之中，想必有人會想，自己是否也能為國家做些甚麼，把內心湧起的念頭化為實際行動。

這是戰時。面對非常事態，人心想必不穩。就連一幅畫，都有可能左右人們的命運。

松方渾身戰慄。太不可思議了。——之前，哪怕公司處於或許會倒閉的狀況下，哪怕自己必須前往烽火連天的歐洲，他都不曾顫抖。

——真的會有這種事嗎？不，有這種事是對的嗎？

只不過看到一張海報，看到上面描繪的畫，年輕人就會賭上自己的性命。

松方是個道道地地的生意人。腦中除了買賣別無其他。因此，他不是主戰派也不是反戰派。就算以生意人的身分觀察戰局，他也不會對此提出批判，當然也不會鼓勵。

可是——

當他不經意察覺激發年輕人參戰意願的「繪畫的力量」，他突然不寒而慄了。

再彎過一個轉角，又有別的海報映入眼簾。

那是整片泛紅的畫面。山丘上有大砲攻擊，士兵倒臥戰場。別的士兵撐起上半身，一臉苦悶尋求幫助。畫上還有大字呼籲：

「你的朋友正需要你。需要你成為『男人』。」

嗯——松方不由沉吟。

並不是在擔憂英國已經到了得貼出這種海報才能熬過戰局的狀況。而是忽然想到，或許一幅畫就蘊藏相當於一艘軍艦的力量——。

他自己也不明白原因。但他忽然強烈渴望見到這幅畫的作者。

過去不管甚麼事，基本上他都會先考慮是否能促進買賣，唯獨這時，他並未把畫和買賣連結。更別說是見一個畫家能派上甚麼用場了。

即便如此，他還是一心想見畫家。

川崎造船所的倫敦辦事處，設在松方的盟友——企業家金子直吉經營的貿易公司鈴木商店倫敦分店的一角。鈴木商店在松方的請託下也加入了推銷儲備船的行列。

這天，松方一來到辦事處，就對擔任鈴木商店倫敦分店長的青年高畑誠一說：

「你過來一下。」

「有甚麼事嗎？」

被松方召喚，光是這樣就令高畑神色大變。因為他早已知道，松方每次召喚，總會發生驚天動地的大事。

沒想到高畑被帶去的，是街角張貼的一張海報前。松方指著平凡無奇的海報說：

「我想見這個畫家。高畑，你能否幫我找出這個人聯絡他？」

事出突然，高畑當下愣怔應了一聲。

「呃，換句話說，那個……您要開始新買賣嗎？比方說……賣海報？」

聽到他這麼問，松方不禁笑了出來。高畑莫名其妙，只能繼續發愣。

翌日。

就在白金漢宮附近的倫敦市中心聖詹姆斯的畫廊櫥窗前，松方駐足。

這是他從鈴木商店倫敦分店內的辦事處回到暫住的高級公寓安妮女王公寓的必經之路。他拄著手杖緩步前行，一如往常思索著工作、戰局、鋼材、儲備船等等事項。

通勤時間是松方寶貴的思考時間。一如他從神戶的自宅坐馬車去川崎造船所通勤的路途，現在雖然沒有馬車，但即便在倫敦，他還是習慣在通勤途中思考。

這天也是，接到日本頻頻催促「請盡快把船賣掉」的電報，他才剛回覆「還不賣。再等一下」。

「松方社長，也差不多到了該賣的時候吧？」

看不下去忍不住如此進言的是高畑。

根據他得到的最新情報，此刻缺船已達到最高點，如果現在賣掉，一艘船的價格是原價的六至七倍。不僅鐵定有銷路而且還能得到莫大利益。高畑說，不管怎麼想都應該現在脫手。

「我知道。但我不賣。」

即便聽了高畑的說明，松方還是不肯點頭。高畑明顯很失望地垮下肩膀。松方倒是態度超然。

「高畑啊，你年輕，相當有智慧。但你最大的缺點就是沒有欲望。你知道嗎，做生意就必須貪心到底。原價的六、七倍只不過是小意思。市場價格想必還會繼續上升。要耐心等待。就這麼簡單。」

松方撂下這番話就離開辦事處。

走在聖詹姆斯街上，他不斷告訴自己，等十倍，不管怎樣都得等到價格漲至十倍。走過每次必經的轉角，繼續走到下一個街角。就在這時，他在櫥窗前停下腳步。

玻璃櫥窗內，掛著一幅畫。松方起初漫不經心地瞄了一眼，但他立刻像被磁鐵吸引般靠近櫥窗的玻璃。

——這是……。

是造船廠的畫。紅褐色的畫面。以巨大的船隻為背景，一群穿工作服的男人汗水淋漓地揮舞鐵槌、焊接。敲打鋼鐵的聲音，噴濺的火花。為了盡快完工，怒吼聲此起彼落地響起，那是毫不留情的工作現場——。

對松方而言，這是不可思議的邂逅。

談到繪畫，通常都是描繪美女或花卉或清新的風景。松方對那種東西從來不感興趣。

可是這時松方看到的畫，沒有美女也沒有花卉或清新的風景。取而代之的，是松方更熟悉的東西——或者該說，是與他密不可分的「造船廠」。

在戰時的倫敦，在公眾面前展示華美的繪畫、柔美和平的繪畫本就被視為大忌。但畫廊還是得設法賣畫才能活下去。或許因此想出苦肉計，企圖推銷「並不華美」的社會主題繪畫。換言之，在當今局勢下賣得出去的畫——於是自然有畫家配合畫廊的這個要求。

松方當下從櫥窗內的那幅畫，讀取到對他而言屬於未知世界的美術市場「需要與供給」的模式。

而且，那幅畫的構圖與色彩的強悍力量很眼熟。

——該不會是畫那張海報的畫家吧？
松方幾乎是條件反射地按下畫廊的門鈴。
過了一會，門拉開一半。看到拄杖的東方人站在門口，似乎是店員的藍眼青年浮現詫異的神情。
松方擺出親切的笑臉，
「你好。我想請教一下關於門口櫥窗掛的那幅畫。」
他用流暢的英語說。青年愣了一下，驚訝地回答：
「好，當然沒問題。裡面請。」
青年立刻把門整個拉開。松方喀喀拄著枴杖走進店內。
這是他有生以來第一次進畫廊，但他絲毫沒怯場，在青年的邀請下緩緩在沙發坐下。
畫廊主人出現，與他握手。畫廊主人含笑說，這是第一次有日本客人上門，同時迅速掃視松方全身上下。身上的衣服，手中的手杖，鞋子是否擦得晶亮，指甲是否修剪整齊……畫廊主人只要觀察客人全身，一眼就能判斷對方是否有錢買畫——這是松方後來才知道的，但這時當然也是如此。畫廊老闆立刻命人用銀托盤送來芳香的英國紅茶與擠滿奶油的烘烤糕點。老闆大概判定松方是個值得開發的顧客，把松方感興趣的畫家資料告訴他。
這位畫家，名叫弗蘭克．布朗溫。是人氣極高的畫家，受政府委託創作宣傳海報。松方假裝在傾聽畫廊老闆的詳細說明，其實甚麼也沒聽進去。

——看來不用讓高畑去打聽了。

打從走進店內的瞬間，他就已經決定了。

——我要買這個畫家的畫。能買多少就買多少。

這是松方被繪畫的力量——被畫布驅使的瞬間。

在這個隨時判斷機運，是要明天賣掉儲備船還是再緩幾天的時期，已經厭煩整天待在川崎造船所倫敦辦事處的松方，找到空檔去位於倫敦市中心莫蒂默街的日本人協會。並且在那裡邂逅二個人。岡田友次與石橋和訓。

岡田是主要對英美兩國販售東方陶瓷器及古美術品的美術商「山中商會」倫敦分店的店長。該店趁著十九世紀末歐美興起的日本風潮擴展商路，在倫敦一流商店林立的邦德街開店，包括英國王室在內的許多英國人都是他們的顧客。據說也是唯一獲准出入白金漢宮的日本企業，因此松方大感興趣。在英國，沒有比王室御用商人更強大的通行證。

石橋在日本時本是知名的南畫派優秀畫家，但他在二十七歲時留學英國，進入皇家學院學習，轉而成為西畫家。他擅長筆觸精巧的肖像畫，藉由山中商會的岡田介紹，替許多英國人畫過肖像畫。請畫家替自己畫肖像畫是英國上流階級人士的傳統，因此石橋自然得以加入上流階級的聚會。

岡田三十六歲，石橋四十歲。松方為了排遣煩悶，經常在日本人協會和這二人共餐。

有一次，三人一如往常在日本人協會的酒吧喝酒，天南地北聊得起勁。松方大發豪語表示，做生意必須如何和歐美人平等抗爭，那是現在的日本人最重要的課題云云，岡田聽了建議他：

「松方先生，如果你打算和歐美人較量，那我有個好方法喔。」

岡田透過工作對歐美的情況及歐美人的個性瞭如指掌。對於和自己一樣是歐美通的岡田，不管他給甚麼意見，松方都打算洗耳恭聽。

「美術品。你可以買美術品，做個收藏家。」

但松方一聽見「美術」這個字眼就皺眉。

「我不大懂那甚麼美術、藝術的高尚玩意。」

這時，石橋立刻插嘴：

「沒那回事。松方先生現在不就和我們玩得很好嗎？岡田是美術商人，我是畫家。說穿了，我們等於是固守美術圈正中央的人。您都能跟這樣的我們交朋友了。松方先生，您等於已經在美術圈中央了。」

「不見得吧。」

松方嗤鼻一笑。

「你說是美術界中央，但你我都是日本人。在全世界看來，是邊境渺小島國的國民。就算說甚麼美術云云，到頭來人家根本就沒把我們放在眼裡。」

他故意說出這種自貶之詞，但這並非本意。

世界列強過去的確把日本視為「邊境的渺小島國」。但那個小國打敗了中國清朝和俄國。松方也很清楚，就全球的角度看來日本已令人無法忽視。不只是國際政治的觀點，在商業方面，日本在全球的存在感想必更加提高。正因為知道這點，他才會千里迢迢親自來到正在打仗的英國推銷儲備船。

但是說到美術，松方就完全沒自信了。他本來就沒興趣，所以壓根不知道日本美術和美術界人士在全球美術圈是甚麼定位，也不清楚現在究竟如何。因此，他一直避免岡田和石橋這二位美術專家提及美術的話題。

可是最近，他甚至主動買了一幅在聖詹姆斯街的畫廊櫥窗發現的畫家弗蘭克·布朗溫的畫作。雖然純粹是巧合碰上，但那幅描繪造船廠風景的畫讓他感到緣分匪淺，受到強烈的吸引，當下就買了。不過這件事他還沒告訴兩個年輕的友人。

「沒那回事。包括王室那些貴族們在內，很多英國有力人士都熱愛日本美術。正因如此，我們公司的倫敦分店才能維持到現在。」

岡田有點激動地回嘴。

「就是啊，我也是，有很多英國人找我替他們畫肖像。並沒有因為我是日本人就對我敬而遠之。」

石橋也反駁。松方沉吟著一臉困惑。岡田又說：

「美國人和英國人，還有其他的歐洲王侯貴族及資產階級、知識分子乃至生意人，他們傳統上就有藝術素養，愛好美術。即便在生意場合也不喜歡露骨地談買賣，會先從文化、藝術的話題開始，藉此了解彼此的人格特質，這麼說或許很難聽，但他們是藉此評估對方的斤兩。歐美人之所以爭相購買美術品，就是為了用肉眼可見的方式展現自己的人文素養。藉此讓對方安心，才好進一步談生意。這就是歐美人的聰明做法。」

簡直像在說你的做法很不聰明似的。但松方可不是會為這種事惱火的小家子氣。

「那我該怎麼做？不管三七二十一只要買美術品就行了嗎？」

松方毋寧是鐵了心，決定好好聽一聽美術專家的意見。結果這次是石橋做出意外的提議。

「松方先生，您能不能為日本創設美術館？」

松方一時之間不懂對方在說甚麼，瞪眼看石橋。

「你說甚麼？美術館……？」

石橋與岡田一起點頭。岡田對愕然眨眼的松方說：

「其實，我和石橋先生前不久就在討論。日本既然要和世界較量，首先欠缺的就是文化力。為了改善這個缺失，日本現在需要的或許就是『美術館』。」

自己二人有幸得到機會滯居外國。在這倫敦有很多很棒的美術館，不只是英國的東西，也可直接見到從世界各地收集而來的真正的美術品。

相較之下，日本又是如何呢？如果沒有出國，一直留在日本，能夠這樣在日常生活中接觸美術嗎？不，想必絕不可能吧。

日本有許多學畫的學生和對美術懷抱憧憬的年輕人。他們都渴望接觸真正的美術品。但他們之中有能力出國的人究竟又有幾個？

就算有才華，如果沒有錢還是不可能出國。明知如果看到真正的美術品受到感化或許就可發揮才華。明明在他們當中或許有人的天分足以成為被全世界認可的大藝術家。結果卻有太多花苞未能開花就黯然凋落。

就算一個年輕人當不成畫家，那算是國家大事嗎？就直接而言想必不算。但若長遠看來，培育不出日本藝術家，一般國民恐怕也會大半缺乏美術素養。在那種狀況下，財界政界出現優秀領導者的機率也會減低。換言之日本肯定會成為文化落後國家，被世界列強遠遠甩在後頭。

不能變成那樣。那麼，該怎麼做才好？

不如由有財力也有心的人，從外國買下真正的美術品帶回日本，為無數青少年創設「美術館」？

那個人想必在國內外都備受尊敬，將來應該也會名留青史——。

「而那個人，松方先生——我們認為，或許就是您。」

岡田說著，做出結論。

即便是自認不懂美術的松方，也知道一直在歐美做生意的岡田所言有其道理。

但是突然叫他創設美術館，他根本不知該從何著手。

該收集甚麼樣的美術品？購買作品大概要花多少錢？要去哪買？怎麼買？

就算要建造美術館，又該建在何處？土地和建築物要怎麼辦？大概要花多少錢？

倘若建好了，又該由誰來經營？有利潤嗎？

雖然身兼多家公司的社長，但他完全無法想像經營一家美術館。

「你們怎麼會認為我這個美術門外漢能夠建立美術館？」

松方率直詢問。這次是石橋回答。

「因為松方先生不會因為自己是日本人就畏首畏尾，向來能夠高瞻遠矚地觀察大局。」

如果要在日本創立美術館，就絕不能半吊子。若非胸懷大志決心創設與全球各大美術館比肩的人物，恐怕無法完成這項偉業。

當然，光靠一個人甚麼事都辦不成。也需要許多幫手。

需要的不只是財力。還要有堅持到底的強大意志，帶動周遭的領導力，以及道義。

讓日本成為國際性的文化大國。唯有能夠為這個大義名分行動的人才配擔當美術館的創辦者。

「您說說看，這樣的人物除了松方幸次郎還有別人嗎？」

「是啊，不管怎麼想您都是唯一人選。怎麼樣，松方先生，不如替日本創立一家美術館？拜託您。」

岡田與石橋兩面夾攻。松方沉吟，抱著雙臂十分困惑。

憑空出現「創立美術館」這個提案。

當然，要拒絕很容易。若是平時的自己，大概會一笑置之說聲對那種東西沒興趣。

但，問題是。

松方的內心深處，浮現一幅畫。那是他掛在暫居寓所的客廳天天看，弗蘭克．布朗溫創作的造船廠的畫。

望著那幅畫，他就會想起神戶的造船工廠，想起那些揮汗不停工作的工人和社員。

相準推銷儲備船的機會，隻身來到異國承受重大壓力焦灼等待的日子裡，是一幅畫鼓勵了他——他如此感到。松方甚至已經把那幅畫當成家人。

如果他告訴別人是被一幅畫鼓勵，沒見過畫的人想必只會當成笑話。

……那實在太不甘心。

既然如此，就讓大家見識一下真正的畫作的力量吧——。

在日本人協會聽到意外提議的三天後。

松方在石橋與岡田的陪同下，造訪位於住宅區漢默史密斯的某畫家的畫室。

那是「松方收藏品」第一幅畫——造船廠風景的作者弗蘭克．布朗溫的畫室。

聽到松方說想見某位畫家，岡田與石橋簡直是又驚又喜。二人都知道松方對美術不來電，但畢竟是大人物，說不定舉著名分大義的旗幟建議他設立美術館，可以稍微打動他，所以才鼓起勇氣試著提案。沒想到松方居然早已買了畫，而且表示，如果能見到那位畫家，藉此開始收集美術品或許也不錯——雖是相當迂迴，但松方好歹流露出對收藏藝術品及創立美術館的興趣了。二人當然不可能不高興。

布朗溫會畫油畫自不待言，除此之外從玻璃彩繪到那種戰意激昂的海報，他各種領域都有涉獵。只要有人下訂單，他甚麼都會畫，才華之廣泛與靈巧都是這位畫家的特徵。

松方造訪過名流貴族和富裕階層的宅邸，但是畫家的畫室還是頭一次。本來還擔心聊不來，結果完全是杞人憂天。二人一見面就很投緣。松方的一句話立刻打開畫家的心扉。

「我把你的畫掛在客廳，每天不厭其煩地欣賞。現在我感覺它就像我的家人。」

吃驚的是石橋和岡田。在日本人協會時他們可沒聽過這種說詞。真是的，不管是面對商人或畫家，對松方而言要打開對方的心簡直易如反掌。

布朗溫很高興，當下提議：

「請坐那邊的椅子，當成自家不要拘束。讓我立刻為您畫一幅肖像畫吧。」

松方說，有意思。真的在扶手椅坐下，緩緩抽著菸斗——這也是他生平第一次為畫家擺姿勢。

布朗溫很快就完成松方的肖像畫。最後，他在畫布背面寫下「一小時完成」，把顏料未乾的畫作敬呈給松方。

「真是迅速啊。松方先生被畫家的彩筆留存在畫中了呢。短短一小時，就等於得到永恆。」

石橋感佩地說。

這句話，倏然滲入松方的內心深處。

——得到永恆。

「松方收藏品」，就這麼開始了。

6

一九一九年十一月
東京　黑田清輝宅

位於東京平河町的優雅日式房屋門前，停了一輛黑頭轎車。

司機恭敬打開車門，從後座出現的是穿著三件頭西裝的松方幸次郎。他拎著黑色皮革公事包，熟練地走進大門。

「噢，你來了嗎。我正在等你呢。」

迫不及待來到玄關門口迎接的，是畫家兼東京美術學校西畫科教授黑田清輝。

松方與黑田，在同一年（一八六六年）同樣生於薩摩藩士的家庭。松方赴美留學，黑田在法國住了將近十年。松方成為把「我不懂繪畫」當成口頭禪的企業家，黑田成為西畫家功成名就。由於兩家人有來往，自然孕育友情，彼此都很信賴對方。

黑田是在一八八四年至九三年留學巴黎。他本來出國是想攻讀法律，湊巧巴黎當時正是美術市場風生水起之時。當時印象派之後的畫家一齊抬頭。莫內、畢沙羅、席涅克描繪的耀眼畫面，讓黑田的眼和心都大受衝擊。黑田在日本時就曾習畫，擅長鉛筆畫和水彩畫，他隱約感到自己說不定該選擇繪畫這條路，卻還是出國留學。如今接觸到最先端的美術，黑田的意志動搖了。

當時日本已有一些畫家預備軍為了追求新時代的表現手法來到法國。與山本芳翠、藤雅三、以及畫商林忠正的邂逅，把黑田的心猛然拉向繪畫。

「你在猶豫甚麼。都已經來到法國了還不當畫家，這樣回國豈不是太可惜。」

被林當頭棒喝，黑田這才走上畫家的不歸路。

黑田對日本畫壇的貢獻很大。他沿襲印象派創作模式的作品被稱為「外光派」。在自然的光線中描繪人物肖像，洋溢光線的風景畫充滿濕潤的空氣。畫中有光線和濕氣的這種感覺，是過去日本美術見不到的。黑田為日本畫壇帶來嶄新的感性。

一八九六年創立西畫團體「白馬會」，並且四處奔走在東京美術學校創設西畫科的也是黑田。他總是放眼世界，就像是追逐嶄新的美術動向忙碌移動的雷達。

這樣的黑田，被松方評為「畫壇最成功的人物」，雖然無法評論他的畫作好壞，但總之松方認為他是個厲害的傢伙。

然而，去年從歐美出差歸來的松方，一見到睽違已久本想敘舊的黑田，劈頭就對他說：

——喂，黑田。我要在日本創立美術館。

「真是的，我還以為你在開玩笑。對繪畫一竅不通的松方幸次郎居然真心想創立美術館，這種事有誰會相信。」

黑田家有西式房間，也有暖爐。壁爐中火焰熊熊，不時有木柴爆裂發出劈啪聲響。坐在壁爐前的長椅上，松方與黑田仔細打量桌上攤開的設計圖。

「哎，我自己都不敢相信呢。沒想到我這種人居然會收集繪畫。而且是西洋畫……」

松方一邊抽雪茄，愉快地說。

桌上的設計圖是目前正在計畫的美術館。由松方的顧問——畫家弗蘭克・布朗溫描繪，寄來給松方。松方收到後，為了給老友黑田看，立刻從神戶趕來東京。

一九一八年十一月——正好就在一年前，松方結束長達三年的歐美之行回到日本。

當初松方出差時，歐洲還在打世界大戰。而戰爭結束的消息，他是在歸國途中的船上得知的。

戰時這種極端危險的狀況下刻意出差的目的有二個。盡可能用低價買到鋼材，盡可能以高價出售儲備船。

松方判斷這場波及全球的大戰將會持續很久。戰局持續越久就會越缺船艦。所以，用不著急著賣。還早還早，還早。

但松方猜錯了。戰爭結束了。儲備船還剩下十幾艘沒賣掉。可他不能讓步。回國後也鍥而不捨地和政府交涉，以相當高的價格全數賣掉。誰也不敢斷言今後不會再有戰爭。對日本而言，在國際情勢穩定的時候先儲備船隻方為上策——松方的這番說詞，終於說服了政府。

結果，松方的儲備船策略大獲成功，為公司帶來巨額利潤。

如今松方已成為代表日本企業界的巨擘。而且意外的是，松方一躍成為無人不知無人不曉的名人，並不是因為儲備船戰略的成功。

在赴歐出差時偶然得到機會買下布朗溫一幅畫作的松方，之後就一發不可收拾地開始不斷蒐購畫作。

布朗溫成了這個如彗星般出現的日本金主的買畫顧問，協助松方買下許多當代一流的西洋繪畫，尤其是和英國有淵源的畫家作品。不僅是繪畫，他也在布朗溫的建議下購買家具、用品、版畫、雕刻、掛毯。也參與設計和室內裝潢的多才多藝藝術家布朗溫，建議松方在收藏藝術品時不僅買畫，也應該添加具備各種藝術要素的作品。

再加上法國珠寶商亨利・維威爾出售的八千件浮世繪版畫，松方也全數買下了。

維威爾是個熱愛日本美術的收藏家，在歐洲各地戰火蔓延時，他怕自己的收藏品佚失，正急著找人接手。

這次交易，由山中商會倫敦分店長岡田友次打理一切。對於曾建議松方「在日本創立美術館」的岡田，松方本就極為信賴，結果，松方決定把這批短期內收集到的龐大作品全權交由岡田管理並送回日本。岡田不顧危險，橫渡有德國潛水艇詭譎潛伏的杜佛海峽，檢查維威爾交付的八千件浮世繪作品的狀態，成功將作品全數帶回倫敦。

如今松方幸次郎這個名字，在歐洲不僅是企業家也開始以收藏家的身分為人所知。而松方接下來的目標就是美術館。

檢閱松方帶來的美術館設計圖後，黑田抱著膀子，非常佩服似地搖頭晃腦說：「真是了不起啊……」

布朗溫接受松方的委託畫出的設計，占地有四千平方公尺，規模極大，是平房建築圍繞有噴水池中庭的典型文藝復興樣式的迴廊式建築。建築物的牆壁以紅磚為基調，玄關大廳的圓形天花板有金色和藍色的馬賽克，窗戶鑲嵌布朗溫創作的彩繪玻璃。是燦爛華麗又壯觀的美術館入口。

進去之後，牆面頓時轉為氣氛沉穩的灰色，這是為了刻意襯托出懸掛的繪畫。天花板和拱門用的是柚木，儼然像是歐洲的美術館。

「唷，這要是能在日本完工肯定相當壯觀。如果這裡面陳列大批西洋美術品……光用想像的就已經很興奮了。」

黑田老實地感嘆。松方也不掩喜悅說：「對吧？對吧？」

「結果到底有多少作品送抵日本？」

設計固然吸引人，黑田更在意的是收藏品本身。這一年來，松方分成數次讓他略窺一二，但總數到底有多少，他完全沒概念。

松方悠然噴出雪茄的輕煙，回答：

「這個嘛，大概超過一千三百件吧。」

黑田頓時激動得整個上半身湊向他。

「你說多少？一千三百件？」

「不只是繪畫，也包括雕刻和家具、用品。山中商會的岡田很優秀，連作品目錄都幫我整理好了。幸虧有他幫了大忙。」

「那麼，如果再加上那甚麼珠寶商出讓的八千件浮世繪……總數不就將近一萬件？」

黑田目瞪口呆。松方從未見過老友露出這種表情。光看這一點，就能清楚理解美術擁有政治和經濟沒有的力量。

「那麼大的建築，你到底打算蓋在哪裡？」

聽到黑田這麼問，松方不假思索回答：

「我請我父親弄了一塊位於麻布仙台坂的土地。起初我本來想蓋在神戶，但既然是日本第一座西洋美術館，我想還是開設在首都更容易吸引來自全國的觀眾吧。」

松方想起自己去年從歐洲出差歸來後，向黑田表明「要創立美術館」時黑田的喜悅，驀然湧現笑意。

真是的，黑田這傢伙，當初自己決定接任川崎造船所的社長，宣告要去歐洲推銷儲備貨船時，他都一直不關己事地說聲「是喔」「但願你一切順利」，可是現在卻公開宣言為了在日本創立美術館不惜全力協助。

「你這美術館要叫甚麼名字？」

黑田不斷拋來問題。松方得意一笑。

「這是布朗溫設計的，我想冠上他的名字叫做『布朗溫美術館』。你覺得怎樣？」

「是嗎……布朗溫美術館……」

黑田複誦，若有所思。

「可是，難得有這機會，何必用畫家的名字，冠上你自己的名字流傳後世不好嗎？不如堂堂正正就叫做『松方美術館』？」

「不對，不對。不是那樣。」

松方當下反駁。

「我可不是為了讓我的名字流傳後世才想創設美術館。簡而言之，我是為了全國青少年的教育。為了從未直接接觸過真正西洋美術的日本人，我想打開美術館的門戶。既然如此怎能冠上我的名字。如果大家每次來美術館都在想，噢？這就是川崎造船所的松方把房子甚麼的全都拿去抵押，傾注個人財產收集美術品，讓人來膜拜的場所啊……那就失去我的本意了。」

「你這種志氣了不起！」

黑田拍膝讚嘆。

「本來美術館就需要有創立者這種強烈的用心。有你認真這麼想，這家美術館一定會成功。絕對不會錯。我敢保證。」

這麼說完後，黑田又困惑地問：

「可是，那你到底要取甚麼名字？」

松方神色滿足地用指尖摸著小鬍子，終於吐露真心話：

「其實，我已經想好了。」

黑田再次熱切地傾身向前。看清黑田這個架勢後，松方扯高嗓門鄭重宣布：

「共樂美術館。意思就是與眾同樂的美術館。怎麼樣，這名字很不錯吧？」

美術館建設用地，決定選用松方幸次郎的父親松方正義名下位於麻布仙台坂高地上的土地。那塊地方四面已圍起繩子，豎起「美術館建設用地」的牌子。

松方滯留歐洲後半段的有限時間內，一口氣大量購畫，轉眼之間就形成龐大的收藏品。為此也需要大手筆豁出去。實際上他把神戶的自宅和股票都拿去抵押貸款繼續買畫。最後連妻子都頭痛不已，甚至寫信悲痛地哀求他「算我求求你，請停止這種行為」。

松方回國後，聘請以黑田為主的一群藝術家與文化人擔任諮詢委員，開始著手實現美術館計畫。他的個性最討厭紙上談兵。既然決定要做就自己身體力行，也帶動周遭行動。這就是松方的做法。

當然，生意也不能放下不管。賣掉儲備船之餘，他也在著手新事業。那就是製造飛機。

近距離體驗世界大戰後，松方直覺「今後將是飛機的時代」。下次如果再爆發戰爭，不僅在海陸兩方面，想必也會加上「空」。運輸也是，今後不只靠船舶，想必也要靠飛機。一旦人與物都飛上天進行國際化移動，時間將會大幅縮短，人與物資、情報的往來也會變得更頻繁。

——今後是天空的時代。

松方如此預測。

接著就在某一天，他邂逅一名人才。

海軍航空隊在神戶進行飛行表演時，松方受邀觀賞。當時，他發現一個果敢向天空進擊的飛行員。松方憑著直覺，當下叫住那名飛行員。

——小夥子，要不要跟著我工作？

那個男人名叫日置釭三郎。

這時的松方當然不可能知道，日後這個男人將會扛起「松方收藏品」的宿命擔子。

一九二〇年十月，位於東京三田的松方正義宅邸，難得一大早就很熱鬧。

園丁從三天前就開始修剪樹木，努力清掃落葉。女傭全體出動把廣闊的宅邸每個角落擦拭乾淨，簷廊也擦得光可鑑人。二間相連的客房換了榻榻米，嶄新的青色榻榻米散發清新的香氣。

「都已準備好了。」

女傭領班向獨自跪坐在神明廳的佛壇前的松方幸次郎報告。松方站起來，望著佛壇旁的牆上懸掛的肖像畫低喃：

「請守護我，媽。」

這是母親滿佐子的肖像畫。她在上個月剛去世。早在那之前，松方就委託在倫敦結為知己的畫家石橋和訓繪製肖像畫。當時他作夢也沒想到，母親會這麼快就撒手人寰。

如今已退出政界的父親正義，在母親死後很消沉，一下子老了很多。雖有兄長和妹妹照顧父親，但這個月松方還是在忙碌的工作中抽空來東京探望老父。

同一時間，委託山中商會的岡田友次從倫敦寄出的美術品也陸續抵達。這一年來，收藏品分成數次送抵，如今美術館建設預定地已經選定，設計圖也確定了，因此松方催促岡田盡快全部送來。岡田是將多達一千三百件的美術品（如果加上浮世繪將近一萬件）逐一檢查之後才送出。

收藏品抵達橫濱港，立刻被送往松方在橫濱港內租的倉庫。其中也有一些被送往松方正義宅邸內的倉庫。

松方請求黑田清輝等文化界、財經界人士一同協助創設「共樂美術館」。為了給這些人參觀部分收藏品，他已在父親的宅邸辦過幾次內覽會。

父親當初很驚愕：「創設美術館？你到底在想甚麼？」但另一方面，也比任何人都了解兒子的個性一旦決定就會勇往直前，絕對不會讓夢想只停留在夢想。更重要的是，他對「想為無法出國的日本青少年提供真正的藝術」這個大義名分深受感動。所以爽快允諾捐出自己名下的土地建造美術館。

母親看到送來的畫作之一，約瑟夫．瑪羅德．威廉．透納的作品，似乎沉醉在那美麗的色彩。她仔細觀賞後，向兒子道謝——謝謝你讓我看到好東西。母親的這句話始終縈繞在松方的心頭。

松方走出神明廳，進入客廳，抱著雙臂，對著空無一物的壁龕牆壁凝視半晌。最後他嘆口氣，對守在走廊待命的管家說：

「把布丹拿過來。」

管家應聲稱是，快步離去。

過了一會，二個男人搬來裱框好的油畫。在壁龕的天花板橫樑釘上掛勾，垂落二條鋼絲。二個男人小心翼翼把油畫掛在那裡。

以氤氳朦朧的天空為背景，河畔漂浮無數小舟。對岸的煙囪冉冉升起輕煙，隨著微風飄搖。松方盯著這祥和的河畔風景看了一會。

又過了一陣子後，一輛汽車在松方正義宅邸前停下。從後座出現的是一名將官。

他是福田馬之助，海軍造船中將。

隨侍的士官正想跟上，福田卻在門前喝止：「你在這裡等著。」然後獨自走進大門。

玄關前，松方與父親正在等候福田的到來。父親身體欠佳，身穿日式傳統短褂和寬褲，被兒子攙扶著站立。福田一出現，父子倆就深深一鞠躬。

「歡迎您來。」

松方恭敬打招呼。福田看著父子倆的臉孔點點頭。

父親為身體不適無法同席致歉後，就回自己房間去了。松方領著福田走過面向中庭的簷廊。

——海軍造船中將福田馬之助希望與幸次郎先生當面會談。

上周末，父親的秘書發電報給人在神戶的松方。

——在老太爺自宅的會談，日期已經訂妥。屆時，將軍希望參觀一下幸次郎先生收藏的畫作。為盡速調整，靜候您的指示——。

被帶往客廳的福田，立刻背對壁龕準備在上座坐下。但是上座沒有坐墊也沒有臂擱。福田頓時面露困惑。松方眼尖地說：

「不好意思，今天能否請您先坐這邊？」

一看之下，下座已備妥厚實的絲絹坐墊和鑲嵌螺鈿的臂擱。福田不悅地皺眉，卻還是在松方邀請下在下座坐下，面對壁龕。頓時，驚愕在福田的臉上擴散。

眼前掛著一幅畫。是歐仁·布丹描繪的河畔風景。

那是平凡無奇、安詳寧靜的初冬一日。不見人影，只有小舟悠然划過水面。

沒有陽光普照，也沒有百花怒放，更沒有美麗的女人們嬉戲。畫中也沒有出現神明、天使或天地創造。

就只是普普通通的一天，卻無限悠然、放鬆的畫——。

福田起身，大步走到壁龕旁，探出身子把臉湊近畫作表面。他目不轉睛鉅細靡遺地看著畫面。松方的嘴角浮現笑意。

「這是誰畫的？」

福田的臉依然對著畫，如此問道。

「布丹，一位法國畫家。」

松方立刻回答。

「是有名的畫家嗎？」

福田緊接著又問。松方對那穿軍服的背影說：

「對，據說是。詳情我也不清楚，但畫中描繪了小船讓我一眼看中，所以之前赴歐時就買下了。」

福田轉身說：

「真是乏味無趣的畫。」

松方苦笑。

「的確。是很乏味無趣。但我買了很多這樣的畫。雖是平凡無奇的畫，但我知道，數量多了，便能互相影響發揮力量。」

說完，他直視福田的眼睛說：

「就跟人一樣。」

中將的眼角猛然一抽。

「你買了多少回來？」

「光是繪畫的話大約一千件左右吧。」

「花了多少錢？」

「這我無法奉告。」

「為什麼？」

「如果告訴您，您一定會驚愕地認定我腦子有病。用那筆錢明明可以造出很多最新式的船舶甚至飛機。」

福田抿緊雙唇凝視松方。松方發現，福田的神情不可思議地煥發光彩。

趁著傭人送來茶點，重新把坐墊和臂擱放到上座的位置。這次福田背對壁龕而坐。隔著紫檀矮桌，松方在榻榻米上端正跪坐。

與背對布丹畫作的海軍造船中將正面相對，是他壓根沒料想到的發展。

——對方到底要跟我談甚麼？

海軍造船中將負責擬定艦隊戰略，也是向造船公司訂購船艦的負責人。這樣的中將突然要求會談——而且還要求看收藏的繪畫——收到電報後直到今天，松方一直在左思右想不斷揣測。

世界大戰結束，日本屬於勝利的協約國陣營，因此有一陣子景氣恢復繁榮。川崎造船所也因此受惠賺了不少錢，但是到了一九二〇年，隨便都能一攫千金的好景氣急轉直下，情勢越來越糟，不景氣的浪潮猛然襲來。

川崎造船所之前乘勝追擊繼續又造了很多儲備船，可是如今完全賣不動了。因為日本的海運公司被美國同業搶走市場，已經沒有餘裕購買新船。

川崎造船所陷入嚴重的資金不足，經營主管們把矛頭指向松方。別再說甚麼要創立美術館的傻話了，現在沒時間沉迷繪畫了，如果有那種錢不是可以拿來打造最新型的船舶或飛機嗎？

然而，雖被逼至絕境，松方依舊不改好勝的姿態。

就算無法再把商船賣給民間的海運公司，賣軍艦給海軍不就好了？

這就是松方的盤算。

世界列強擴張軍備的風潮中，日本理所當然也會如此。大戰結束後，日本海軍為了建造軍艦急紅了眼，這點松方清楚得不能再清楚。

對於海軍今年夏天推出的「八八艦隊案」，不只是川崎造船所，各家造船公司都視之為起死回生的良機。預計在今後八年內組成艦齡未滿八年的戰艦和巡洋艦各八艘的大艦隊。預算高達十億日圓。

川崎造船所接到海軍許多軍艦的訂單，得以倖存到今天。

因此，海軍現在已成為川崎造船所最重要的大主顧。主掌海軍造船計畫的福田中將是必須好好奉承的人物。

現在中將親口要求面談，松方猜測這肯定是要建造新的軍艦。

但令人費解的是，對方還要求參觀他買的繪畫。

松方自己也很清楚，收集美術品之舉，在這個時期，只會被當成笨蛋絕對不可能受到褒獎。

他從沒聽說過中將對繪畫有興趣。抑或，中將是聽到傳聞，想叫他讓出一幅畫？

若真是那樣，松方當然只能答應。反正隨便是哪個畫家的都行，只要是和船有關的畫作就好。

停留倫敦時，最初決定買下的那幅畫——布朗溫描繪的造船廠風景，似乎很適合，但是如果把那幅畫給別人，布朗溫大概會很傷心。

那麼，布丹畫的小船如何？雖然是很悠閒平和的畫，但這種畫或許也不錯。況且又是知名的畫家作品。

不過，如果對方嫌這種畫太溫吞沒勁，說不定反而會惹惱對方。

不知到底會怎樣——。

福田掀起茶杯蓋，喝了一口煎茶後，說道：

「我記得你在歐洲待了二年左右吧。這麼多的畫是怎麼在短期內收集到的？」

——又是關於繪畫的問題。

松方的心頭閃現光明的預感，這說不定是要談大型軍艦的訂單。

沒錯。為了給大訂單尋個由頭，所以才故意一直談無關緊要的話題。既然如此，那自己也只能奉陪到底。

「在倫敦及巴黎，為了收集一流美術品，我請專家陪我去，徵求專家的意見。」在倫敦時得到弗蘭克・布朗溫這位畫家的協助，在巴黎則是透過布朗溫的介紹見到盧森堡美術館的館長萊昂斯・貝內迪特——松方本還想說這些，但說來恐怕話長，因此他及時打住。

福田聽了露出沉思的神情，然後又問：

「你在甚麼地方買的？」

「主要是在畫廊。也有的是直接向畫家購買。」

松方慎選遣詞用字地說明自己是如何一次購買多件作品，聽到傳聞後整個倫敦、整個巴黎的畫廊老闆是怎麼湧至松方住的飯店大廳，頻頻催他去自家畫廊，身為公司社長平時見不到的人物換成美術收藏家的身分後就意外簡單地見到面等等。一邊說，一邊也在試探福田關注的焦點到底在哪。

看樣子，福田似乎想知道松方在倫敦和巴黎受到甚麼樣的待遇。但松方到現在還是摸不透福田的真正用意。

聽完松方在歐洲大手筆收購買術品的故事後，福田沉默片刻，凝視桌上的某一點。他似乎在深思甚麼。松方也抿著嘴，配合中將的沉思默想。

「……聽說你有個創設美術館的計畫。」

過了一會，福田說。「是的。」松方回答。

「我對繪畫是外行。但我滯留國外的期間，不經意看著到處懸掛的畫作，漸漸察覺那種效力。」

一幅優秀的畫作，有時足以匹敵成千上萬的言詞，擁有打動人心、促使人們前進的力量。或者，也帶給人們停下腳步好好思考的機會。就連自己這樣的門外漢，都會為某些畫打從心底感動。

日本的青少年大多沒見過真正的西洋畫。若能為他們開設一座集合一流作品的美術館豈不是很好？

既然無法出國去看畫，那就從國外把畫帶回來好了。

「為此我下定決心投入私人財產認真收集美術品。我這人的脾氣就是一旦開始便誰也阻止不了。」

「那麼，今後你也會繼續收集？」

福田插嘴問。松方深深頷首。

福田用力拍膝。起身面對壁龕，凝視布丹的畫作半晌。最後，他轉向松方，說出意外的發言。

「松方先生，能否請你為我軍再去一次歐洲？」

請你繼續扮演出手大方的收藏家。而且，有樣東西想請你偷偷弄到手。

——那是德國自豪的U潛艇最新型設計圖。

一九二一年五月上旬。

松方幸次郎眺望眼下的遼闊綠地。那是位於紐約曼哈頓的中央公園。他正置身於南邊的高層飯店

「廣場飯店」一室。

雖說是一室，其實是包括客廳、書房、臥室三個房間的最高級客房。面北的大窗可遠眺中央公園青翠欲滴的綠意。公園周邊有高層大樓林立，彷彿圍繞綠色的池塘。

這是還很年輕、充滿活力的城市，不像神戶那樣被山與海夾在中間，也沒有巴黎和倫敦那麼多歷史悠久的建築物。直入雲霄的摩天樓群，夾在其間的人造綠洲。以綠地為都市中心，想親近草木的人們只要來這裡即可滿足。個人的家中雖無庭院，遼闊的公園卻可做為大家的共有物。

公園東邊，第五大道的遠處可以看見渺小的白色石灰建築。松方赫然發現，那不就是大都會藝術博物館嗎。他已來過紐約多次，卻始終沒進去過。據說那是紐約的富豪們捐出自己的收藏品和資金打造的龐大館藏。飯店經理自豪地告訴他，那是全美首屈一指的美術館。

昨天當到飯店登記時，松方在登記簿的「頭銜」一欄寫上「公司社長」後，又劃掉改成「美術收藏家」。之後，他去飯店的餐廳準備吃晚餐時，經理過來打招呼。經理恭敬地表達歡迎後，特別強調如果有任何需要請儘管吩咐。於是松方立刻說自己對美術有興趣，問他紐約最好的美術館在哪裡。

經理不假思索回答，那當然是大都會藝術博物館。他就像要炫耀自己的收藏品般描述館藏品有多麼精彩。松方興味盎然地專心傾聽後，如此說道：

——我打算近期之內在日本開設美術館。因此正想充實館藏品。

為了買美術品，接下來打算去倫敦和巴黎。據我所知，紐約的收藏家似乎也都是遠道去巴黎買畫。這是否表示此地並沒有像樣的畫廊呢？

經理說，沒那回事。紐約也有很多畫廊。如果您這樣出色的收藏家光臨，曼哈頓所有的畫商肯定都想邀請您。假使您沒有時間去，我可以把他們叫來這裡。他們一定會帶著店裡最好的作品飛奔而來——。

電話響了。是經理打來的。

「早安，松方先生。來接您的車子已抵達。還有……」

經理停頓了一拍，又說：

「來了一群畫商，希望能和您這位代表日本的大收藏家見面。恕我僭越，是我叫他們來的。」

松方默默浮現得意的笑容。

「知道了。我馬上下去。」

他簡短回應，放下話筒。

搭乘電梯緩緩下樓時，松方恍然大悟——原來是這麼回事啊。

五年前，他在戰時來美國採購鋼材時，無論要跟誰會談都得費盡力氣。他總是得口沫橫飛地拚命說明，川崎造船所是多麼成功的公司，自己能夠多麼厲害地賣出船艦，那對日美兩國又有多大的好處。即便如此談判還是一再碰壁。他感到美國人對東方人的輕蔑，即便氣惱又無奈，也只能強自按捺努力設法突破。

結果現在呢？一寫上「收藏家」這個頭銜，對方頓時主動來求見。光說是收藏家，他們就認定足以信任。

想必在倫敦和巴黎也一樣。

是的。他不是以川崎造船所社長的身分，而是以收藏家松方幸次郎的身分受到矚目。為了拿到海軍私下命他偷取的U艇設計圖，這的確是絕佳的「隱身衣」。

那就試試看吧——。

就在去年年底。

位於神戶山本街的自宅西式房間內，松方與妻子好子面對面。暖爐燒著熊熊火焰，壁爐上方掛著布朗溫描繪的造船廠風景。那是松方在倫敦街角偶然發現，生平第一次主動買下的畫。

此刻松方背對那幅畫坐在單人沙發上。

「你要跟我說甚麼……」

好子語帶不安地問。

松方凝視妻子略顯憔悴失去血色的臉孔片刻。比松方小四歲的好子，雖已年過五十依然有著氣質高雅的優美。

好子是昔日三田藩主九鬼隆義的次女，就在松方留學美國時，好子正好也在華盛頓的女校留學，是個才女。

二人是在華盛頓的日本公使館舉辦的舞會相識。松方對好子的美貌驚為天人，當下心如小鹿亂撞地邀她跳舞。本來還遺憾之後無緣再見，沒想到松方就任川崎造船所的社長後，有人來說媒介紹他與好子相親。松方自然是二話不說就答應了。

那時距離第一次共舞已過了十年，他對好子竟會嫁給自己感到不可思議的緣分。不過，有時他把丈夫的威風耍過頭時，好子就會不客氣地掃他面子：「當初邀我跳舞的可是你喔。」讓他很受不了。

隨著年關將近，公司和家庭都很忙碌，但這天，松方上午沒去公司，說他有話要說，讓好子在他面前坐下。

「妳不用臉色這麼凝重。好好的美人兒都不漂亮了。」

妻子的表情實在太嚴肅，松方只好插科打諢。

「討厭，你別開玩笑了。」

好子有點臉紅。松方微笑。然後用沉穩的聲調說：

「老實說，明年春天我打算再去歐洲出差。還沒取得公司的同意，但我想先徵求妳的同意。」

好子頓時臉色一沉。松方凝視她這個樣子，繼續又說道：

「我知道妳會反對。但我非去不可。希望妳能諒解。」

然後他低頭懇求：「拜託。」
好子在和服的膝上緊緊握住雙手。
「……為什麼？」
她語帶不安問。
「你每次出國洽公時，不都是沒告訴我就自行決定了嗎？為什麼突然向我低頭道歉？這樣太奇怪了……」
好子敏感地察覺，丈夫的樣子和平時不同。松方深深感嘆，果然得罪誰都不能得罪老婆啊。這個節骨眼，看來還是說真話比較好。
「……妳能替我保守這個秘密嗎？」
聽到松方這句話，好子默默點頭。松方也朝她點頭，然後悄聲告訴她：
「我這次去歐洲，是奉海軍的密令。——目的是為了秘密取得德軍擁有的潛艦，最新型U艇的設計圖。換言之，是奉命去當『間諜』。」
好子的臉上閃現衝擊。松方泰然自若地繼續說：
「妳也知道，之前那場大戰，聯合國軍雖然勉強勝利了，卻飽受德軍U艇的威脅。我們公司也造軍艦所以我很清楚，那絕對是世界最強。如果不能開發出足以匹敵的潛艦，今後，世界列強想必會繼續受到德國威脅。」

世界大戰結束後，協約國各國把戰敗的德國擁有的U艇當成戰利品分贓。日本也得到七艘U艇。但是唯一一艘已完成的最新型U艇，德軍為了怕情報外洩，在戰敗前夕就親手毀掉了。設計圖據說也同樣被毀。不過，沒有任何國家相信這點。

——最新型U艇的設計圖肯定還藏在哪裡。

海軍造船中將福田馬之助說。

——站在我軍的立場，一定要搶在列強前面設法拿到設計圖……問題是，該由誰，怎樣執行？如果派軍人去，單憑那個身分就會遭到懷疑，可也不能交給民間的老百姓。必須是一個在歐洲有人脈也熟知地理環境，擅長外語，有行動力和交涉力的人。而且還得具備豐富的船舶知識。

如此一來，這個人選——除了松方幸次郎再無他人。

進而，福田還說，剛才你說為了在歐洲收集了數量龐大的美術品準備在我國創設美術館。換句話說，你身為企業家固然不用說，就算身為美術收藏家，在倫敦和巴黎也早有名聲。只要報上收藏家的頭銜，平時見不到的人物也可能見到。

只要拿收藏家當隱身衣就不會被懷疑，應該可以順利完成這項密令。

當然，軍方會給你一筆相當充裕的機密費。隨你要用那筆錢買畫還是幹嘛都可以。

作為成功的好預兆，軍方也會向川崎造船所訂購新的軍艦。

拜託你了，松方先生。你肩負著我軍，甚至是全日本的命運——。

「那個素來傲慢的海軍中將，居然向我低頭懇求。這讓我明白他真的是走投無路了……妳說我怎麼可能拒絕。」

好子全身僵硬地聆聽松方解釋。她沒有接腔，始終不發一語。

最後好子抬起一直低垂的頭直視丈夫，問道：

「……要去很久嗎？」

妻子總算開口了，松方鬆了一口氣回答：

「是啊，最少也要一年吧……說不定會更久。」

好子在一瞬間啞然，但最後還是像要確認般說：

「你又要買美術品吧。」

「對。公司和海軍都會給我出差經費。不過，如果有喜歡的畫我打算自己掏錢買。這也是為了共樂美術館。……可以吧？」

好子微微泛著水光的雙眼凝視丈夫，用力點頭。

上次赴歐時，松方為了籌措買美術品的錢把自家房子拿去抵押。好子也曾寫信提醒他「適可而止」。

然而，如今好子是共樂美術館的最大理解者。松方買回來的美術品，第一個欣賞的就是亡母和好子。當時好子兩眼發亮盯著康斯特勃、柯洛、庚斯博羅、特魯瓦永這些畫家的作品。

關於儲備船的銷路與時局的日漸不景氣，他並未和妻子談論過，但是詢問好子對美術館的意見，對松方也是一種樂趣。為了日本青少年的教育，也為了喜愛美好溫柔事物的婦孺，必須建造精彩的美術館，好子已對美術館的完工迫不及待。

「只要一次就好，我也想一起去。我想在歐洲看真正道地的畫。」

好子嘆息著呢喃。聲音夾雜著期待與死心。然而，松方這次身負密令的赴歐之行，還是無法實現妻子的心願。

如果這次赴歐順利成行，將是第五次。好子得負責帶小孩守著家，他始終無法帶好子同行。

松方想，將來有一天，希望能帶好子去歐洲旅行，只去看美術館逛畫廊。

不，在那之前，先開設共樂美術館吧。讓妻子盡情欣賞收藏品。讓妻子親近美術。

至於現在，還得讓妻子再忍耐一下。

「路上小心……請你一定要平安歸來。」

好子的聲音已恢復平靜，如此說道。松方用力點頭。

——妳等我。

我一定會帶著許多名畫歸來。

廣場飯店的大廳，擠滿超過十人的畫商，正在等候來自日本的大收藏家現身。

除了這群畫商，連本地報紙《紐約時報》的記者也趕來了。日本收藏家下榻這家飯店是頭一次，而且經理判斷對方將在日本開設美術館肯定也會是個大新聞，因此特地通知了熟識的記者。

松方一來到大廳，畫商就蜂擁而上包圍他，紛紛向他握手致意。

「松方先生，歡迎來到紐約。」「康斯特勃、透納這些英國代表性的名畫，我的畫廊通通都有。」「本畫廊有莫內、竇加、雷諾瓦。」「請務必光臨。」「請一定要來我們畫廊！」

松方殷勤地笑著與各人分別握手。新聞記者迅速拋出問題：

「聽說您在收集美術品準備創設美術館，請問您有多少預算？」

畫商們頓時鴉雀無聲。松方悠然點燃哈瓦那雪茄，吐出長煙後：

「這個嘛，大約三千萬吧。」

大廳響起用力吞口水的聲音。

「三、三千萬美金……？」

有人問。松方笑著訂正：

「不，不是美金是日圓。」

即便如此也是一筆驚人的預算了，似乎充分感受到這點，畫商之間響起一陣鼓譟。

但松方毅然又說：

「不過我不會在紐約買畫。歐洲的名畫只能在巴黎買。這裡只不過是暫時路過。因此各位的分店或總店如果在巴黎，麻煩給那邊打個電報。就說松方馬上要過去了。」

翌日，看著《紐約時報》文化版的大字，松方獨自竊笑。

「神秘的東方大收藏家出現」。

計畫進行得非常順利。

7

一九二一年七月
巴黎　杜勒麗花園

清爽的晨風吹過，晃動七葉樹妝點杜勒麗公園的綠葉。

陽光逐漸增強的上午九點，在綠蔭中快步前進的是田代雄一。

他在清爽晨風的誘惑下獨自出門散步。在旅館附近吃完早餐，走向協和廣場。從廣場中心的方尖碑環視四周，西有香榭麗舍大道和凱旋門，東有杜勒麗花園和羅浮宮美術館，北有馬德萊娜教堂，南有塞納河上的協和橋。這些都是田代只在書本上見過的歷史性建築。一切居然都在徒步可達的距離內，令他至今還是有點難以置信。這是他初次來到巴黎的第三天，心情依舊如在夢中。

昨天松方幸次郎帶他去凱旋門，沿著香榭麗舍大道漫步，二人一路走回莫里斯大飯店。途中還停下休息了很久。他們在路旁咖啡館的露天座喝香檳，聽了松方的人生故事。

那個故事宛如滾滾長河。就像在聽人朗讀長篇小說。各種事件及人物輪番出現。他終於明白松方是怎麼開始收集美術品。也明白了松方為何想在日本開設美術館。

上次赴歐的一九一六年至現在，這五年來或許有甚麼不便告知的隱情，松方並未詳述，用很快的速度帶過。他只是不勝感傷地談及原來期待美術館完工的母親提早過世，除此之外並沒有多說。

巴黎的夏天傍晚，或許是沉醉於美酒，松方當時心情極佳。他是這樣替「自傳」做結語的：

——直到上次，我都是單純以賣船的生意人身分前來。雖然因為些許興趣開始買畫，但我並不了解繪畫。

可是現在不同。這次來歐洲出差，是為了在日本開設「共樂美術館」，為了買更多更好的作品。現在的我，不是川崎造船所的社長松方。——是美術收藏家，松方幸次郎。

松方如此大發豪語自有其理由。

「松方收藏品」已經成長為多達數千件的龐大收藏。田代並沒有檢閱過那批收藏，但是根據之前的敘述和現在松方在畫廊一擲千金的大手筆看來，就算和那些轟動歐洲美術市場的美國、俄國大富豪的收藏品相比，想必也絕不遜色——他如此確信。

——既然要開設美術館，就收集一批世界無與倫比的美術品吧！

也要讓別國知道，即便是極東的島國也有如此氣派的文化設施。

從松方的言辭之間可以感到，他想掰正日本人的「島國性格」。

世界很大。不能甘於做井底之蛙終生不知大海，必須隨時努力去認識日本在世界的地位。我們日本人都該如此。

為此，美術應該會是最好的鏡子。國民如何享受文化與藝術，可以視為該國發展的量表。優秀的美術館也能展現該國的安定與豐饒。說得更進一步，或也等於是展現國民「幸福度」的指標。

繼自傳之後，松方又滔滔不絕敘述自己的「美術館哲學」，最後，他如此總結：

——擁有出色美術館的國家，遠比擁有無敵艦隊的國家更有格調。光是那樣，我覺得就已經贏了。

說完，他立刻又更正前言——不，當然，這種時局下更需要無敵艦隊吧……。

不過，田代還是感覺聽到松方的本意。

身為川崎造船所社長的人，照理說就算撕裂嘴都不能說開設美術館比擁有艦隊更有益於國家。

然而，接觸美術，逐漸沉浸在那個世界的松方，或許看見了只有他才能到達的地平線高度。換言之，他也許看見了他人絕對看不見的真實。

而那個，說不定是——

——不要艦隊，要美術館。

不要戰爭，要和平。

或許就是這個？

如果那是他無法告訴任何人的真正想法。

自己也贊同松方的想法。並且會牢牢深藏在心中，一輩子都不說——。

從協和廣場走向杜勒麗花園的樹林中，田代不斷深思這件事。

就在之前的世界大戰期間，松方冒險前往倫敦，以及巴黎。雖然目的是為了賣掉儲備船，但松方說也利用空檔邂逅了畫作。

松方還說，他切身發現，自稱造船公司社長也難以敲開的大門，當他自稱收藏家時就立刻開啟了。畫作打動了松方幸次郎這位舉世罕見的大企業家，正要改變他的生活方式。美術擁有的無窮力量令他震驚，正因為是在這種「非常時局」，他更想讓日本國民理解繪畫的美好。

——想盡力幫忙。

田代確實這麼想。

自己是個沒沒無名的研究者。沒有錢也沒有人脈或後台，甚麼都沒有。他有的，僅僅只是對畫作的無限熱情。

松方如果是豪華客輪，自己大概就像是小平底船。即便如此，小平底船肩負著把乘客送往大船的重要使命。如果乘客不上船，大船就無法出航。

或許自己能做的微不足道。但，就算那樣也好，自己只想幫他一點忙。

為了讓這世界，都知道日本收藏家松方幸次郎的存在。

為此該怎麼做呢？

——靠繪畫。

找到名畫、傑作，讓松方先生帶回日本。就是為了這個，自己想盡一份心力。

除了掛在倫敦公寓的畫，以及放在畫廊倉庫的作品之外還沒見過其他，但田代聽山中商會的倫敦分店長岡田友次說過，到目前為止松方已買了為數頗多的佳作，朋友成瀨正一也說過同樣的話。

但就自己所見，松方手中似乎還沒有令人眼睛一亮的傑作。成瀨甚至已把「松方先生買畫是看人不看畫」當成口頭禪抱怨。

難得有這麼充裕的資金和堅定不移的志向。就算是為了不讓那些白白浪費，自己也得成為舢舨船，努力把傑作運到大船。

從杜勒麗公園出了北側立刻就是莫里斯飯店。田代比他和松方約定的時間提早一小時抵達飯店大廳。這時，他發現成瀨坐在長椅上正在看費加羅報。

「嗨，你到得可真早。」

田代出聲招呼，成瀨折起報紙朝他微笑。

「我去你的旅館，櫃台人員說你早就出門了，我想你肯定打算提早過來，所以就直接先過來了。」

「這樣啊，原來你去找過我。不好意思，讓你撲了空。」

「哪裡，沒關係。倒是在見松方先生之前，我想針對今天面談的人物，先給你傳授一招。」

田代在對面的扶手椅坐下後，成瀨上半身向前，開始發話。

「前天也曾稍微提到……萊昂斯・貝內迪特。他是現在對松方先生最有影響力的人。」

貝內迪特是巴黎六區的盧森堡美術館館長，也兼任二年前開設的國立羅丹美術館館長。

盧森堡美術館的歷史悠久，十八世紀中，為了在盧森堡宮殿一角展示皇家收藏品而創設。當初收藏了達文西、拉斐爾、魯本斯等古典繪畫，那些作品後來移至羅浮宮，現在主要展示十九世紀後半出現的前衛畫家們的繪畫及現存畫家們的作品。說穿了等於是「現代美術館」。也展出許多印象派畫家的作品，成瀨之所以建議田代「如果你要陪松方先生去見莫內，不妨先在盧森堡看看他的作品」，正是這個原因。

貝內迪特和現存畫家們及經手現代美術的畫商有廣泛的交流，盧森堡美術館收藏的作品大多是貝內迪特作主買下的。因此，成瀨說畫家和畫商好像都卯足了勁想巴結他。

之所以兼任羅丹美術館的館長，大概是因為羅丹生前和他頗有私交。

「比起古典繪畫，松方先生應該更喜歡現存畫家的作品吧？在倫敦也是，布朗溫好像介紹了很多包括自己在內的現存畫家作品……所以，貝內迪特對松方先生而言是恰恰好的顧問。」

松方上次滯留歐洲時，在前往巴黎前曾委託布朗溫。難得有這機會他想在巴黎也買畫，但是人生地不熟，希望布朗溫能介紹一個人給他適切的建議。結果布朗溫立刻報上萊昂斯．貝內迪特的名字，一口保證會立刻打電報通知對方。

松方去巴黎後，在開館前的羅丹美術館見到貝內迪特。

貝內迪特同樣向松方保證——在這個國家你想見到的所有畫家、所有畫商、所有美術相關人士，我都會替你安排。而且，也會幫你收集你想買到的所有作品。

「那可真是誇下海口啊。」

田代半是驚愕，半是佩服地說。既然敢這麼說，肯定是很有自信吧。在巴黎得到可靠的領水人，松方想必幹勁十足。

「在貝內迪特的建議下買的如果都是傑作，那我絕對沒話說。問題是……就我個人所見，顯然不是那樣。」

成瀨見過松方在貝內迪特的建議下於巴黎購買的部分畫作。他誠實地說出感想：其中固然有名作，卻也有令人納悶不解的玩意。

「之前在巴黎買的作品都放在哪裡？」

田代問。

「你猜在哪裡？事實上，都保管在羅丹美術館。」

成瀨像要透露天大的秘密般，壓低嗓門回答。

上次造訪巴黎的期間雖短，松方決定買下的作品數量卻不少。那些作品有一些已經送回日本，但大多數在貝內迪特的指示下，目前保管在羅丹美術館的倉庫一隅。

「你說甚麼？那樣豈不是公私不分？」

田代大為驚愕。

羅丹美術館是國立美術館。用來保管日本一個私人的收藏品，按照常理來說難以想像。如果是在貝內迪特的指示下這麼做，就算法國政府指責館長公私不分恐怕也沒話說吧。到那時，松方在法國的立場想必也會很尷尬。

貝內迪特到底在想甚麼？

「不過，該說是果然名不虛傳嗎，貝內迪特也很精明。在保管收藏品的同時，也對松方先生提出一個交換條件。」

那個條件，就是購買羅丹的雕刻。

羅丹身為近代雕刻始祖，生前就已名聲響亮。一九〇八年買下原為公爵宅邸的畢隆館（Hotel Biron），當成工作室使用。一九一一年政府決定向羅丹購買該館，當時，羅丹說他願意把自己的作品，以及作品的模型和鑄造權，還有他收集的塞尚、梵谷等他喜愛的畫家作品全數捐贈國家，希望能把該館作為美術館向一般大眾公開。他也希望自己的作品和收藏品能夠流傳後世，想留下美術館幫助後進學習。

雖約定要開設美術館，但一九一七年羅丹在默東（Meudon）的自宅過世。之後雖然開館了，但羅丹美術館的起步絕不順遂。為了籌措營運費用，不得不鑄造羅丹的作品出售。

貝內迪特答應協助松方購買作品並且保管買下的作品，相對的也希望松方買下羅丹的作品。松方自然不可能拒絕他提出的這個請求。

「原來如此。那麼，松方先生已經買了羅丹的雕刻嗎？」

田代透過嗜讀的同人誌《白樺》，早已知道羅丹雕刻的現代性，以及他的偉大。

白樺的同人們——柳宗悅、武者小路篤實、志賀直哉等人——不知有多麼敬愛羅丹，多麼渴求他的作品！《白樺》甚至發行了「羅丹」專輯，可見有多麼狂熱。那本雜誌，十幾歲時的田代幾乎都快翻爛了。

所以得知松方不僅買畫也已買了羅丹的雕刻，田代心潮激盪。

而且件數多達三十八件。

政府也是因為松方購買了大量的羅丹作品，才會同意羅丹美術館代為保管松方的收藏品。

萊昂斯．貝內迪特。——此人倒是相當厲害的策略家。

修剪整齊的植栽環繞，面對倒映夏日天空的水池，時尚的宅邸聳立。

聽成瀨說完來龍去脈後，田代陪伴松方幸次郎，初次來到羅丹美術館。

「歡迎光臨，幸次郎。我已恭候多時。」

張開雙手走近的，是館長貝內迪特。留著山羊鬍的小臉堆滿笑容，和松方緊緊握手，非常親密地擁抱。

松方也滿面笑容地回應：

「今天我來介紹一下我的小朋友。田代雄一，是日本還很少見的專攻西洋美術的美術史學家。」

松方介紹後，田代紅著臉與貝內迪特握手。

「幸會，很高興見到您。……呃，那個……我打從心底敬愛羅丹。我非常期待能夠親眼看到他的雕刻的這一天。」

他用生疏卻認真的法語打招呼，令貝內迪特放緩表情。

「這真是意外。日本這麼遙遠的國家，也知道我們的羅丹？」

「是的。有本雜誌積極介紹最新的西洋美術……是《白樺》雜誌，曾經做過羅丹專題報導。許多日本人都是透過這本雜誌才認識羅丹。專題報導有雕刻的照片，說到我見過的羅丹作品，就只有那個。」

田代如此說明，松方從旁插入：

「怎麼樣，萊昂斯？我說的沒錯吧？日本的年輕人充滿了向學心。他們渴望了解歐洲最新的藝術。可是待在日本看不到西洋美術的實物。只能像田代這樣看著雜誌刊登的照片聊以滿足。」

「是，這我當然知道。」

貝內迪特深深頷首。

「正因如此，您才會在倫敦和巴黎收集優秀的繪畫與雕刻帶回日本，想對日本青少年的啟蒙與教育有所助益——是這樣吧？」

上次造訪巴黎第一次見到貝內迪特的松方，當時尚未有明確的美術館構想，但他曾針對收集美術品的目的熱切敘述。

——我是個對美術一無所知的門外漢，但我認為收集美術品是我的使命。

貝內迪特聽了，據說就對這個神秘的日本收藏家產生興趣。

「法國和英國的收藏家，當然也有對藝術頗有見識的人，但多半都是『我有這種名作』或『我很有錢所以能夠收集這麼多』這種想要炫耀的人。在收藏家看來，想藉由藝術這身美麗的盔甲，讓自己看起來更巨大、更強大，或許才是真心話。」

貝內迪特如此描述西方收藏家的虛榮心。

「這就是所謂的狐假虎威吧。」

成瀨對田代耳語。原來如此，的確是這樣。

「可是松方先生完全沒有那種心態。不是為自己，是為了日本的年輕人——他一貫如此強調。我猜想，其實也悄悄帶有為了愛好美麗事物的淑女的成分吧。」

貝內迪特這麼一說，松方抓抓頭「哎呀，真是敗給你」。在場響起一陣和氣的笑聲。

貝內迪特對松方說：

「你還記得嗎，幸次郎？你曾這麼說過：『我對美術一竅不通，但我知道，觀賞出色的美術品對於創作者將會是最好的教育。』我聽了這句話，當下理解，啊，這個人一定是現在的日本最需要的教育者。所以，我欣然決定助你一臂之力。」

「哎呀，被你這樣說我都不好意思了。」

松方用日語咕噥，頻頻抓腦袋。田代第一次看到他這種樣子，不禁微笑。

「不談那個了，萊昂斯。請讓田代參觀這座美術館精彩的收藏品。他很想看羅丹，八成已經迫不及待了。」

松方輕拍貝內迪特的肩膀說。

「好啊，我的榮幸。這邊請。」

在貝內迪特的帶領下，三人走過黑白格子的大理石地板。

從玄關大廳開門走進去，眼前出現的是十八世紀建造的貴族宅邸裝飾華麗的房間。到處都有大理石和石膏做的雪白雕像，青銅鑄造的褐色人物佇立。悄然佇立的勻整裸體，恩愛纏綿的男女。簡而言之就像是雕刻林立的森林。

田代屏息，走近雕刻森林之間，在〈接吻〉的面前站定，終於呼出一口氣。

那是田代連照片都沒看過，生平第一次看到的羅丹的造形。

是溫柔的愛的擁抱。強壯的男人膝上擁抱著身形柔韌的女人，二人正在接吻。雙方都是裸體，卻沒有絲毫性愛的露骨，二人的身體已昇華為純粹的愛的形式。這如果是繪畫，想必會因為太過官能感引起爭議吧。或許是因為羅丹用白色大理石創作，看起來甚至有種神聖的氛圍。雕刻家或許想證明，這世間最美的就是相愛的人們。

戀人們的濃厚時間被凝縮，停留在永恆，羅丹這種卓越的表現力，令人感到如有神明附體，田代不禁悚然。

「怎麼樣，田代。很棒吧？」

見田代被吸引著目不轉睛凝視雕刻，松方如此發話。田代這才終於回神。

「……這個，該怎麼說……唉，我已經沒有任何言語可形容。」

田代回應。

「這表示它的魔力，足以令美術史學家也舌頭麻痺啊。」

成瀨說。松方滿足地點頭。

「羅丹之所以被稱為近代雕刻之父，有幾個理由。其中之一，就是他把雕刻從台座解放。」

佇立在青銅雕刻〈青銅時代〉前，貝內迪特說。

「請看。這座雕刻，站在和我們同等的位置對吧？光華的青銅肌膚，就在伸手可及的位置。」

〈青銅時代〉是羅丹一八七六年至七七年創作的早期傑作。雖以裸體青年為主題，但青年不是阿波羅也不是大衛。不是被神格化的人像，是有血有肉的「凡人」。雙臂柔和朝空中揮起仰望天空的模樣，不知是正被雨淋還是沐浴在耀眼的陽光下。年輕人擺脫深刻的苦惱，重新恢復清新的氣息。全身洋溢的生命光輝，令人驚嘆不已。

這件作品在發表當時，過於寫實地呈現肉體遭到批判，甚至傳言「說不定是用真正的活人鑄模做成的」。

這件雕刻之所以令人們困惑，一方面也是因為如此寫實的裸體雕像竟然沒放在台座上。過去，所謂的雕刻通常會放在巨大的台座上。一旦放在台座上，哪怕是裸露性器官的男性裸體，創作者和觀眾也能安心認為「這只是雕刻」。說穿了，台座等於扮演某種「免罪符」的作用。

可是羅丹讓雕刻走下台座，站在觀者眼睛的高度。他把雕刻放在活人的延長線上。藉此讓雕刻表現出人的苦惱與生命的喜悅。觀者可以感受到現實世界的愛與苦澀，或者人生。他成功創造出這樣的雕刻。

貝內迪特用指尖輕觸青銅青年的側腰，說道：

「羅丹創作出這樣的雕刻後，我認為藝術家們輕鬆多了。——他們不用再受傳統束縛，可以更自由地創作。」

原來如此，田代感佩不已。

的確，羅浮宮展示的雕刻全都放在台座上。之前看的時候覺得那是理所當然，可是現在看著放在自己眼睛高度的雕刻，會湧現一種奇妙的親近感。可是又不會太露骨。因為雕刻家的感性，讓人的生命光輝與深刻的苦惱更形洗鍊，摹寫在石塊和青銅上。

一如十九世紀印象派畫家擺脫學院派的傳統解放了畫布，羅丹也解放了雕刻。兩者都是歷經動盪時代的鬥士啊，田代的心口發燙。

「我也是，自從聽萊昂斯說了這件事，就徹底喜歡上羅丹了。」

彷彿察覺田代的感受，松方用日語說。

「說到雕刻，我以前只能想到紐約的自由女神或倫敦的特拉法加廣場的獅子雕像。可是現在，說到雕刻就是羅丹。當然，我也為『共樂美術館』買了很多羅丹的雕刻。」

對了。成瀨不是說過，松方先生一口氣買了三十八件羅丹的作品嗎？田代忽然很高興，立刻問貝內迪特：

「松方先生買的羅丹作品，就保管在這裡嗎？」

貝內迪特搖頭。

「預定在松方先生的美術館完工時才會鑄造送出。如您所見，雕刻太占地方了。就算保管在這裡，畢竟受空間受限能保管的有限。」

「包括哪些作品呢？」

田代巴不得立刻一睹為快，又追問。

「連同你在內的日本諸位想看的，全都包括在內了。請放心。」

說著，貝內迪特輕輕擠眼。

「對了，萊昂斯。我想給田代看看我的收藏品，可以吧？」

松方問。貝內迪特立刻回答：

「當然可以。你們想必正是為此而來。」

一行人再次在貝內迪特的帶領下走出美術館。碧綠草皮耀眼的法式庭園還有一些玫瑰綻放，到處可見羅丹的雕刻。有〈加萊義民〉也有〈沉思者〉。成瀨指著〈沉思者〉指摘，「那個放在台座上呢。

好像和你說的不同。」田代立刻應戰：

「那是別的作品——是根據但丁的《神曲》得到靈感創作的〈地獄門〉這件作品的一部分，據說本是為了放在門中央。好像是後來只選了那個重新創作把它變大。」

「所以如果沒有台座就不成體統？好不容易才打破傳統取消台座……羅丹也吃了不少苦吧。」

成瀨的語氣簡直像在擔心朋友，令田代忍俊不禁。

一行人被帶去的，是意外的場所。原來是與美術館鄰接的禮拜堂。

昔日，王公貴族會在宅邸內或庭院建造禮拜堂，朝夕禱告。這座舊公爵宅邸的禮拜堂此刻成了羅丹雕刻的展覽室嗎？若真是如此，倒是相當有趣的嘗試。就好像在日本把高村光雲的雕刻放在神明廳展覽。不，還是有點不同吧……就在他這麼胡思亂想之際，成瀨喊道：「喂，該進去了。」田代這才慌忙跟上。

松方的收藏品就放在這個禮拜堂內。只見大量的木箱堆積，還有幾十件畫作靠牆堆疊，田代目瞪口呆。

「真不敢相信……這些，全部都是松方先生買下的畫？」

看到田代打從心底驚訝，松方再次滿足地點頭。

「沒錯。全部，都是我的。」

「這裡，到底有……到底有多少件？」

田代又問。

「我也不知道。因為我沒仔細數過。我回日本的期間，都是交給萊昂斯全權處理……現在到底有多少，我自己也不清楚。」

田代張口結舌。

該說是粗枝大葉，還是豪邁大方……擁有這麼多的作品，卻對件數毫不在意。不僅如此，對於保管狀態似乎也不關心。

這如果是在日本，恐怕已因濕氣受損，但歐洲的空氣乾燥，而且堂內幾乎不見日光。對了，如此說來，禮拜堂或許堪稱最適合保管畫作的地方。在日本的話大概就像正倉院[6]吧。不，好像還是有點不同……。

田代看了幾件靠牆豎立的作品。是一整批巧妙構圖與沉穩色調構成的寫實風景畫。規矩描繪的樹林及野外及人們，浮雲飄過的澄澈天空。畫作的完成度極高。讓人想稱為所謂的「泰西名畫[7]」。但是乍看之下，田代看不出是誰畫的。

「那是紀堯姆．馬丁畫的。前面是柯泰。那邊是夏巴……」

6. 正倉院：位於日本奈良的東大寺內，建於八世紀中期，是用來保管珍貴文物的皇家倉庫。
7. 泰西名畫：「泰」的意思是「極」，泰西也就是極西之地，西洋。泰西名畫即西洋名畫。

貝內迪特舉出畫家的名字。都是田代沒怎麼聽說過的名字讓他很困惑，就在這時。
田代發現昏暗的室內角落有一幅畫曖曖發光。
睡蓮池——是莫內的畫。
占據整個畫面的，是倒映藍天的靜謐池面。池中零星綻放或紅或白的花朵，是睡蓮。
——這是……。
「田代，你發現了嗎？那是莫內的畫喔。」
彷彿要捕捉美麗的蝴蝶，田代緩緩躡足走近。這時對著他的背影出聲的，是松方。
「這是，克洛德·莫內……」
田代無意識地呢喃，在靠牆放在地板上的睡蓮畫前佇立。
真是不可思議的畫。
一看就知道，它和在場其他畫作截然不同。
是哪裡不同呢——一切都不同。無論是構圖、筆觸、色彩的處理方式、逼近對象的方式。從未見過這樣的風景畫。不，這到底能否稱為風景畫都不確定。
的確描繪了有睡蓮的池塘，就這點而言想必說是風景畫也沒錯，但它和田代所知的西洋風景畫實在差太多了。
最令人驚愕的是構圖。雖是描繪池塘，但整個畫面都是水面。只有水面大剌剌呈現眼前。

這若是普通的風景畫，畫出區分天空和水面、地面與水上的水平線，或者某種「界線」應是理所當然。藉此可以讓觀者知道那是風景某部分的池塘。

可是這幅畫不一樣。完全沒有「界線」。彷彿切取池塘水面的一部分，直接在畫布上展開。而且風景的另一個主角——飄著浮雲的天空，倒映在那水面上。換言之，明明是在描繪水面，同時卻也描繪了天空。而且池畔柔軟垂落枝葉的清新柳樹，也以天空為背景映在水中。

如果進一步凝神細看，畫家描繪的不只是水面。連水中蕩漾的綠色水草都畫出來了。定睛一看，水中若隱若現的水藻此刻彷彿也在款款搖曳。

水面與水上與水中。三個不同的世界在同一個畫布中，展現了多麼美麗的和諧。

田代看著看著就感到內心深處發麻發熱。他覺得，自己看到了驚天之作。

「你看的這幅畫，是我上次來巴黎時造訪莫內家，莫內給我看的。」

松方的聲音就在耳畔響起。不知幾時他已站在田代身旁，瞇著眼凝視睡蓮畫，一邊說道。

「當時我壓根沒聽過莫內這個名字，也毫無概念，是我住在這裡的侄女竹子夫妻倆說要去畫家那裡作客，非要帶我一起去。我當時沒時間，也嫌麻煩，所以起初還很頭痛該怎麼找藉口拒絕……但竹子的丈夫黑木已經立刻安排車子來接我了，所以我被趕鴨子上架，就這麼硬生生被帶去了。」

對了，之前成瀨說過，松方去見莫內，二人一拍即合，松方立刻向莫內求畫。成瀨還說，松方這次也打算去見莫內，屆時還想帶田代一起去。

對田代而言，克洛德．莫內給人的印象，單就照片所見，是個作品輪廓模糊朦朧不清的畫家。就算和同時代的畫家相比，例如梵谷或高更，也沒有他們那種明瞭的線條勾勒或大片色塊，因此田代一直懷疑，這位畫家搞不好只是根據自己的印象半用想像地作畫。就這個角度而言當然和純粹的風景畫不同。不過，梵谷和高更同樣也有半帶幻想來描繪風景的特質。

「真沒想到。莫內的畫居然有如此豐富的色彩。」

田代老實說出感想。雖然脫口說出極為單純的言詞，但他不知除此之外還能怎麼說。

初次看到羅丹的雕刻時也是如此，甚至讓他忘記自己好歹也是美術史學家，被他們的作品震懾得啞口無言。

壓倒性的力量，自然感受到的光輝。畫面洋溢的畫家意念甚至動搖觀者的感性。

這種作品或許就稱為「傑作」。

如此說來，羅丹的雕刻，以及莫內的〈睡蓮〉，的確是無庸置疑的傑作。

「你們或許早有所知。莫內對日本美術可是深深傾心。」

背後傳來貝內迪特的聲音。

「如果沒有日本美術，肯定沒有現在的莫內。」

十九世紀後半在巴黎舉辦的世界博覽會上，日本的展出大獲好評。長期執行鎖國政策的日本終於在歐洲被介紹給大眾。

人們為初次見到的「日本」而瘋狂。日本畫及工藝品受到熱烈追捧，女性之間流行日本和服及扇子，愛好日本趣味的人被稱為「哈日族（Japonisant）」。

「當然，比任何人都更喜愛新鮮事物的就是藝術家。印象派的畫家們，還有梵谷和高更，全都迷戀日本的美術。」

其中尤其是莫內，在日本美術的啟發下，成功打出也可稱為「莫內樣式」的個人風格。

莫內向定居巴黎的日本畫商林忠正大量購買廣重、北齋等人創作的浮世繪，鉅細靡遺地研究。西洋美術的樣式難以想像的大膽構圖。極端的遠近法。新鮮的繪畫主題。鮮豔的色彩和形象。就算是風景，也不會把肉眼所見全部放進構圖中，反倒是猛然接近想描繪的對象只抽取那個部分描繪。莫內就是從日本美術學會那樣的手法。

「這幅〈睡蓮〉，道出了莫內從日本美術學到了多少東西。本作是松方先生直接向畫家購買的，想必正是因為從這幅畫中看到了日本式感性吧。你說呢，幸次郎？」

被貝內迪特拋來話題的松方，輕輕沉吟一聲後回答：

「這個嘛，雖然沒有明確感到甚麼日本式的東西，但我感覺很親近。這是我看其他畫家的作品時沒有的感覺。」

親近，這個字眼令田代頗有共鳴。

這幅畫，或許蘊藏了西方人感覺不到的某種特別的東西——只有日本人才能夠感受到。

貝內迪特微笑說：

「幸次郎，你動不動就說自己『不懂繪畫』，但就算不懂是不是好畫，你也感覺到了。換言之，不是用『腦子』，是用『心靈』在看。我認為那對收藏家是非常重要的資質。」

「聽到你這麼說真令人開心。能夠得到萊昂斯的認可，看來我起碼也成了正經的收藏家了。」

松方不好意思地笑著說。

旁觀的成瀨，悄悄對田代使眼色。田代立刻懂他想說甚麼。

「就是那樣，貝內迪特特別會奉承人。」

回本館的路上，跟在愉快交談的松方與貝內迪特後面，成瀨小聲對田代說：

「松方先生很信任他，還委託貝內迪特在他回日本後如果有好作品就直接買下來。所以才會收集到那麼多作品。」

「你說甚麼？這麼說來，其中也有松方先生完全沒見過就買下的？」

田代吃驚地問，「就是啊。」成瀨一臉困惑地回答。

「貝內迪特的確在法國很有人脈，想必也的確有審美眼光。問題是……我就是想不透。就算再怎麼不懂繪畫，全權委託他人購畫也不太好吧。」

「你這麼對松方先生說了嗎？」

「怎麼可能。我哪開得了口。所以，你能陪松方先生一起去買畫，我覺得真是太好了。松方先生在巴黎的期間，我希望你盡量陪他，幫助他發現像莫內的〈睡蓮〉那樣的傑作。因為連貝內迪特都找不到的傑作，想必還有很多沉睡在某處呢。」

靠你嘍——成瀨說著拍了一下田代的肩膀。然後，急忙追上走在前頭的二人。

生平第一次看到莫內畫作的五天後。

田代隨同松方，坐在有車篷的雪鐵龍10HP後座。

這是個乾爽得幾乎劈啪作響的大晴天。車子從香榭麗舍大道經過凱旋門周邊，沿著塞納河畔不斷向西走。

這天，田代陪同松方去拜訪住在吉維尼的莫內。在羅丹美術館見到那幅〈睡蓮〉大為感動的田代，立刻受到松方的邀請。松方說：「等你親眼對比真正的睡蓮池和畫作，你會更感動。」

「不過話說回來，時代變得很有趣啊。不是嗎？」

吹著時速六十公里的風，松方用輕快的語調說。

「只要打個電報說要去拜訪，過二天就收到回音說『恭候大駕』，然後就這樣坐上汽車，便可當天來回。見到克洛德．莫內！」

松方頻頻感嘆，這是自己年輕時壓根無法想像的技術進步。是對那個感嘆嗎？田代不禁暗自苦笑。自己倒覺得能夠這樣聯絡一聲就立刻去見還在世的畫家，而且是克洛德．莫內，更讓人感激時代的造福。

從巴黎開車去吉維尼約需二小時。穿過市區後，便是無垠的安詳田園風光。來往的車輛不多，有時會和載客馬車或牛拉的貨車錯身而過。

流經吉維尼的塞納河支流埃普特河畔沒有建造堤防，草木茂密的地面直逼水畔。河面倒映青翠欲滴的綠意和夏空，閃爍粼粼波光，只是悠悠流過。

真是舒適宜人的好地方。貝內迪特說，莫內在尚未出名時曾經輾轉流落塞納河流域的小村，不斷描繪河畔風景。如今已成為法國國民畫家的莫內居然也有一貧如洗的時代，這個事實打動田代的心。即便在貧窮的谷底，莫內也不能放棄描繪風景。他當然不知道自己的畫有一天將會獲得肯定。那個時代或許永遠不會來。但他始終沒放棄。

莫內的畫不僅是溫柔優美，也擁有深不可測的強韌，正是因為蘊藏了畫家的信念——或許。

「歡迎光臨。松方先生。真令人懷念啊。」

玄關的門一開，出現身材矮胖的白髮女人。是莫內的繼女布蘭奇。

「很高興又能見面，布蘭奇。妳家老師還好嗎？」

松方擁抱布蘭奇，如此說道。布蘭奇微笑回應：

「是，那當然。他正引領期盼您的到來呢。還有您的小朋友也是。」

田代與布蘭奇握手致意。

「我們沒打擾老師工作吧？」

聽到田代略帶顧忌的詢問，布蘭奇瞇起眼。

「正好相反。所有的日本客人，老師都熱烈歡迎喔。」

然後她轉頭對松方說：

「老師現在正在池畔忙著。您要在會客室等他工作告一段落嗎？還是……」

「當然是直接去池畔。」

松方含笑回答。

在婦人的引導下，二人邁步走向莫內家的庭園。

那是宛如珠寶盒的庭園。夏季花卉恣意怒放，蝴蝶掠過花瓣優雅飛舞。紅色，黃色，藍色，紫色……各種看都沒看過的花卉散發芬芳，競相綻放誇耀美麗。田代不由嘆息。

「真是太美了。簡直像莫內先生的畫作本身。」

田代用法語說，走在前面的布蘭奇轉頭微笑。

「大家都這麼說呢。他們說這個庭園才是克洛德．莫內的最高傑作。」

雖然雇了幾名專屬園丁，但哪種花該種在哪裡，選甚麼顏色，據說全都是莫內一一詳細指示的。如此說來，這個庭園就是莫內的特大號畫布，五彩繽紛的花卉就是莫內的顏料。

沿著小徑走了一會，來到一條小溪。據說就是用這條從埃普特河的支流琉川引來的小溪打造出睡蓮池。

經過竹林後，視野豁然開朗，眼前出現池塘。

水面有睡蓮成群綻放，一齊朝天空仰起雪白的臉孔綻放。夏空倒映在平靜如鏡的池面，夏季積雨雲在中央展現英姿。柳樹伸長柔韌的手臂擦過水面款款搖曳，告知微風的來臨。

對岸有洋傘如白色巨形花朵張開。傘下，白鬍子老畫家——克洛德．莫內正在專心動筆。

微風輕撫睡蓮池面，掀起絲絲漣漪。彷彿要追逐風的去向，叼著菸的白鬍子臉孔轉向這邊。

「幸次郎！」

莫內略帶沙啞卻也宛如大提琴音色般宏亮的嗓音呼喚。松方也高高舉起手，大聲回應：「克洛德！」

「你終於來了。我就知道一定還能再見到你。」

奔向陽傘的松方與莫內緊緊握手。松方露出滿面笑容，打從心底愉悅地說：

「聽說你每天精力十足地作畫，我就很想再見你一面，立刻飛奔而來。」

接著，松方朝田代轉身。

「他是田代雄一，研究西方藝術史。正要去佛羅倫斯留學，是我邀他來巴黎的。」

接著又說：

「看到你的〈睡蓮〉，他非常感動。我說如果看到真正的睡蓮池，他一定會明白莫內的畫到底有多棒，就把他帶來了。」

松方簡潔說明帶田代來的原因。在介紹人這方面，松方真的也很高明。這點就算殺了田代也無法模仿。

「您好，很榮幸能夠見到您。我在日本的雜誌上，看到您的畫作照片，很期盼有朝一日能夠見到原作。……作夢也沒想到，竟然能夠見到您本人。」

田代對畫家筆直伸出右手。

莫內用力握住那隻手。他的手沾滿顏料，是如假包換的畫家之手。

「今天，我特地為您帶了精心準備的小禮物。」

松方用帶著淘氣的聲音說，從拎著的包取出一瓶白蘭地給莫內看。莫內頓時神情一變

「噢，這不是『拿破崙』嗎！」

「沒錯。我在巴黎發現，就買下來了。我想跟你一起喝。」

啊，原來是這個啊——田代露出笑意。

成瀨說過。松方在高級餐廳買了一瓶價錢貴得嚇死人的白蘭地，說莫內很愛喝要帶去送給他——

莫內大喜過望，唱歌似地頻呼「拿破崙！拿破崙！」松方也跟著一起喊，二人興奮得彷彿要手舞足蹈。布蘭奇以手掩口吃吃笑。田代也不禁笑開懷。

「松方先生真是不可思議的人物。」

布蘭奇小聲對田代說。

「明明只見過一次，老師卻好像已經把他當成多年老友了……第一次見面時也是，彼此都說有種一見如故之感。」

二人今天也一樣，是在這睡蓮池畔相會。據說松方就是在這裡初次見到莫內的畫。

會專程大老遠來到吉維尼的客人當然都是熟知莫內畫作的人，因此對莫內而言，迎接一個「初次見到」自己畫作的客人，似乎反倒讓他覺得很新鮮。

當時莫內問松方覺得如何，松方只是沉吟一聲，湊近放在畫架上尚未完成的畫布緊盯著不發一語，如石雕木人般動也不動。

「被畫家本人詢問感想，松方先生想必也很緊張吧。」

田代不由同情。若是自己，搞不好會勉強敷衍帶過逃避當下的緊張。

「結果並不是喔。」

布蘭奇依舊吃吃笑著說。

凝視畫布片刻後，松方對著這位畫壇巨匠，用雖然結巴卻毫不怯場的法語說：

——老師，容我說出真話吧。

我是個造船公司的經營者，對繪畫一竅不通，原本也沒甚麼興趣。只是因公務前往倫敦時湊巧看到一幅描繪造船廠的畫勾起我的興趣，之後才開始買畫。

漸漸的，我開始萌生一個計畫，為了日本青少年的教育，我想在日本開設美術館展出真正的西洋畫。

因此，我得到各方人士的協助，逐漸收集到很多畫。可是其中沒有您的畫。

老實說，在我來到這裡之前，我連您的名字都沒聽過。可我被侄女夫婦帶來了。在踏入這個地方的前一刻我都還在後悔，以為這下子傷腦筋了。

我萬萬沒想到！您瞧這該怎麼說。這幅畫。這種色彩。這片景色——簡直是……簡直是，太棒了……！

「後來松方先生還說，『請把此刻這屋子有的畫全部讓我看看。我要全部買下來。無論有幾十幅還是幾百幅！』」

田代知道，布蘭奇並未誇大其辭。松方向來秉持「打鐵趁熱」的想法。因為看中了所以要全部買下，這不是很有他的風格嗎？

但莫內似乎被嚇到了。但被松方的熱誠所感，還是同意在畫室展示一些作品給松方看。

松方受邀進入這個二年前為了創作大型繪畫特地建造的廣闊畫室。那裡有完成的作品也有尚未完成的。松方屏息凝視那些作品。布蘭奇說，她分明看見松方的眼睛泛著水光。

結果松方並未發表任何感想。取代感想對莫內說的是——

——我還是想買。這裡所有的作品，拜託通通賣給我。

莫內笑著回答：

——饒了我吧。通常我只透過畫商賣畫。

松方再三懇求。

——不，我現在立刻就想買。如果不能全賣，那就只賣幾幅給我也行。不過，最好還是越多越好。我對繪畫一竅不通。甚麼都不懂。說來丟人。但我……該怎麼說呢，我……我喜歡您的作品。

「他那句話，打動了老師的心。因為過去從來沒有任何人那樣對他說過。」

布蘭奇捂著自己的心口說。

讚賞巨匠克洛德．莫內作品的老套台詞，早已多不勝數。

例如說他的風景畫已昇華至宗教畫的高度，蘊藏高潔的精神性。風景獵人莫內，他是把編織著光影倒映與時光遷移的絕妙花紋漂亮地摹寫在畫布上的天才。他深得法國藝術的神髓做到極致云云——但是從來沒有任何藝評家或收藏家，當面對畫家說出一句「我喜歡你的畫作」。

所以松方率直的言詞才會清新、直接地打動畫家的心。

「如今想來，那或許就等於是松方先生對克洛德．莫內的愛的告白吧。」

布蘭奇忍不住說得有幾分喜悅，因此田代不禁會心微笑。

「這算是一見鍾情嗎？」

聽到田代這句話，布蘭奇如少女般聳聳肩，呵呵笑。

「也許吧。」

莫內與松方為重逢互表心喜後，立刻決定用「拿破崙」乾杯。

女傭用托盤送來四個玻璃杯和鹽漬橄欖。

「我就不喝了。這是紳士們的飲料。」

布蘭奇謙遜地說。

「妳這是甚麼話。這可是為老師和妳買來的。來吧。」

松方勸她。布蘭奇羞澀地笑了，拿起托盤上最後一個酒杯。

琥珀色液體閃閃發亮地注入水晶酒杯。莫內把杯子舉到眼睛的高度，隨即猛然湊近臉。

那一瞬間，田代愣住了。他發現莫內的眼睛異樣白濁。

——難不成是……白內障？

莫內的眼睛倏然瞟來，田代連忙移開視線。同時，松方快活地出聲：

「祝老師成功與健康，乾杯！」

清風拂過水面，粼粼波光顯示風過之處。睡蓮的花朵輕柔搖曳，彷彿一齊綻放笑顏。那種情景是任何言詞都無法形容的美麗。

田代想，這種時候，人就會崇拜畫家吧。因為畫家可以用畫筆和顏料在畫布表達言語無法形容的感情。如果是莫內這樣擁有卓越感性和眼力的畫家，那就更不用說。

畫家頻頻抽菸，也請客人抽雪茄。松方與田代站在睡蓮池畔吞雲吐霧。感覺格外陶然，並不只是因為那是高級雪茄。也是因為那是克洛德．莫內請的，而且還有松方站在身旁一起抽。

田代對眼前的情景感慨良深，再也無法按捺想要仔細觀察莫內如何描繪這種情景的好奇心。他猛然仰頭乾杯後，大膽提出請求：

「老師，如果方便的話，能否讓我靠近畫布附近參觀？」

「好啊，當然可以。」

莫內愉快地回答。

「你就站這裡。」

田代心跳加快地站在放在畫架上的大型畫布前。然後，他愣住了。

——這是……

近距離看到的未完成畫作，竟然異樣模糊。畫布表面堆滿已經乾涸的藍色與緋紅顏料。和實際的風景相較，色調顯然很奇怪。彷彿籠罩一層霧靄……不，可是……實際的風景，看起來根本不是這樣子……。

看到田代一臉嚴肅地陷入緘默，松方用日語問：「怎麼了，田代？」田代沒有回答。

在田代心中有二種情緒衝撞。那是「這可是鼎鼎大名的莫內現在正在畫的作品。是最先端的藝術」這種試圖理解的情緒，和「不，不對。再怎樣也不可能是這麼離譜的顏色吧」的反感。

「你好像有甚麼想法？」

莫內問。田代轉頭面對畫家，鼓起勇氣說：

「老師，恕我僭越地直說——這個顏色，會不會有點怪？在我看來，這片風景並不是這種色調。」

可以感到松方和布蘭奇倒抽一口氣。脫口而出後，田代立刻後悔了。

「對不起，是我失禮了……我收回前言。」

田代臉色發青地說。

「沒關係。我很欣賞你。你很誠實。」

莫內笑言。

「起初，大家都說我的畫每一幅顏色都很怪異。但是時間久了就知道。我是怎麼看這片風景——」

莫內說。聲音如大提琴宏亮醇厚。

那番話如撫過池面的清風動搖田代的心，掀起靜靜的漣漪。

當天，松方再次請求莫內賣畫給他。

〈睡蓮：柳樹倒影〉。是莫內一九一六年完成，一直留在手邊的大作。長度近二公尺，寬四公尺以上。或紅或白的睡蓮綻放，帶著玫瑰色的藍天交溶在池面，柳枝寂靜無聲地倒映。初次造訪畫室時，松方獲准購買幾件作品，唯獨這件莫內始終不肯賣。但這次重訪，松方鍥而不捨。他說，這件作品才是他最想在「共樂美術館」展出的作品。為了日本國民，請務必割愛。讓他把吉維尼帶回日本——

松方的熱誠，似乎打動了巨匠。最後，莫內說他要考慮考慮。松方說他會靜候佳音。靜候巨匠同意將這幅畫送往日本——。

太陽拖著長長的軌跡開始西斜時，松方與田代踏上歸路。

與松方並肩坐在後座，田代彷彿大夢初醒般將這天發生的種種逐一在心中回味。

驀然間，身旁的松方咕噥：

「你說的沒錯，那顏色的確很怪。」

田代朝松方扭頭。松方忽然笑了出聲。

「不過，你懂嗎，田代？那幅畫是傑作。重點不在顏色該如何的理論。看著莫內，那位大畫家，眼睛都已看不清楚了還拚命揮動畫筆的模樣，我忽然莫名其妙地很想哭。畫家這樣傾注自己的全部畫出來的畫，才叫做傑作不是嗎？」

那一刻，田代初次聽到松方感慨萬千地說出「傑作」這個字眼。並且被提醒。原來自己一直是用腦子而非心靈在看畫。

——這下子不得了。

光明的預感如晚霞在田代的心頭蔓延。

此人創設的美術館，一定會很精彩。

為此，自己也要盡力。自己也要用心去看畫。要和此人一起享受繪畫——。

田代驀然回神才發現自己來到巴黎轉眼已過了二星期。

期間，他一直像在作夢。他去了以前只在書中見過的巴黎名勝景點及美術館，還去吉維尼見了莫內……無論哪一樁都讓他懷疑「這該不會是作夢吧」。

然而，田代此刻已萌生明確的「使命」。為了將來應該會在日本開設的松方私人美術館「共樂美術館」，他要找到傑作。

整個八月都要陪松方逛畫廊，一定要找到連布朗溫和貝內迪特、成瀨都找不到的傑作，設法讓松方帶回日本。這樣自己被叫來巴黎才算是有意義。

八月初，田代一如往常前往松方下榻的莫里斯飯店。

這天陪同松方的只有田代一人。從這周起，成瀨說他要陪夫人去避暑區度假，一臉淡定地告訴田代，「剩下的就交給你了。」田代很想說資產階級真逍遙，卻也有股念頭想趁成瀨不在時找到傑作，等成瀨回來讓他大吃一驚。

可是他完全沒把握能在一個月之內找到傑作。他已經把有名的畫廊都逛過一遍了。今後，能夠在哪遇見甚麼作品，或者，將會一無所獲，實際上，田代自己也說不準。

他比約定的九點提早十分鐘抵達飯店大廳。松方總是在約定時刻準時出現。他不可能讓松方等他，因此總是提早十分鐘抵達。

這天松方也一如往常，準時搭電梯下樓來。和以往不同的是，他的身後跟著一個日本男人。

二人一邊交談一邊來到大廳。田代從沙發起身，想起了那個男人是誰。

那是田代初次造訪松方下榻的客房時，門內出現的——那個男人。

好像是松方的助手，後來應該也聽成瀨提過此人的名字，但是之後一直沒再見過，所以田代早已忘了。

「嗨，田代，早。」

松方出聲招呼，田代也含笑回應：

「松方先生早。今天又是好天氣呢。」

「是啊，和悶濕炎熱的日本不同，這裡就算八月也很乾爽。住起來很舒服，我甚至很想每年夏天都待在巴黎。」

二人愉快寒暄之際，男人再次消失了。田代有點耿耿於懷，但是由於松方還是沒正式介紹，所以他猜想那人肯定是處理雜務的傭人吧。

「今天您想去哪？」

田代問。

「去盧森堡的畫廊吧。」

松方立刻回答。那是田代不知道的畫廊。

「盧森堡是萊昂和保羅這對兄弟各自經營的畫廊。二者都經手前衛畫家的作品……哥哥萊昂經手的畫，我是完全看不懂。是很想叫他不懂也該有個限度的那種不懂。」

「不懂繪畫」是松方的口頭禪，但「不懂也該有個限度」又是怎麼回事？

「無法說明。」松方說。

「就好像把許多碎片拼湊在一起的畫面，顏色是褐色或灰色……如果仔細看，畫中的人臉和帽子和報紙都被拆散得四分五裂。真不知該說是不可思議還是甚麼……」

松方說那已經莫名其妙到了痛快的地步，所以一瞬間也曾閃現「買下」的念頭。可是一問價錢就倒退三步。這個名字聽都沒聽過叫做甚麼巴勃羅・畢卡索的畫家，作品居然比英國王室御用畫家約書亞・雷諾茲的肖像畫還昂貴。所以松方只好放棄。

田代大吃一驚。松方看到的那幅畫，肯定是令舉世震驚的「立體主義」畫作。

立體主義，是巴勃羅・畢卡索和喬治布拉克這二個年輕畫家聯手創造出來的革命性繪畫手法，始於一九〇七年。把人物、靜物、風景這些對象解體，替換成立方體，在畫布上建構重新組合——根據這個嶄新的點子創作繪畫。

這種畫派純粹以「解構」本身為主題，寫實重現對象或色彩反而在其次。放在第一順位的是畫家自己的眼睛和意識，所以也可說是並不追求觀者理解的畫。進而，也不是為了取悅觀者或追求心靈安逸而創作的畫。因此田代感到「莫名其妙到痛快的地步」這個說法的確言之有理。

對全世界的畫家自然不消說，對田代這樣的研究者，立體主義的誕生也是宣告新時代美術來臨的一大「事件」。領頭的巴勃羅・畢卡索，作為畫風變換自如的天才畫家早已舉世知名。對田代來說也是企盼看到原作的畫家之一。說不定今天就可以看到。田代不禁激動得猛喘粗氣。

「那麼，接下來我們就是要再去看一次那種莫名其妙到痛快地步的畫？」

他以為松方一定是想聽取自己的意見後再次檢討是否要購買。沒想到松方的回答是「NO」。

「我要去弟弟保羅開的畫廊。因為那邊至少還正常一點。」

這下子希望落空，但田代立刻打起精神。既然說是能看到「至少正常一點」的畫，那麼在弟弟的店應該也能見到革命性且前衛的有趣作品。

二人邊走邊東拉西扯地交談，就這麼來到位於八區的拉波埃西街的保羅盧森堡畫廊。田代按下玄關口的門鈴，門立刻迫不及待地開啟。

「歡迎光臨，松方先生。我們已恭候多時。」

大概是畫廊經理吧，栗色頭髮梳理服貼的紳士恭敬地致意。松方點點頭，拄著手杖走進去。田代隨後跟上。打從那瞬間，田代就有種不可思議的預感，彷彿有甚麼特別的東西在等著。

靠裡面的寬敞會客室掛滿許多畫作。但田代知道，這裡並沒有為松方準備的特別作品。想必要等貴客抵達後，鎮店之作才會從畫廊的最深處悄然現身。

「這真是稀客啊。松方先生，很榮幸能夠再次見到您。」

畫廊老闆保羅盧森堡張開雙手走近。

「我天天都在翹首以待，心想您也差不多該光臨了呢。」

「自我抵達巴黎後，就按照順序一一逛遍知名畫廊。我猜想你這裡應該也有精品到了，所以這才過來看看。」

松方說話相當有技巧。保羅堆出滿臉的殷勤陪笑。

「這可真是奇遇啊。簡直像是猜到您會光臨，就在昨天才剛剛收到一件特別的作品呢。」

畫廊老闆也不甘示弱地應戰。

「這位陪同的小先生，您也很幸運。因為您接下來將和松方先生一起看到驚人的精品喔……天台先生？」

「是田代。」田代與盧森堡握手，糾正他的發音。

「噢噢，這真是不好意思，田代先生。」

盧森堡改口。

「總而言之，接下來您將看到難得一件的傑作精品。喂，法蘭索瓦。把那幅畫拿過來。」

助手立刻飛奔去裡屋。盧森堡搓揉雙手，拚命討好松方以免松方失去興趣。田代站在牆上懸掛的畫作前，假裝看畫的同時，心頭的期待越發高漲。

掛在牆上的作品，是描繪穿夏裝的女子佇立在可以看海的窗邊。沒有陰影，畫面平坦。明亮的色彩格外顯眼，同樣是過去沒見過的類型。田代驀然察覺這點，不禁盯著那幅畫看得入神。

「這個畫家叫做馬蒂斯。用色鮮豔是他的特徵。」在附近守著的經理，立刻小聲替他解說。

「亨利・馬蒂斯嗎？這顏色真是鮮明。」

田代也是透過畫冊知道馬蒂斯這個名字，但他想都想不到會是這麼色彩鮮明。經理露出笑容，「您早就知道啊。」

「這位畫家很受歡迎嗎？」田代問。

「對。最近有美國收藏家在熱心購買他的畫。」

「美國人？」

「是一位化學家巴恩斯博士。還有俄國收藏家史楚金先生也買了他不少作品。」

法國人對這種前衛的作品似乎沒甚麼興趣。所以外國收藏家──例如松方這種出手大方的日本收藏家一出現，賣前衛畫家作品的畫廊就會立刻巴上來。

不過話說回來，法國這個藝術樂園留下的盡是古典作品，與自己同時代的畫家傑作反而被美國和俄國買走，這未免有點諷刺。而且現在，也將被日本買走。站在日本人的立場當然非常慶幸，可是對法國人來說實際上又是如何呢──這樣的念頭掠過田代的心頭。

「喂，田代，畫來了。」

背後響起松方的聲音。田代這才回神連忙轉身。

一幅畫靜靜送到二人的眼前。田代屏息瞪大雙眼。

——是梵谷。

他不禁嘆息。

——沒錯。這就是白樺派藝術家們憧憬的那個文生·梵谷的畫。

在南法小鎮亞爾，梵谷度過晚年的陋室。泛灰的青色牆壁，淺紫色地板。床鋪和二張椅子，一張邊桌。

那個房間，房間整體反射戶外南法陽光的反照，宛如傲然怒放的向日葵，彷彿正燃燒黃色的火焰。是幻覺嗎？田代已啞然，就像發高燒熱昏頭似地呆掉了。

——這是多麼……多麼激烈的繪畫。

不，這已經……已經不知是否該稱為繪畫了。

這其實是以繪畫為名的「奇蹟」吧？

「……怎麼樣，松方先生？您還喜歡嗎？」

盧森堡的聲音響起，田代終於回過神。

松方抱著雙臂板著臉陷入沉默，定定凝視放在眼前的畫。

田代正想說些甚麼，松方已早一瞬開口。

「……這是甚麼玩意？」

聲音很不高興。

盧森堡倏然臉色一變。但他還是拚命擠出笑臉，「這是荷蘭畫家，梵谷的作品〈在亞爾的臥室〉。」

他用法語的發音說出畫家的名字。

「最近人氣急速上升，世界各國的收藏家都爭相搶購。不過，現在買還是很划算……」

「不，我不懂。完全看不懂。」

松方打斷盧森堡的說明，語帶怒氣說。

「這我吃不消。枉費我本來很期待。」

然後，他轉身朝出口邁步。田代嚇了一跳，慌忙追上松方。

「請等一下，松方先生。請不要走。如果您走了，那幅畫就會被美國或俄國買走。」

田代苦苦哀求。

「那才是我到目前為止見過的作品中的最高傑作。請無論如何都要把它帶回日本——求求您。」

松方沒有回頭。他的背影在說「NO」。彷彿要甩開田代，就此默默走掉。

厚重窗簾的縫隙透入的一絲光線，在賴床的田代臉上形成一條白線。

田代抬起沉重的眼皮。身體笨重如鉛塊。扔在地上的鞋子和胡亂扯下的領帶散落一地。昨晚他獨自酗酒，喝得爛醉連衣服也沒脫就這麼昏睡過去。

他翻長褲口袋掏出懷錶。長針和短針重疊，正指向十二。失聲驚呼的同時，教堂宣告正午的鐘聲也嗡然響起。

田代撿起領帶繫上，匆匆穿鞋，衝出房間。

昨天從保羅盧森堡畫廊回來的路上，田代翻來覆去拚命遊說。

短短一兩個月的有限時間內，不見得能夠遇上藝術市場出現的傑作。田代知道那是千載難逢的機會。就算幸運遇見傑作，也不見得松方會喜歡那幅畫，願意帶回日本。那得看自己的解說。

是的，就是這樣。終於出現傑作了。然而，現在已不容他沉醉於好運。一定要設法說服松方買下。田代卯足全力。

梵谷的〈在亞爾的臥室〉是多麼偉大的傑作，如果能加入收藏名單會有多大的價值，將來開設美術館時會帶給日本青少年多麼大的驚奇……當時他圍著目不斜視拄著枴杖大步前進的松方跟前跟後，比手畫腳，用盡各種美辭麗句，使出渾身熱情苦苦懇求。——求求您買下它吧，松方先生！

然而松方對死纏爛打的田代正眼也不瞧，小鬍子下的嘴巴始終抿得很緊，抵達莫里斯飯店後就頭也不回地進去了。田代被旋轉門阻擋，在入口止步。然後頹然垮下肩膀。

——怎麼會這樣。

唉，我怎麼會幹這種蠢事。松方先生說不定只是想一個人靜靜考慮一下。

一定是被我這個沒甚麼拿得出手的成績的年輕研究者囉哩囉嗦糾纏，惹得他不痛快了。

那樣的傑作，說不定再也……再也沒機會遇上。

錯過之後更顯珍貴。田代受不了，當天就在旅館附近的咖啡館借酒澆愁。

——可惡，甚麼狗屁「共樂美術館」！

沒買下那件傑作，怎麼可能與大眾共同享受美術。

明明沒人傾聽，田代卻自己用日語滔滔不絕。到底喝了多少，他完全沒印象。清醒時已是正午

——就這樣。

莫里斯飯店的櫃台人員尚已和他熟識。田代快步走近櫃台，氣喘吁吁問：

「嗨，尚，你好。松方先生已經出門了嗎？」

尚笑嘻嘻回答：「您好，田代先生。」接著說出意外之辭。

「松方先生今早已經出發了。」

啊？

這個意想不到的發展，令田代難掩困惑。

「出發？去……去哪裡？」

聽到田代這麼問，尚依舊保持微笑回答：

「這我就不清楚了……不過松方先生留了一封信說要給您。」
焦糖色櫃台上放了一個白色信封。拿起信封後，田代急忙拆開。

連日逛畫廊有點疲累。我決定去瑞士休養一陣子。八月底再來巴黎。希望屆時與君重逢。

松方幸次郎

「去瑞士……」
田代不禁嘀咕。
逛畫廊難道已令松方厭煩到必須倉促出發嗎？抑或，他臨時有甚麼急事？
對了，松方從倫敦來巴黎時，也是毫無前兆就出發了。這就是所謂的擇日不如撞日嗎？若說很像松方的作風的確可以這麼說……。
「信上寫了甚麼？」
這次輪到尚發問。田代折起信紙塞進亞麻西裝外套的內袋，一邊回答：
「他說會再來巴黎。」
「這樣啊。那您也要出發了？」
「不，我……」

驀然間，自己或許也該立刻離開巴黎前往佛羅倫斯的念頭掠過腦海。田代本來打算配合松方當初的預定行程整個九月都待在巴黎，這下子該怎麼辦呢？松方先生也有可能就此一去不回……

田代愣住了。

——難道從此再也見不到松方先生了嗎？

寂寞突然降臨，如波紋在心頭蔓延。為了抹消那個，田代斷然說道：

「……我要在巴黎再多留一陣子。我在等。等松方先生歸來。」

三天後。

始終對那幅傑作耿耿於懷的田代，又獨自前往保羅盧森堡畫廊。

說不定，它已經被強敵收藏家——例如美國的巴恩斯博士或俄國富豪史楚金買走了？田代擔心得夜裡都睡不著。

沒想到，田代一到畫廊，保羅盧森堡就滿面春風地出來迎接，如此說道：

「這不是田代先生嗎，上次真是謝謝您，讓松方先生買下〈在亞爾的臥室〉，您果然是有眼光啊。」

據說，松方那天與田代分開後，立刻又返回盧森堡畫廊去了。而且還主動說「我要買剛才那幅畫」——。

田代啞然。他還是說不出話。盧森堡滿面笑容。

「這都要感謝您呢，田代先生。謝謝您。」

盧森堡再三道謝。

「松方先生說，他是被您的熱情打動。」

——那個不知天高地厚的毛頭小子眼光很毒辣。他既然說好，那肯定是傑作。

我是不大懂啦。或許有一天會懂吧。

那就耐心地等待那一天吧——。

田代就這麼始終啞口無言地離開畫廊。

他像發高燒般腳步虛浮走在大馬路。步伐逐漸有了節奏，漸漸越走越快，最後開始奔跑。

「——太好了！」

他用日語大喊，又蹦又跳。人行道上的路人吃驚地轉頭看他，但他不以為意。

那個梵谷，那幅〈在亞爾的臥室〉，終於成為「松方收藏品」的一員。

田代太開心，簡直無法壓抑。明明不是自己買下。明知不可能成為自己的。

那件傑作將會去日本。成為日本美術館的館藏品。

這讓他滿懷喜悅，無法按捺。

九月二十一日。

北站的月台聚集一群日本人。

包括成瀨正一與妻子福子。黑木三次與妻子竹子。畫家橋本關雪。朝日新聞的海外特派員坂崎坦。畫家和田英作。以及田代雄一。

被他們圍繞著展露笑顏的，是松方幸次郎。

松方信守承諾，在八月底回到巴黎。或許是在瑞士得到充分休養，他看起來神清氣爽，心情極佳。田代問他是不是有甚麼喜事，他說完成了一件工作，還賣關子地擠擠眼。雖然田代並不知道那是甚麼樣的工作。

結束巴黎之行的松方，將會返回倫敦，預定停留一陣子後再回日本。

為了替將要啟程的松方餞行，在巴黎陪他逛過畫廊的人都來了。被這群比自己年輕的友人圍繞，收到花束、糕點盒、書籍、繪畫等各種禮物，松方整個人看起來容光煥發。

「松方先生走了，巴黎所有的畫廊肯定會意氣消沉。為了讓這城市振作起來，請您一定要再來。」成瀨說。他的聲音有點落寞。

「好，一定。我當然會再來。」

松方用充滿確信的聲調說。

「為了美術館，我正需要更多傑作呢。我打算繼續買，你要幫我。」

他大發豪語。

事實上，誰也不知道松方是否會重返巴黎。但是田代還是暗白下定決心，要把再次在巴黎陪松方逛畫廊和美術館的那天當成夢想。

「田代……你幫了不少忙。真的很謝謝你。」

松方轉頭對田代道謝。田代露出笑容。

「該道謝的是我。讓我有這番美好的經歷，真的很謝謝您。」

那段日子彷彿成了冒險故事的主角，令人雀躍。

他陪同松方造訪了許多知名美術館，逛遍巴黎的畫廊，見到許多精品，並且買下。以梵谷的〈在亞爾的臥室〉為首，還有莫內的睡蓮圖、雷諾瓦的〈穿著阿爾及利亞服裝的巴黎仕女〉、高更、馬內、竇加、畢沙羅、莫羅等等，都是田代衷心期盼「但願能來日本」的秀逸畫作。

買作品自不待言，對於該把「共樂美術館」建成怎樣的美術館，他也和松方交換意見，有時甚至發生爭議，這些也成了難得的體驗。他們討論著美術館的展覽室想設計成怎樣，用某種畫框裱框如何，最後甚至聊到開幕紀念酒會該邀請誰，要送甚麼小禮物。就這麼邊聊邊喝，有時談論到天明。

每次，田代都在想，這該不會是作夢吧？

此刻，身在巴黎，與松方幸次郎促膝長談畫作及美術館的這一瞬間，該不會只是夢吧？

不，不對。不是夢。因為松方幸次郎這個人，不會讓夢只是夢。

松方直視田代的眼睛。

「給你添了不少麻煩。」

他不勝感慨說。

「因為有很多畫我就是看不懂。老實說，也有不少作品若非你的說明我根本不會買。」

「不。」

田代當下否定。

「您說『看不懂』，但您不是用腦子，是用心靈在看畫……松方先生，你是日本第一……不，世界第一厲害的真正的收藏家。」

真正的收藏家。

共度一個夏天，田代從松方身上發現的，是率直與畫作面對面的真正的收藏家風範。

聽到田代這麼說，松方的眼眸游移。就像吉維尼的莫內花園，清風拂過睡蓮池面時。

「羅丹美術館保管的那批收藏品，甚麼時候能送回日本？」

田代問。

「一次全部運送很困難，所以預定分批運送。」

松方回答。

「那麼，在送回國之前會一直放在羅丹美術館？」

「對，我是這麼打算。雖說是由萊昂斯・貝內迪特代為管理，實際上我還找了另一個人照顧作品。他是常駐巴黎的日本人，所以不用擔心管理的問題。」

之後，他喊著：「喂，日置！日置在哪裡？」四下張望。

「──社長。我在這裡。」

背後傳來聲音。田代轉頭一看。

略遠處有個男人佇立。田代立刻想起他是誰。

那是在莫里斯飯店見過二次的男人。第一次是田代敲松方房門後。第二次，是和松方一起來到飯店大廳時。

中等身材，丹鳳眼，眼神平靜的這個男人叫做日置釭三郎。

本來是海軍士官技術士兼飛行士的他，也曾是日本駐法大使館的隨從武官。之前他被計畫開發飛機的松方一眼相中，成為川崎造船所的聘僱技師，五年前派往法國的飛機製造公司。雖然飛機的開發計畫暫時擱置，但他就此定居巴黎，成為松方的助手，負責管理收藏品。──不過，田代知道這個事實，是在更久更久之後。

終於受到松方正式介紹，田代與日置互相寒暄致意。

「我下周也要去佛羅倫斯了。雖然無法幫忙管理松方先生的收藏品，但只要我能力所及，請儘管通知別客氣。」

田代說完，日置或許是要微笑，只見他的嘴角奇妙扭曲。

「——收藏品有我守護。」

那是帶有沉靜熱度的聲音。雖只有一句話，卻情真意切。

日置的話語餘音裊裊縈繞田代的心中。但那也不知不覺消失殆盡，與松方再訪巴黎的夢想也破滅了。

因為第二次世界大戰爆發，世界再次分裂，日本成了戰敗國。

松方在失意中黯然離世，在田代日後啟程前往巴黎討回留在法國的「松方收藏品」之前，他始終沒想起日置。

一九五三年六月

巴黎——馬德萊娜廣場

8

過了晚間九點半，太陽坐鎮西方天空的最後光芒，逐漸消失在紅雲的彼方。取而代之的是一彎新月朦朧浮現，之後街上綿延的瓦斯燈也亮了。

坐在咖啡館露天座的人們毫無離去的跡象，每張臉孔都容光煥發，準備更加享受姍姍來遲的良宵。置身其中，田代雄一定睛看著眼前的男人臉上浮現濃厚的不安。

田代受日本政府委託，以歸還「松方收藏品」交涉負責人的身分前來巴黎，在他面前出現的這個男人，名叫日置釭三郎。

與喬治·薩勒斯單獨會談後，田代回到飯店，聽雨宮辰之助提起這個名字，他沒費多少時間就想起此人究竟是誰。

——關於松方收藏品，我會說出一切。

在田代外出期間來訪的日置，據說請雨宮如此轉告。他還說，會在附近的咖啡館等候。

此刻，田代凝視孤伶伶縮在露天座角落桌前的蒼老日本男人。那是睽違三十二年的日置。

「怎麼樣，要不要來杯葡萄酒？或是白蘭地？請儘管點你喜歡的。」

田代攤開菜單放在日置的眼前。日置默默垂落視線，等服務生來點單時，他用流暢的法語說：

「烤菲力牛肉，再來一杯紅葡萄酒。」

田代由此發現二件事。其一是日置想必一直生活在法國。另一點則是他到這麼晚還沒吃晚餐一直餓著肚子。

田代從口袋取出香菸盒，請日置抽菸。日置反射性用法語說「不了，謝謝」之後，又用日語解釋：

「……我有肺病。」隨即咳得驚天動地。

田代本以為他在做戲，但他咳了半天都沒停。看樣子，他是真的肺不好。田代把叼在嘴裡的香菸又放回菸盒，問道：

「看過醫生嗎？」

好不容易停止咳嗽，日置虛弱地搖頭。

「看甚麼醫生……哪有那個錢……」

他痛苦地喘氣。田代叫住服務生，讓服務生送一壺水來。

「請喝水。」

他將水注入杯子給日置，日置一口氣喝光。空掉的杯子用力往桌上一放，吐出一口氣。

瘦削的臉頰被白色鬍渣覆蓋，凹陷眼窩中的雙目混濁，不安地游移。田代在那張臉上尋找昔日松方助手的影子，卻終歸徒勞。因為他連日置原本是甚麼長相都完全想不起來。

田代最後一次和日置說話，算來已是三十二年前。而且僅有三言兩語。是的，記得那是送松方出發去倫敦時——在巴黎北站。

如今想來，那竟是與日置交談的唯一一次機會。

當時，他們說了些甚麼？

松方啟程去倫敦的一周後，田代也出發去留學地點佛羅倫斯。替松方送行時有大批日本人，自己出發時卻很冷清，和當初抵達時一樣，只有好友成瀨正一一個人來送行。成瀨預定和妻子還要在巴黎多待一陣子。田代也曾邀他去佛羅倫斯，但成瀨不客氣地拒絕了。他說，松方先生和你動不動就跑到甚麼倫敦、瑞士、佛羅倫斯，可我只要待在巴黎就滿足了。

連那樣的小事都記得，不知為何，和日置的對話卻毫無記憶。簡直像——對，簡直像他只是松方的影子。雖然如影隨形，卻誰也不會意識到影子的存在。

二杯葡萄酒和牛肉送來了。盤子一放到桌上，日置就撲上去。彷彿等不及用刀子切肉，直接把大塊牛肉塞進嘴巴，用紅酒灌下去。田代看得目瞪口呆。

就算是戰時苦於物資短缺的時候，也沒見過這樣狼吞虎嚥的日本人。一瞬間，田代的心頭驀然浮現哥雅晚年的畫作〈農神吞噬其子〉黑暗的畫面。

坐在眼前的男人明明只是在用餐，田代卻覺得好像看到甚麼不該看的東西，視線轉向空中游移。

馬路對面是成排公寓。煙囪如五線譜上的音符突起，上方是變胖的月亮。

不到幾分鐘盤子就清潔溜溜。日置幾乎是把酒杯垂直舉起，將剩下的紅酒一滴不剩喝光後，他長嘆一口氣。之後終於正面直視田代。

「……我該從哪說起好呢？」

他認命似地如此撂話。田代不禁苦笑。

「這個嘛……那要看你知道甚麼……」

田代首先懷疑的，就是日置何以突然現身自己的住處。田代住的是平凡無奇的飯店，由日本大使館安排。在巴黎，除了大使館人員應該沒人知道。那麼日置是怎麼知道的？基本上，他為什麼會知道自己此刻在巴黎？

首先必須先搞清楚這點——否則這盤牛排就白請了。

「我來到巴黎的事，只有通知大使館。可你卻能這樣找到我。這是為什麼？首先我想請你解釋這點。」

日置似乎是用全副身心在聽取田代的字字句句。看起來就像初學日語的外國人在拚命追逐語言的意義。

沉默片刻後，日置像要確認自己的日語是否正確，緩慢地慎選言詞回答：

「那是因為……那個……我幾乎天天去日本大使館。戰後，大使館重開後，直到現在，我一直都有去。」

「去大使館？」

「對。」

「你去……做甚麼？」

「我請求他們讓我見大使。我想見大使，有話跟大使說。我要說的事情很重要，是非常非常重要的事……」

說到這裡，日置的眼神好似在確認田代的反應。田代又問：

「非常重要的事情是甚麼？」

彷彿就等他這麼問，日置當下回答：

「川崎造船所的社長松方幸次郎先生留在這個國家的收藏品。我知道那些作品戰時放在何處。也知道戰後都被法國政府沒收了。」

田代屏息。他凝視日置凹陷的眼窩中的眼睛。雖然混濁，但那雙眼睛沒有說謊。

「是嗎？結果大使跟你見面了？」

田代努力保持鎮定，如此問道。

奉日本首相吉田茂之命，日本駐法大使西村熊雄出面索討戰後被視為敵國海外財產，遭到法國政府沒收的「松方收藏品」。如今在日本已成為西方美術史權威的田代之所以來到巴黎，就是為了協助西村，直接與法國當局交涉歸還事宜。能做到這件事的只有你——是吉田茂這麼親自委託的。吉田知道，唯有曾經參與「松方收藏品」收集過程的田代，最能夠在向法國討回收藏品的過程發揮功用。就算是為了替傾注心血收集這些作品卻無緣再見便黯然離世的老友松方幸次郎一了心願，也該選一個曾經近距離看過那些收藏品的人物負責交涉。

不過話說回來，和西村大使洽談時，完全沒聽說戰後是在甚麼經過下發現「松方收藏品」的詳情。更別說這件事還涉及眼前這個落魄潦倒的日本人——日置釭三郎，大使明明隻字未提……。

「沒有，我沒見到大使。不過我見到他的部下。是我埋伏在大使館門旁等候……就是最近的事。」

部下——大概是指萩原徹。

「你告訴那人說你知道松方先生收藏品這些年的下落嗎？」

田代問，日置沒有點頭。

「我想說，可是他完全不理我。所以……我只好說出你的名字。我說我曾見過你。」

——我認識田代雄一先生。他是戰前陪松方先生一起四處買畫的美術史學家。

日置這麼一說，萩原頓時停下腳步。據說他當時驚愕地問日置，你認識田代老師？

「我以為他終於肯聽我說了，沒想到他告訴我：『如果你真的認識田代老師，老師馬上就要來巴黎了，不如當面跟他說。屆時，老師應該會找我商量。要談就等那之後再談吧。』」

可是萩原完全沒說田代幾時來巴黎、會下榻何處，就這麼走掉了。

於是日置只好天天去日本大使館，苦苦等候田代抵達。二周後，他終於看到田代，於是偷偷跟蹤，看到田代走進馬德萊娜教堂附近的飯店，所以今天終於能夠這樣當面說上話——事情經過就是這樣。

「原來如此。那真是辛苦你了。」

田代極力保持平靜說。但他其實已不寒而慄。居然被跟蹤，他也太大意了。仔細想想，他要面臨的是兩國之間針對珍貴文化財產的艱難談判。就算有間諜搞諜報活動也不足為奇。他應該要小心。

此人或許的確是松方的助手日置釭三郎，但誰也不知道他現在是甚麼樣的人。說不定他其實偷偷當起了法國政府的走狗？

田代在心中重新提高戒備，試探著問：

「你說天天去大使館，那你的工作怎麼辦？如果在上班，時間應該沒那麼自由吧？」

接著，明知不可能，他還是又問：

「難不成，你現在依然是川崎造船所……不對，是川崎重工業的員工？」

田代突然想起，三十二年前見面時，日置曾經簡短表明身分，自稱是松方在法國的助手，也就是川崎造船所的聘僱社員。

日置浮現一絲淺笑。

「怎麼可能。我沒工作。」

他用乾澀淡漠的聲音回答。

「松方社長回國後，起初有一陣子還頻繁跟我聯絡，但那場戰爭開始後，我們就失去聯絡了。結果，因為戰爭的關係我的薪水也停止支付……我實在沒辦法，只好執行社長的承諾……為了活下去。」

松方與日置之間的承諾。——二人之間似乎有田代不知道的協議。

「那究竟是甚麼……？」

日置原本對著田代的視線垂落桌上，用幾乎細不可聞的聲音說了一句話：

「——賣掉。」

啊？田代反問。

「賣掉？……賣甚麼？」

「賣畫。」

日置豁出去似地回答。

「賣畫……」

「對。我把畫……賣掉了。」

那是日置終於將長年深埋心底的秘密吐露的瞬間。

一九二一年九月二十日，也就是松方離開巴黎的前一晚。

日置被松方召喚，去了莫里斯飯店的客房。

他協助松方打包行李，最後松方交給他一疊紙。那是羅丹美術館的館長萊昂斯．貝內迪特擬出的該館保管「松方收藏品」的作品清單。

——貝內迪特那裡，目前保管了這些作品。已訂購的作品今後也會送去他那裡，所以數量應該還會增加。我打算找機會把這些全部送回日本，屆時需要你幫忙。

你聽著，日置。管理巴黎這批收藏品的負責人，不是貝內迪特，是你，你要用心記住。只要你繼續替我管理收藏品，我當然就會付薪水。每個月會從日本匯款，所以你不用擔心。不過，萬一有甚麼事時……你可以從那批作品中挑選值錢的賣掉。賣畫的錢你拿去用沒關係——為了活下去，那也是莫可奈何。

如果有特別喜歡的作品，送給你也行。

不過，不管怎樣都要守住我的收藏品——要守護到底。

知道嗎……一言為定喔。

「結果，果然如松方社長所料，真的『有事』了。就是之前那場戰爭。」

日置臉色慘白說。

「之後，按照社長的承諾……我賣了畫。為了守住收藏品。」

田代懷疑自己耳朵有問題。

「你的意思是……為了保管收藏品需要錢，所以賣了幾件作品。是這個意思嗎？」

日置虛弱地點頭，像要懺悔般垂首。

田代抱著雙臂陷入沉思。

日置說他「守住了」收藏品。「賣掉了」而且「守住了」。這到底是怎麼回事？

松方收藏品放在羅丹美術館的禮拜堂。當初，管理收藏品的應該是該館館長貝內迪特。田代還記得成瀨正一說過，松方買了幾十件羅丹的作品，作為委託羅丹美術館保管的「保管費」。

後來田代聽說，松方回國幾年後貝內迪特就死了，但他一直以為之後是由新館長喬治・格拉普接手管理。

或者，羅丹美術館早在某個階段把那批龐大收藏品移交給日置一個人管理了？

如果借用日置的話，他是被松方親口委託「守護收藏品」……。

日置低垂的頭始終不肯抬起。大概是被自己親口承認賣畫的告白給折磨吧。他低垂的眼皮異樣慘白，彷彿只有那裡是另一種生物，不停微微痙攣。

「……松方先生……他還好嗎……」

過了一會，略帶顧忌的聲音傳來。田代勉強才聽清楚這句差點被咖啡館露天座的喧囂蓋過的話語。

「你不知道嗎？戰後松方先生的境遇……」

田代反問。

「我毫無所知……」

又是細不可聞的囁嚅。田代再問：

「你最後一次收到松方先生的消息是甚麼時候？」

「……打從日本大地震那時就變得難以聯絡，到了戰爭爆發時已經完全音信不通。」

松方結束第五次赴歐之行返國是一九二二年。翌年發生關東大地震。當時田代還在佛羅倫斯留學，想回也回不去，只能拚命祈禱親朋好友平安無事。

大地震發生四年後的一九二七年，因地震無法兌現的支票成了導火線，金融恐慌的風暴肆虐日本全國。川崎造船所也受到波及，陷入嚴重的經營不振。到了一九二八年，松方不得不引咎辭去川崎造船所的社長之職。

他任職社長時投入莫大私人財產收集的無數美術品，雖有一部分運回日本，但幾乎絕大多數都放在倫敦的倉庫或羅丹美術館。

田代於一九二五年返國，曾有機會與松方見面。

松方很高興與田代重逢，但「共樂美術館」的計畫觸礁了——他露出苦澀的表情說。當時公司經營陷入危機，已經顧不得甚麼美術館了。

即便如此他還是曾經試圖把留在倫敦、巴黎的美術品送回日本，卻發現要扣百分之百的關稅。居然得繳納和購買收藏品時同樣金額的稅金，這簡直太荒謬了！松方很憤慨，卻無能為力。最後，不得不放棄把收藏品送回國的念頭——松方如是說。

日置浮現苦澀的表情。

「……真遺憾。」

他勉強擠出這句話。

「社長那麼期待的美術館……計畫未能實現就這麼胎死腹中。實在是……實在是遺憾。令人很不甘心。」

可以痛切感到日置打從心底湧現悔恨。田代思忖著日置的憾恨。

不知此人是怎麼熬過戰時的艱困。但打從某一天起就突然與松方斷絕聯絡，想必過得很窮困。更何況日置是法國的敵國日本人。要在這個國家活下去肯定經歷了一連串苦難。

在這種情況下，他想必將松方的夢想當成自己的夢想，盡力撐到現在吧。

然而——

大地震，經濟不景氣，戰爭……松方的夢想結晶「共樂美術館」，被人力無法抵抗的災厄摧毀。松方身為川崎造船所這個大企業的首腦，不得不面對這些空前的災厄。即使再怎麼遺憾、不甘，也不得不放棄美術館，夢想破滅了。

「……松方先生辭去川崎造船所社長之職你知道嗎？」

田代問。

「我知道。」

日置回答。

「也知道社長後來進軍政壇……是透過住在巴黎的日本人傳聞知道的。社長自己倒是完全沒有通知我……」

日置不安的眼神射向田代。

「戰後社長是甚麼處境，我沒聽任何人提起過……這是我最想向田代老師您打聽的。」

日置流露祈求的神情，問道：

「老師……社長他……現在過得如何？」

日置一心一意的眼神令田代無言。他的眼神在訴說，除了松方幸次郎過得很好這個答案以外甚麼都不想聽。

至少誠實相告吧，田代如此下定決心，語帶肅穆說：

「他過世了……就在三年前。」

下一瞬間，日置眼中搖曳的微弱火光倏然熄滅。

「……這樣啊。」

他呢喃，失落地垮下肩膀。

田代無言以對。聽到最不想聽的結局，日置此刻彷彿遭到全世界的放逐，整個人失魂落魄。

喳喳呼呼的熱鬧露天座，走來一個手風琴樂手。老舊的手風琴響起適合夏夜的輕快曲子，露天座的人們一齊展露歡顏。輕快的旋律穿過陷入凝重沉默的二人之間。

一曲終了，四處響起掌聲。手風琴樂手摘下獵帽，遊走各桌拿帽子接大家打賞的零錢。

他走近田代二人這一桌。頓時，日置把手伸進長褲口袋掏出零錢扔進帽子。手風琴樂手說聲謝謝露出親切的笑容。日置挑起嘴角回以一笑。

——田代暗想，果然是巴黎人啊。

此人分明已是個巴黎人。哪怕是街角手風琴樂手彈奏的曲子，他也會為些許音樂扔零錢。他已經感染了這樣的風雅。

「……他死前……怎麼樣？」

聆聽接著響起的一曲，日置的聲音忽然傳來。原本望著手風琴樂手的田代，瞥向日置。

「松方先生……幸福嗎？」

對於日置這個彷彿在自問的問題，田代不疾不徐回答：

「他晚年和女兒同住，我聽說走得很安詳。喪禮我也趕去了，許多敬愛松方先生的人都紛紛湧來……好像也有很多久別重逢的老社員，熱鬧得就像開同學會。」

「同學會……」

日置咕噥，臉上隱約有笑意漫開。

「……這樣啊。熱鬧的喪禮嗎。很有社長的作風呢。」

田代也微笑。

「是啊，的確。」

就此，二人又陷入沉默。但氣氛已不再凝重，是平靜的沉默。

田代知道，日置正在心中追憶松方的身影。因為自己也同樣如此。

田代叫住正要走過眼前的服務生。叫了一瓶粉紅酒及冰塊。等那些送來後，他將冰塊放入二個酒杯，注入紅酒，「來，多喝點。」他向日置勸酒。

「現在輪到你說了，日置先生。和松方先生失去聯絡後，你到底是怎麼活到今天的？」

日置微微吸口氣。

「……說來話長。」

田代驀然朝他一笑。

「我洗耳恭聽。」

田代舉起手中的酒杯。

「不，乾杯還早。」

日置說。

「先聽我說完一切吧。不知這個故事的結局是否值得乾杯……」

田代再次回答：

「好，我洗耳恭聽。」

肥胖的彎月浮現天空。

露天座的喧囂和手風琴的旋律皆如退潮，不知幾時已遠離二人。

9

一九二一年七月
巴黎　北站

火車頭冒出濃濃蒸氣駛入月台。

日置釭三郎站在頭等車廂的下車口附近，伴隨推車和搬運員，等待松方幸次郎抵達。

今日自倫敦出發，三天後於北站等我——接到松方拍來的電報，日置就迫不及待等候社長的來臨。

「那一天」總是突然降臨。所以，為了讓「那一天」隨時出現都沒問題，日置天天抱著「社長今天要來」的心態起床，「明天社長要來」的心態就寢。因此「那一天」無論是何時，理所當然都是「那一天」。

噴出最後的蒸汽，火車頭緩緩停止。頭等車廂的車門開啟，首先出現的是松方。

「——社長！」

被日置一喊，松方露出笑容。

「嗨，日置。好久不見。你還好嗎？」

「是，托您的福我很好。長途旅行辛苦了。車子正在外面等著。您這邊請。」

二人並肩走過車站內。

日置這樣在北站迎接松方是時隔三年的第二次。對松方而言是第五次訪歐。每次都是從日本經美國赴倫敦，在杜佛海峽搭船渡海抵達法國的加萊港，再坐火車來巴黎。松方不畏長途旅程非要來巴黎自有其理由。

「怎麼樣，聽到我要來巴黎，畫廊那些傢伙八成蠢蠢欲動吧？」

鑽進車子後座，松方問。「那當然。」日置朗聲回答。

「接到您要來巴黎的電報，我就立刻把消息傳遍巴黎各家畫廊了。」

此刻全世界最矚目的日本美術收藏家松方幸次郎即將抵達。預算相當充裕，因此請拿出店內最好的名畫，而且越多越好——日置報告他在事前已做好充分宣傳。

「是嗎，辛苦你了。」

松方滿意地說。

「這次我必須徹頭徹尾扮演美術收藏家。必須讓任何人看來都覺得我沒有其他目的——至於原因，我晚點再告訴你。」

向來開口只談工作的社長，和上次造訪巴黎時的樣子截然不同。

松方對已在法國居住三年的自家聘僱社員日置說。

——我想盡可能買很多西方藝術名作。

在倫敦已經買了不少。這次，他想在巴黎買名畫。

目的只有一個——在日本開設美術館。

為了想看真正的西方美術卻看不到的青少年，我要展出真正的西方美術——而且是西方美術的傑作。

這個主意相當不錯吧？

說完，松方露出相當愉悅的笑容。

到底是甚麼讓社長如此決定？日置完全不明白。但，不明白也沒關係。

松方是太陽，日置就是向日葵。向日葵只要時時刻刻把臉朝向太陽就好。不需任何理由。

日置原本是日本海軍的技術士兼飛行操縱士，雖無實戰經驗，但在模擬飛行時巧妙地操縱飛機。因此被計畫要開發飛機的松方一眼相中，派遣他以技師的身分來法國某飛機工廠學習技術。

他本來是個飛行員，當然不可能了解美術品。現在社長突然燃起收集美術品的熊熊野心，他不得不協助。

日置曾想過自己不可思議的命運。如果還是飛行員，說不定早已在戰火中喪命。

而現在，他身在巴黎，如此迎接松方幸次郎。

——如此說來，自己的命運或許就是伴隨社長的收藏品活下去？

這樣的預感掠過心頭。

一八八三年，日置釭三郎生於島根縣島根郡的舊藩士家中。

父親本為下級武士，因此家境並不富裕，但父親非常熱中教育，親自教導孩子日夜讀寫從不懈怠。日置在父親嚴厲的教導下，在尋常小學、高等小學都成績優異，隨後進入橫須賀的海軍機關學校。

但他壓根沒有從軍締造戰績、衣錦還鄉的想法。他的目標是要做個建造軍艦的技師。

日置十歲時，甲午戰爭爆發。這是日本第一次與外國對戰贏得勝利的近代戰爭。

戰後，少年日置很熱中閱讀雜誌上被徵兵的無名士兵們忠勇的美談，也熱切傾聽說書人彷彿親眼剛看過戰場般講得口沫橫飛。父親特地替孩子們買了軍艦英勇出征的印刷畫。日置盯著畫幾乎盯出一個洞，一邊想像軍艦細部的樣子，拿起筆畫在紙上。但他想的不是「好想搭乘軍艦」，而是「想建造軍艦」。

今後的時代，有才能的技師活躍的場所想必會增加。父親當下理解日置想進入海軍機關學校的心願。

父親也感到日本將擴充軍備。今後，國家想必需要技師，你要造出厲害的船艦！父親如此說著送走他。

他在海軍機關學校就讀二年後，日俄戰爭爆發。他沒想到自己在學期間日本會對大國俄國開戰，但就結果而言這正是考驗日本造船技術的大好機會。

在日俄戰爭取得勝利的日本，被世界認同為近代國家，成功以軍事大國的身分加入列強。

戰後，日本政府編列龐大的預算增強軍備。日置猜中了，有才能的技師獲得政府慷慨的援助，紛紛被派往海外調查。

翌年一九〇六年，自機關學校畢業的日置，接獲大日本帝國海軍派往海外赴任的命令。赴任地點是法國巴黎。

被任命為「造機中尉」的日置，成為日本駐法大使館武官前往巴黎。這一刻，日置對於自己的幸運只有不敢置信的驚訝。

從海軍機關學校畢業後應該會被軍方吸收，這點還在想像範圍內，但他沒想到技術人員還能派駐海外，更無法想像自己居然會出國——而且是去「花都」巴黎。

昔日在宍道湖[8]畔仰望滿天烏雲的少年，竟然會來到陽光普照晴空耀眼的巴黎——這種事，他作夢都沒想過。

雖說是武官，日置畢竟是技術人員，他的任務不是和齊聚巴黎的各國軍人交流，而是要學習法國的造船技術。

然而，意想不到的發展再次出現。

抵達巴黎不久，日置就接到長官的命令。——在巴黎不是學習造船技術，是要研究飛機。

——飛機……？

日置驚愕的同時，也感到心跳劇烈得發疼。身為技師，日置當然也早已看到飛機的潛力。

一九〇三年，美國萊特兄弟成功完成世界首次飛行。三年後，巴西的法國技師亞伯托．桑托斯．杜蒙，靠著動力機「14-bis」以六公尺的高度「飛行」了二百二十公尺。這是歐洲第一次由人類操縱工具進行的「飛行」。

桑托斯．杜蒙的偉大，不僅在於成功完成首次飛行。他沒有給自己開發的機身申請專利，公開了設計圖與製造技術。

他是個和平主義者，深信飛機將會消弭世界的國境，扮演串聯「國」與「人」的角色。正因如此，他才會想到公開自己的發明與更多人分享。

可惜桑托斯．杜蒙的和平信念未能傳達給列強。

如果發明能夠長距離飛行的飛機，遲早會轉用在軍機上吧──。

日本海軍率先開始探索那個可能性。日置之所以被派遣到法國當日本大使館武官，就是為了這個理由。

到巴黎赴任後，他立刻開始不分日夜研究飛機。

他本就容易熱情投入某件事，因此抱著想理解艱深法文書的念頭專心解讀。前往正在開發飛機實用性的法國造船公司和汽車公司，和法國技師們一起努力研究，久而久之法語也很變得很流利。

---

8. 宍道湖：日本島根縣松江市與出雲市之間的湖泊。

造飛機的技術，唯有親自駕駛後才屬於自己。日置不斷試驗飛行。雖也曾失敗，幸好沒有發生危及生命的嚴重意外，他終於能夠親身感受翱翔天際的莫大潛能。

他已適應巴黎生活，也交了很多法國友人。

就在這時，日置邂逅一名女性。

這個女人名叫傑曼娜。是他在造船公司的同事皮耶的妹妹，日置受邀去他家時第一次有機會交談。傑曼娜這年十六歲，正是青春洋溢的花樣年華。內向的她，每次和日置對上眼，就會立刻轉移視線。那種清純令日置心動。

有一天，日置向皮耶報備後，邀她去看戲。這是他生平第一次邀女性出遊。傑曼娜欣然答應赴約。當她來到巴黎皇家宮殿的劇場——法蘭西喜劇院時，身穿全新的裙子，塗了胭紅，就像含苞初放的罌粟花一樣楚楚可憐又美麗。

她為自己盛裝打扮之舉，令日置欣喜若狂。那晚，他們在行道樹的樹蔭下接吻。

愛情改變了日置的生活。他比過去更勤奮工作。傑曼娜出落得越發美麗，閃亮動人。日置暗自期盼能夠繼續住在法國，娶傑曼娜為妻。

然而——

一九一二年，就在他派駐法國的第七年，日置接到回國指令。

首先浮現腦海的就是傑曼娜。雖然沒有訂下婚約，但二人都想長相廝守，早已兩心相許。偏偏在這時接到回國的指令。

軍方的決定不容違抗。日置按捺心頭的苦澀，告訴傑曼娜自己必須回國。

傑曼娜不發一語，別開臉默默流淚。日置只能無言摟住那顫抖的纖細肩膀。

——永別了，傑曼娜。

今生恐無再會之日——。

軍方正引領期盼日置的歸來。

日置一回國報到，長官就再也忍不住滿心惱恨說：

「如你所知，我們被陸軍壓得死死的。必須盡快追上。」

二年前在陸軍主導下，派遣二名上尉德川好敏與日野熊藏去歐洲學習飛機駕駛技術。後來買了二架飛機並將二名上尉一起召回，成功完成日本的首次飛行。

雖然同屬大日本帝國軍，但在軍用機的開發方面，陸軍和海軍一直互相較勁想超越對方。

「我們海軍也將挑戰飛行。你也是預定一員。沒問題吧，日置。靠你了。」

是！日置向長官行最敬禮。那瞬間他徹底斬斷了對巴黎的眷戀。

一九一二年，橫濱外海觀艦儀式有二架水上飛機參加，海軍飛機隊進行了首次飛行表演。

在法國習得駕駛技術的日置，流暢駕馭操縱桿，華麗地飛行。

望著眼下擠在海邊的數萬名觀眾如碎浪湧來，他輕快地翱翔天際。很痛快。

明知只要稍有差錯就可能釀成重大災難，日置還是大膽向天空進攻。並且在飛行時，萌生一種自己也躋身英雄行列的自豪。

日置迷戀飛機。一如少年時光，熱切盯著軍艦圖畫的當時。

如果下次戰爭爆發，擁有制空權的人將會控制戰局。軍方如此判斷，投注大量資金開發飛機。日置在參與開發戰鬥機的同時，也以進行試驗飛行、模型飛行的操縱士身分大為活躍。

即便快三十歲，他還是將親朋好友介紹的婚事通通推拒。雖然運氣好沒發生重大意外，到目前為止也不用赴戰場，但飛行員隨時與死比鄰。這種意識帶給駕駛緊張感，也會煽動技師的緊迫感，立誓開發性能更好的飛機。所以，他無意成家安頓下來。

——我沒有甚麼要守護的東西。……不，我不需要那種東西。

飛行中，傑曼娜的幻影有時會驀然在空中曇花一現。日置或許在飛行中追逐已無望見面的戀人身影。

這樣的日置，忽有轉機降臨。

一九一六年，橫須賀海軍航空隊成立。這是一支駕駛外國製飛機、隸屬海軍的飛行員隊伍。日本航空隊的存在，對競相增強軍備的列強而言肯定是很大的威脅。

為了向急於擴充軍備的列強各國展現日本的軍事力量，也為了讓國民安心「日本很厲害」，航空隊積極進行模擬飛行。

航空隊成立未久，就在神戶進行飛行表演。為了看這難得一見的表演，須磨海邊擠滿了整個神戶的居民。

會場替關西財經界人士鋪了紅毯設置特別座。他們手拿望遠鏡，仰望藍天，迫不及待地等著飛機出現。

海岸沿線的國道封鎖，成為滑走跑道。三架最新型複葉式英國機「索普威斯・小狗式戰鬥機」正在待命。日置就坐在其中一架。

日置首先起飛。他在航空隊的飛行員中已是資深老手。正確的飛行，流暢的迴旋。擠滿海岸的群眾大聲歡呼。就連空中的日置都能感受到那股熱氣。

不可思議的是，飛行時絲毫不覺得會墜落。卻又覺得隨時墜落都沒關係。

——如果能飛翔著燃燒成灰那我求之不得。那樣，我大概會名留青史吧。

他這麼想著，鼓舞自己。

結束在神戶的第一次飛行表演的任務，飛行員被叫去紅毯的來賓席。長官一聲令下，三名飛行員行最敬禮。來賓們坐在椅子上，紛紛褒獎他們的英勇。

這時，其中一人忽然起身，拄著手杖走向日置。

是位身材福態的紳士。穿著帶有高級光澤的西裝，黝黑的大眼睛盯著他。留著小鬍子的嘴巴露出微笑。紳士對日置說：

「小夥子，你很不錯。」

日置敬禮回答：

「謝謝誇獎。」

紳士定定凝視日置後，小聲詢問：

「Veux-tu travailler avec moi?（你要不要跟我工作？）」

日置大吃一驚。

他回視紳士。紳士雖然滿面笑容，眼神卻很認真。

這位紳士，就是川崎造船所社長，松方幸次郎。

松方觀賞日置率先飛向長空的飛行後，立刻向司令提出請求。

——我想要那個飛行員。

松方已察覺，軍方預測下次戰爭時飛機將會大為活躍。

也收到情報指稱三菱已經開始製造飛機。他正覺得不能再耽誤時間。

要製造飛機就得有優秀技師。漂亮飛過神戶上空的飛機。操縱那架飛機的飛行員，正是松方當時最想要的人才。

從司令那裡聽說那位飛行員昔日擔任日本駐法大使館武官，松方才會對日置講法語。

日置的命運已決。

海軍正獎勵民間企業開發飛機，因此當下答應松方的請求，把剛納入航空隊編制的日置解任。

日置就這樣成為川崎造船所的特聘技師。

同時，意想不到的發展再次等著日置。

從海軍移籍至川崎造船所後，他和公司的總務部商量打算從橫須賀遷居神戶，沒想到對方說沒那個必要。也沒告訴他原因。他猜想或許是要在橫須賀成立開發據點，總之只能靜候公司的指示。

初次上班的前一天，日置搭火車去神戶，住在神戶車站附近的旅館。迎來新綠季節的六甲山，山坡披上萌黃色外衣。

松方正在社長辦公室等候神情緊張第一天來上班的日置。小鬍子紳士一看到日置就說：

「我要派你去法國。」

日置愣住了。驚愕過度下，連話都說不出來。

「請問……甚麼時候？」

他勉強開口問。

「準備好就立刻出發。」

松方說得斬釘截鐵。

「我要派你去法國的飛機製造公司。你活躍的場所不在神戶——在巴黎。」

日置驚呆了。笑意不禁湧現，但他用力憋住，板出嚴肅的臉孔說：

「——遵命！」

說著行最敬禮。松方笑了。

「喂喂喂，這裡可不是海軍。已經不用敬禮了。不過……」

他倏然伸出手。然後，用力握住日置有點顫抖的手，朝他擠眼。

「Bon travail!（好好工作！）」

一九一六年，歐洲正處於一次世界大戰的戰火中。

相隔四年又回到巴黎的日置想見一個人——昔日的戀人傑曼娜。雖然半是死心地猜想對方肯定已結婚，卻又忍不住懷抱淡淡的期待，或許對方迄今依然小姑獨處。

結果，傑曼娜果真還在等日置。她死心塌地等著，只想有朝一日再見一面。

重逢的二人，立誓再也不分開。再次將愛人擁在懷中，日置不知有多麼感激松方。如果沒有松方把他派來巴黎，他就不可能與傑曼娜重逢。今後無論如何都不能忘記這份恩情——他如此深深銘記在心。

五年後，一九二一年七月。

「對了，你太太好嗎？」

在莫里斯飯店的一室，日置正幫剛從倫敦抵達巴黎的松方拆行李。

從大行李箱取出外套和鞋子放進衣櫥的日置，聽到松方這麼問，露出苦笑。

「是，托您的福……不過，傑曼娜不是我太太。」

「甚麼？你還沒結婚？」

重逢後日置當然立刻求婚了，但傑曼娜的父母不同意她嫁給一個日本人，而且是開飛機這種危險工作的男人，堅決反對至今。

日置至巴黎赴任後，松方來過巴黎一次。這段期間，製造並推銷儲備船、戰時的好景與戰後的不景氣，導致川崎造船所大起大落。知道難以籌措資金製造飛機後，松方就爽快地放棄了。若為伸展枝葉反讓主幹腐朽那就賠了夫人又折兵了。這種時候，松方向來果決。本來朝製造飛機之路邁進的日置，短短二年就突然孤立無援。難道他和傑曼娜又要被拆散嗎——。但，松方給了他一個意想不到的命令。

——我決定將來要在日本開設美術館。

我會大量購畫留在巴黎，屆時由你負責管理這些美術品。在美術館開設之前，希望你繼續住在巴黎——交給你了。

日置這次真的驚呆了。他壓根沒想過，自己會在巴黎負責看管美術品。基本上松方說要收集畫作開設美術館云云，難道不是開玩笑嗎？

不過，松方下決心之輕快，也令日置佩服得渾身發麻。並且衷心感激。松方肯定是特地為日置考慮過好讓他能夠留在巴黎。

——我不造飛機了。但我從此要守護畫作。

收到松方命令的那天，傑曼娜聽到他這麼說時的神情令他難以忘懷。彷彿當下想笑又想哭。

——真是太美了。

傑曼娜眼眶含淚，語帶顫抖。

——不要飛機，要畫作。

不要戰爭，要和平。

太美了。……真棒。

然後，傑曼娜終於離家出走。

從此二人在十六區的小公寓過著簡樸生活已有三年。

「我已不執著結婚。只要在巴黎一同生活就足夠了。」

日置浮現笑容，對松方如此說。

「最重要的是，傑曼娜似乎很高興我現在的工作涉及的不是飛機而是繪畫。能夠得到這麼美好的任務，我們永遠感激社長。

「是嗎？」松方展顏。

「那就好。」

日置點點頭。他打從心底覺得這樣真是太好了。

雖然對繪畫一竅不通，但日置還是努力吸收知識。他會去請教住在巴黎的畫家，也天天去羅浮宮和盧森堡美術館，整天四處看畫。也翻閱美術書籍。書上寫著甚麼文藝復興、巴洛克云云可他完全不懂那是甚麼。看製造飛機的專業書籍還遠遠更輕鬆，但他還是忍著繼續翻閱。

他本來就很用功。現在成了任務，更是努力想認真學習。但就算和美術館牆上的畫作整天大眼瞪小眼，就算盯著作品目錄的圖片，他還是看不懂。

松方說，想發現傑作。還說要為日本青少年開設美術館。

然而，傑作指的是甚麼，基本上繪畫又是甚麼，日置越想知道，答案似乎就離得越遠。

傑曼娜也陪他去美術館。看她穿上和平日不同的衣服一臉興奮，就讓人會心微笑。如果日置看美術書籍至深夜，傑曼娜也會做針線活陪他。二人之間產生了以前參與飛機開發時得不到的豐饒時光。那是無可取代的寶貴時光。

由於自己對美術一竅不通，而且他把自己的立場定位為純粹是松方的助手，因此就算松方本人邀請，他也堅決推辭陪松方去購買作品。他頂多只負責接收巴黎畫廊有新貨到達的通知，或是協助松方與巴黎的日本人協會交流。

此外，他也會收集歐洲各國的政局動向迅速打電報給松方。這也是松方交代的重要任務的一環。

——Bon travail!（好好工作！）

當初松方如此說著把他送來巴黎——那句話，始終在日置的心頭回響。

——我要好好工作。不管怎樣，都要讓社長滿意。

只要那可以報答社長的恩情……

「這次您打算在巴黎停留多久？」

站在從容坐在扶手椅的松方面前，日置問。松方一邊抽雪茄，一邊含糊其詞說：

「這個嘛，等我找到傑作吧。」

說是傑作，但那到底是甚麼樣的畫，日置還是毫無概念。他自認已經盡力學習了，卻還是甚麼也沒學會，他不禁在心中責備自己。

「……但願能發現就好。」

他勉強回答。

「一定會發現的。」

松方輕快地說。

「你已經通知巴黎所有畫廊我帶著相當充裕的購畫預算抵達，那些畫廊老闆八成準備了店內最好的貨色在等著。不過，就不知道我是否會認為那是『傑作』了。」

松方自己笑了，但日置依舊一本正經。

「這次，您也要請萊昂斯・貝內迪特推薦嗎？」
上次來巴黎時，松方在貝內迪特的建議下買了很多作品。
對於日置這個問題，松方給出意外的答案。
「這次有一個厲害的日本人會來幫忙。」
田代雄一。西方美術史學家，前途有望的年輕研究者。他前往佛羅倫斯留學的途中在倫敦與松方相識，二人意氣投合。所以松方請他來巴黎會合，陪著一起尋找「傑作」——松方如此表示。
日置聆聽的同時，不由產生懷疑。
松方的周遭有太多三教九流的人物盯上他雄厚的財力圍著他轉。日置懷疑貝內迪特也是如此。撇開成瀨正一這種有親屬關係的人，又加入一個來歷不明的年輕人恐怕值得商榷吧？
「那個人，在倫敦替社長找到了『傑作』嗎？」
日置忍不住加強語氣。
「你不用這麼緊張。放心吧。他是個一心鑽研美術的誠實青年。」
松方還是說得輕巧。
「我告訴你吧，日置。雖然打算在日本開設美術館，但我心裡還是有點懷疑那樣做是否真的對日本青少年有益，會不會只是做傻事。可是認識田代後，我忘不了他聽我提起『共樂美術館』這個構想時臉上出現的光輝。」

日本的青少年及畫家預備軍，不知有多麼渴求真正的繪畫。如果日本有個美術館能夠隨時看到非複製畫的西洋畫，對教育不知會有多大的幫助。田代雄一當時兩眼發亮地如是說。

遇見田代，讓松方再次察覺自己想做的事情有多麼重要。

日置雖然未形諸於色，內心卻暗自驚訝。松方向來霸氣堅持走自己的路，這樣的松方居然也會對「共樂美術館」的計畫感到猶豫。

此刻，日置待在巴黎的一個理由。那就是維持、守護將來「共樂美術館」要展出的「松方收藏品」。那對日置是唯一的存在理由。

松方萬一放棄了美術館計畫……自己就會失去待在巴黎的理由。反過來說，只要「松方收藏品」還在巴黎，自己就可以在這城市活下去。

田代雄一——雖未見過，但此人既然全力支持松方的美術館計畫……那就不壞。

「他甚麼時候來？」

日置問。

「應該再過二星期就會來。不過，這次停留期間不知能和他一起逛幾家畫廊……」

松方把雪茄放到菸灰缸後，突然壓低嗓門：

「這次，除了畫作我還得弄到別的東西。」

「您指的是……？」

松方盯著日置。黝黑的大眼睛，在事先警告他絕對必須保密。日置不由自主點頭。

「——是德國最新型U艇的設計圖。如果拿不到那個，我就不能回日本。」

日置霎時屏息。

——U艇的設計圖……！？

他立刻察覺這是海軍司令部的密令。他張口欲言，松方卻噓了一聲在嘴前豎起食指。

「甚麼都別說……我只能接受命令。」

松方的表情不可思議地平靜。

靠著扶手椅，松方深吸一口氣。就像面對大海深呼吸。

「此刻，我在任何人看來想必都是有錢的美術收藏家。我打算在巴黎揮霍一陣子，同時試著接觸德國海軍的技士。之後再找機會去瑞士那邊密會。……總之，絕不能讓任何人察覺這項密令。你記住，日置。這件事除非我死，否則絕不能外洩。」

日置感到顫抖逐漸蔓延全身。

——萬一，社長的行動被法國當局發現了……。

社長想必會被當成間諜逮捕吧。

如果少了這個人，公司……自己又會怎樣？

必須阻止。無論如何都得阻止——。

「喂，你怎麼了？臉色發白喔。」

被這麼一喊，日置才回神。

日置滿頭大汗，看著松方。松方還是一派淡定地凝視日置。

「小意思，沒問題的。不用擔心。」

松方不知是否故意，語帶瀟灑說。

「從加萊港搭乘火車來巴黎的路上，我就是抱著這樣的想法——相較於得到傑作，一兩張潛水艇的設計圖根本不算甚麼……你說是吧？」

然後，松方有點痛快地吃吃笑。

「我真是笨哪。本來只要造船就好……偏要一頭鑽進繪畫。我真是個笨蛋哪……日置，你說是不是？」

在日置聽來，松方的聲音如遠遠近近響徹四周的浪濤聲忽近忽遠。

他對自己在這種時候只想著明哲保身的小家子氣感到可恥。

今後，如果拿到設計圖——不，拿到「傑作」。

一定要全力守護。

因為除此之外，自己別無所能。

10

一九三一年十一月
阿朋丹

日置與傑曼娜站在偏僻的鄉下獨棟房屋前。

這年日置四十八歲，傑曼娜四十歲。二人在巴黎同居已有十三年。

這天，為了看傑曼娜透過友人找到的舊農舍主屋，二人向友人借了車子一路趕來。

這是位於巴黎西部的阿朋丹小村。

村子中心昔日曾有領主的城堡。房子就在城堡的斜對面。現在無人居住的主屋有二樓，但沒窗戶，據說是當成儲藏間使用。

「甚麼都沒有……沒有咖啡館，也沒市場……甚麼都沒。」

村子的主要道路只有老舊民宅零星聳立。走在路上，傑曼娜寒聲說。

「怎麼能在這種地方買房子……」

「不是有城堡嗎？那肯定是歷史悠久的場所。」

日置快活地說。但那只是強顏歡笑。在巴黎生活多年的二人，肯定耐不住這個小村莊的安靜。

但是無論如何，他都需要在遠離巴黎之處有個「場所」。

三年前，川崎造船所面臨經營危機，松方幸次郎引咎下台辭去社長。早已被送回日本的部分松方收藏品，因此遭到拍賣佚失——

對日置而言這是晴天霹靂。

一九二三年，關東大地震發生，金融恐慌爆發。業績本就大不如前的川崎造船所受到嚴重打擊，從那時起巴黎這邊的情況也開始不樂觀。

日置身為派駐巴黎的聘僱社員，每月領公司匯來的薪水。松方每周會發電報來。內容都是在關心收藏品，宛如那些畫作的父親。

然而，聯絡日漸稀少，匯款也變得斷斷續續。

當他開始感到不對勁時，透過巴黎日本人協會的傳言得知。

松方幸次郎辭去川崎造船所的社長之職——。

日置遭到難以言喻的衝擊。松方就是川崎造船所的門面，現在居然被逼下台簡直令人難以置信，但這麼重大的情報卻是透過別人輾轉得知更令日置深受打擊。

他一直堅信自己與松方有無形的羈絆緊密連結。可是松方對自己一句話也沒交代就離開了公司——。

今後，自己和這批收藏品該何去何從。

或許會失去安身之地的預兆，過去並非完全沒有。

幾年前，日置接到松方的命令要他把收藏品送回日本。為此，山中商會的岡田友次特地從倫敦來到巴黎。日置和岡田一起去羅丹美術館，協助整理運送回國的作品清單。岡田看到收藏品似乎難掩驚愕。短期之內能夠收集到這麼多名品，令他只能嘆服。

——老實說，松方社長或許不能說別具慧眼。但他的運氣絕對很好。否則就算想邂逅名畫也遇不上……。

就在正準備運送的節骨眼，得知日本要課徵百分之百關稅，只好放棄運送。

翌年，與「松方收藏品」的產生有深厚關係的羅丹美術館館長萊昂斯．貝內迪特死去。收藏品由接任館長的喬治．格拉普接手保管。雖然之前松方就買了幾十件羅丹的雕刻品當作保管費，但如今已無法運回日本。羅丹美術館也很頭痛該怎麼處理這批收藏品。

——該如何是好。

等了又等始終沒收到松方的消息。再這樣下去，羅丹美術館說不定會要求他們將收藏品撤離。日置很焦急。

這時，終於收到松方姍姍來遲的信。日置在拆信的同時用全身心祈求會是好消息。松方在信上簡短說明自己已辭任社長，接著這麼寫道。

——送回日本的畫作難以維持，已全數賣掉。寄存羅丹的畫作及雕刻品亦無法運回。

甚憾。

日置眼前發黑。「甚憾」二字彷彿化為松方的聲音傳來。

來信最後，松方為無法再匯款給日置致歉，以這樣的句子結束全文。

——今後若你生活困難，我允許你賣掉我的畫作。隨你賣任何一作皆可。

我將畫作的命運託付與你。請你們都要好好活下去。這是我唯一祈求。

松方幸次郎

日置閉上眼。

——你們都要好好活下去。

松方平靜的聲音在耳朵深處靜靜回響。他痛切感受到松方的心思。

松方在說——替我守住。

希望你賭上性命守住收藏品。

如果無法支付羅丹美術館保管費，早晚有一天，要繼續委託保管恐怕會變得很困難。

既然如此最好先另外找個保管場所。比方說用低價買個鄉下農舍，把收藏品轉移過去。

可是……買房子的錢從哪來？

日置一次又一次重讀松方的來信。握著信紙的手心滲出濕黏的汗水。

——只能賣掉。

只能賣掉畫。

社長也說過的。為了保住收藏品，只好犧牲一件作品。

就算不是現在，遲早，如果在哪找到適合的地方，屆時——

這也是無奈之舉——。

收到松方來信的三年後，日置決定買下阿朋丹這個偏僻鄉村的農舍。

結果他未能賣掉任何作品籌錢。由於作品一直由羅丹美術館保管，日置準備與美術館洽談前才想到，美術館不可能同意他賣掉作品用自己的名義買房子。

或許他也可以把松方允許他賣畫的那封信翻譯成法文拿給美術館看，但如果被懷疑他是為了謀取個人利益還是不妥。自稱松方代理人的自己只要稍微招來懷疑的眼光，都會令松方蒙羞。那是他唯一想極力避免的。

苦思良久後，他只好鼓起勇氣向傑曼娜的父母借錢，沒想到事情有了意外的發展。

當初傑曼娜在父母反對婚事的情況下離家至今已有十三年。父母年事已高，也都長年抱病。老倆口醒悟餘日不多，最擔心的就是女兒的將來。因此，他們終於同意女兒嫁給已不再是「危險的飛行員」，成為忠實的畫作管理人的日置。而且爽快提供購屋資金，叫二人買下阿朋丹的房子當作「新居」。

終於獲准結婚的二人，到了這時反而遲疑了。

移居阿朋丹並非二人的本意。不得不遷移收藏品時，他倆或許也得跟著一起遷居，但二人都希望不會演變到那一步。因為巴黎有的那一切，阿朋丹通通都沒有。

川崎造船所停止支薪後，日置靠著翻譯和口譯的工作賺錢糊口。傑曼娜也接一些刺繡和裁縫的工作幫助家計。二者都是在巴黎才能找到的工作。

萬一要搬去阿朋丹，屆時到底該靠甚麼維生？二人不知道。

雖然買下阿朋丹的房子，二人卻繼續住在巴黎，而且也沒有立刻結婚。但傑曼娜告訴父母「已經結婚了」。也許是聽到這個消息終於安心，先是父親過世，幾個月後母親也撒手人寰。

在母親的告別式上，日置見到以前的同事——傑曼娜的哥哥皮耶。並且向皮耶坦承他們其實還沒結婚。

皮耶緊抿雙唇，突然打了日置一耳光。

「住手！」

傑曼娜介入阻止，皮耶燃燒怒火的眼睛瞪著妹妹說：

「騙子！居然欺騙爸爸媽媽……你們只是想要錢才謊稱已經結婚吧？不要臉！」

他們毫無反駁的餘地。日置說聲抱歉低頭鞠躬。皮耶嗤之以鼻。

「你們日本人總是動不動就這麼低頭鞠躬。太卑微了。我不想再看到你。」

抱著滿心寒涼，日置與傑曼娜離開墓地。回到十六區老舊小公寓的路上，二人都沒開過口。

他們氣喘吁吁走螺旋梯回到位於五樓的房間。進屋後，傑曼娜把窗子整個敞開。彷彿要喚來滿天晚霞。

凝視她細瘦的背影，日置說出回來的路上一直在想的念頭。

「……我想賣掉松方先生的畫。」

傑曼娜的肩膀微微搖晃。對著那恢復平靜的背影，日置又說：

「我會翻譯那封信，拿給羅丹美術館的喬治．格拉普看，取得賣畫的認可。……只要賣三件，不，一件就好。盡量賣出高價，取回買阿朋丹房子的錢，還給皮耶。至少那筆錢如果有一半算是妳媽的遺產，那他也有繼承權，這樣他肯定也會理解……」

傑曼娜轉身。她已兩眼淚汪汪。

「你在胡說甚麼……怎麼能那樣……」

她語帶震顫說。

「當初不就是為了保住畫作才買那房子？松方先生之所以在信上允許你賣畫，是希望你守住他們。

你這人，連那個都不懂嗎……」

涙水沿著臉頰不斷滑落。傑曼娜似乎再也忍不住，雙手蒙臉嗚咽不止。

日置想摟住那顫抖的肩膀，但他做不到。他只能默默呆立原地。苦澀已覆蓋整個心頭。

——畫。……又是畫。

打亂松方先生的命運，打亂我的人生，令傑曼娜傷心。

到了如此地步，還得守護他們嗎？

到底算甚麼？——畫，到底算甚麼……。

一九四〇年五月。

羅丹美術館境內停著三輛卡車。犀利的夕陽照耀下，在花壇上形成小山般的影子。昔日玫瑰怒放的花壇，這幾年乏人照料已成亂草堆。

卡車車斗堆滿大大小小的木箱。上方罩著帆布，用繩子牢牢綁住。

默默埋頭作業的男人，包括日置釘三郎，日置的友人——住在巴黎的日本青年佐佐木六郎，以及二名法國搬運工。

「這樣行不行啊。不管怎麼看都超載了。」

佐佐木憂心地說。

「沒辦法。只能一次搬運完。」

日置回答。整天工作下來，衣服已經汗濕。

「都裝上車了吧？」

日置問，佐佐木朝禮拜堂轉頭說：「對。除了雕刻以外。」日置點點頭。

「雕刻那邊美術館應該遲早會想辦法。總之我們只負責讓畫作避難。沒時間磨蹭了。走吧。」

佐佐木聳肩。他和昔日的日置一樣，都是以技師研習生的身分來法國，就此在巴黎定居的日本人。只是這天臨時被叫來救場，所以並不清楚匆忙讓這麼多繪畫「避難」的內情。

日置坐駕駛座，佐佐木鑽上副駕座，引擎發動。

「大概要多久才會到那個叫甚麼阿朋丹的地方？」

「二小時……不，車身太重可能要三小時左右吧。

「這樣啊……我餓了。途中要不順便吃個飯？」

「哪有那種時間。總之必須平安抵達。要吃東西等到了再說。你幫我隨時用後照鏡盯著後方，看有沒有東西掉下。」

遵命！佐佐木不耐煩地回答後，打開車窗調整後照鏡的位置。日置瞄了一眼後照鏡中映出的禮拜堂，過去他從未這麼做過，但此刻他不禁在心中祈求。

——請保佑我平安抵達阿朋丹。

他輕按一聲喇叭。這是對「松方收藏品」待了二十年以上的禮拜堂這個「家」道別。

買下阿朋丹的農舍迄今，已過了九年。收藏品終於真的要「逃難」了。

之前在世界大戰敗北的德國，誕生了希特勒的獨裁政權，歐洲全域籠罩詭異的陰影。一九三九年，法國與英國聯合向進攻鄰近諸國的德國宣戰，第二次世界大戰就此開始。

法德兩國對峙半年之久，但到了一九四〇年五月十日，德軍開始朝比利時、荷蘭、法國越境，英法聯軍被迫撤退。法軍太低估德軍這個一次世界大戰時的手下敗將。殊不知德軍已非昔日吳下阿蒙。希特勒總統的納粹軍隊，就像欺負毫無抵抗力的幼兒，輕而易舉攻入法國。

謹慎觀察戰況的日置，預測德軍很快會侵入巴黎。他立刻給松方打電報。

退出經濟界的松方，如今成了政治家，主戰場已轉移至國會。而且他一邊觀察世界情勢，也赴美會見羅斯福總統，勸說美國避免開戰。

如今他幾乎已不再聯絡日置，但他曾說過，真有急事時記得通知他。日置判斷此刻就是該通知的時候了。

松方立刻發回電給他。

Déplacez ma collection. Je compte sur vous.

（轉移收藏品。我相信你。）

從法文寫的短短文句，日置判讀出松方的所有心思。他拿那封電報給羅丹美術館館長格拉普看，終於獲得首肯。那是三天前的事。

走到凱旋門附近，卡車減速。傑曼娜孤伶伶佇立在門旁。佐佐木從副駕座下來，日置拉起傑曼娜的纖細手臂把她拽上車。之後佐佐木再次上車，三輛卡車出發。

彷彿要追逐西沉的太陽，卡車一路向西奔馳。

三人始終無言。最後響起打呼聲。是疲憊的佐佐木睡著了。

「真是的……拿這傢伙沒轍。明明叫他盯著後照鏡幫我看有沒有東西掉下去。」

日置終於開口。

傑曼娜噗哧一笑。斜眼瞟見她嘴角出現笑紋，日置依舊直視前方說：

「哪，傑曼娜。如果平安抵達阿朋丹……這次，我們結婚吧？」

這是他第二次求婚。

過了一會，傑曼娜用力點頭。

日置眯起眼凝視道路彼方。通往命運之村的筆直大道，隱約有點模糊。

一九四〇年十一月。

夏天一直高掛中天強烈照耀世界的太陽，此刻只是朝著遼闊的田地無力射落昏黃的光箭。

從乾涸的土中挖出馬鈴薯的日置，挺起腰桿反手捶了幾下。放眼可及的平地全都是夏天收割完畢的麥田。一部分種了馬鈴薯、胡蘿蔔這些冬天可以收穫的根莖類植物。

日置和傑曼娜遷居阿朋丹已有一年半。

當初曾懷疑這種偏鄉僻壤能否住人，結果還真的住下來了，若說不可思議的確不可思議。他們節省地使用手邊存著應急的現金，耕作早已荒廢的田地種菜，開始自給自足的生活。雞蛋和肉類靠配給，雖然數量不多好歹還是有。有個遮風避雨的房子，小客廳也有火焰熊熊的暖爐。他們深深感到，人一旦到了緊要關頭還真是適應力強悍。

住在這裡，巴黎的繁華彷彿久遠的一場迷夢。咖啡館露天座的談笑，手風琴樂手演奏的香頌，路旁成排七葉樹開的花，那嗆人的芳香，藍天下傲然聳立的艾菲爾鐵塔，塞納河永不止息的流淌——。

匍匐在地面挖馬鈴薯，用手指抹去表皮的泥土，驀然想到，巴黎那段歲月的一切該不會都只是幻影吧？

夕暮已近。燃燒似的紅色天空彼方，第一顆星冰冷閃爍。

日置打個冷顫，豎起骯髒的外套領子。把馬鈴薯和胡蘿蔔裝進麻袋，扛在肩上踽踽走過寒風呼嘯的冷清小路。

村落的燈光遙遙在望。天色全黑後，只要看到遠處零星點亮的燈火，就會異樣安心。

那裡有我的家，有傑曼娜。光是這樣想，便湧起一股傷感。看來自己也老了啊，日置暗自苦笑。

抵達阿朋丹那晚，壓根無暇去想甚麼那是我的家。

還不及喘口氣，日置等人就把收藏品全數搬入屋內。在一根釘子掉落都會響徹四周的安靜中，只能靠著油燈的燈光，全體默默慎重進行作業，盡可能不發出聲音。

運來的畫作將近四百件。有幾十件裝在簡陋的木箱，但幾乎大部分都用布包裹，或者直接二張畫面相對用繩子捆在一起。也有必須二人聯手才搬得動的大型畫布。藍色的畫面用飛快的筆觸描繪成群綻放的睡蓮。好不容易全部搬完時，遠處已傳來第一聲雞鳴。

舊農舍有二樓，沒窗戶，門上有鎖。以前大概是當成倉庫使用，用來藏這批畫作恰恰好。把畫塞得滿滿的甚至無處落腳，「松方收藏品」的逃難行動就此完成。

那晚，日置寫信給松方。

——收藏品已全數運至我在阿朋丹的住處。請放心。

順便向您申請收藏品的管理費用。

寫到這裡，他重讀，把信紙揉成一團扔掉。再次重寫。

向您報告私事，近日之內打算偕傑曼娜去村公所簽署結婚證明書。

萬事毋庸擔心。衷心感謝您不變的支援。

日置釭三郎

這種時局下，他並未期待松方的回信。不僅如此，連這封信能否順利送到松方手中都不確定。強化德日義防共協定的日本，和法國成了敵對關係，從法國寄來的信可能會遭到檢查。想到這點，他就不敢具體寫出收藏品的運送事項。只要寫上自己二人平安無事，松方想必就會猜到收藏品也已平安轉移。

——拜託一定要收到信。

翌日早上，他去位於鄰村的郵局，懷著祈禱的心情寄出信。

搬來一周後，日置與傑曼娜結婚了。

這年日置五十六歲，傑曼娜四十九歲。穿上禮服在教堂舉行婚禮已嫌年紀太老，況且在這剛搬來的村子也沒有朋友會特地趕來祝福。因此他們只在村公所簽署結婚證明書。

「好不容易才走到今天，怎麼覺得簡單得令人失落。」

走出村公所，日置如此說。傑曼娜微笑。

「是啊。事情都是這樣子的吧。」

然後，她悠悠低語。

「但我很開心。」

過了一個月之後的六月十四日，德軍占領巴黎。

納粹的軍隊穿過凱旋門沿著香榭麗舍大道遊行。道路兩旁擠滿巴黎市民，表情僵硬地看著德國納粹旗幟飄揚的大遊行。

日置輾轉聽說巴黎淪陷後，去鄰村的食堂急切地找報紙。報上頭版刊登著「德法將簽訂休戰協定」的大字。法國被德國占領，雖被迫簽訂各種條規，但身為主權國家的法國政府似乎勉強被同意保留。

聚集在食堂的村民，紛紛議論著德軍應該不至於縱火、好歹保住一命云云。一個男人指著坐在店內角落的日置，眾人頓時緘默不語。日置受不了那種尷尬的氣氛，只好離開。

中年日本男人和法國女人在巴黎淪陷前夕搬來阿朋丹，並在此結婚——日置夫妻早已被阿朋丹周遭所有居民認識。

為了不讓別人起疑，日置和傑曼娜盡量開朗地與鄰近居民相處。對於這個一口流利的法語，看起來就很溫和的日本男人，村民逐漸解除了戒心。但是法國被德國占領後，開始出現日置可能是間諜的傳言。

日置夫婦逐漸被孤立。傑曼娜起初還堅強地不當一回事，但在陌生的土地連個說話對象都沒有，看不見未來的生活或許令她日漸不安，到了夏末，終於臥床不起。

日置想叫醫生來，傑曼娜卻懇求他千萬不要。她知道，讓外人進入家中很危險，哪怕對方是醫生。這個家的秘密——真正的住戶並非自己二人的這個機密真相，絕對不能讓人發現。真正的住戶，其實是塞滿二樓的畫作。

日置每天為傑曼娜煮湯，去鄰村買麵包。因為只要在馬路那頭發現騎腳踏車的日置，村裡的麵包店就會立刻關門拉窗簾，即使他敲門也不肯開。日置鍥而不捨繼續敲門。

「求求你，先生。請給我一點麵包。我妻子生病了。」

無論怎麼敲，門都不開。日置無奈之下只好去鄰村，好不容易才買到麵包。他開始考慮今後恐怕連麵包都得自己做。

冬天近了。雖不知傑曼娜生的是甚麼病，但看得出她一天比一天衰弱。

日置不斷勸她，還是去醫院看病吧，還是住院比較好，這樣肯定會康復。但她只是一直搖頭。她知道家裡沒錢。

怎樣都行。只要能讓她開心，日置甚麼都願意做。

日置苦思良久。最後他霍然想到。

——畫作。

對了，不是有畫嗎！

只要從收藏品中借一幅可以讓人心情開朗的畫……就掛在傑曼娜枕畔的牆上吧。

松方先生——請原諒我。

日置走上搬家以來始終沒踏入一步的主屋二樓。

站在門口，他舉起油燈。畫、畫、畫、畫、畫——屋內堆滿畫布幾無立錐之地。彷彿佇立在繪畫森林的邊緣。

「說是只要一幅，但這樣根本無從挑選啊……」

日置喃喃自語，吃吃笑了。他覺得自己似乎很久沒笑了。

驀然間，油燈的燈光反射，前方那堆畫布中隱約透出一抹紅色。日置把油燈放到地板上，傾身向前，抽出那張畫。

那是難以形容的奇妙繪畫。

是放了一張床的臥室風景。泛灰的藍色牆壁，淺紫色的木床。綠色的窗子微微開啟，映現窗外明亮的陽光。牆上掛著一些小號畫作，還有椅子和桌子，洗臉盆，毛巾、襯衫等等日用品。剛才驚鴻一瞥的紅色，是搭在床上的毛毯顏色。

簡陋的臥室。但室內明亮。

乍看之下覺得奇妙的，是這幅畫完全沒有描繪陰影。可是畫中所有的東西似乎都栩栩浮現，朝觀者逼近。鮮明的色彩宛如肉眼可見的音樂。洋溢的躍動感霎時抓住日置的心。

日置抱著那幅畫下樓，站在傑曼娜的枕畔。

「傑曼娜，妳醒著嗎？我在二樓找到很有意思的畫。」
聽到日置的聲音，傑曼娜睜開眼。看著丈夫雙手舉起的畫，「天啊……」她略為用力地失聲驚呼。
「不可思議的畫……還有這種畫啊，我都沒發現。」
「對啊，我也沒發現。之前編列作品清單時，我幾乎都沒看畫只顧著填寫資料。」
「是哪個畫家畫的？」
日置看畫布背面貼的標籤。松方買下這幅畫的畫廊「保羅．盧森堡」的標籤上寫著畫家的姓名和畫名。日置直接讀出來。
「文生．梵谷……在亞爾的臥室，一八八九年作。」
「在亞爾的臥室……」
傑曼娜細聲複誦畫名。蒼白的臉上隱約浮現笑容。
「那是南方的陽光吧。把畫中的房間照耀得那麼明亮……亞爾……真令人懷念……」
這時日置才知道，傑曼娜父親的故鄉就在亞爾。少女時代，她曾和父母及哥哥多次去探望住在亞爾的祖父母。
在亞爾，即便關緊窗子，外面的刺眼陽光還是會滲入屋內。她在太陽底下和哥哥四處奔跑，回到祖父家就有冰鎮的檸檬水喝。然後，她和哥哥一起在床上打滾，不知不覺陷入沉睡。這幅畫似乎讓傑曼娜又想起當時的午後小睡，舒適的燦爛陽光。

「我覺得這個房間……好像在呼喚玩累的我……」

傑曼娜說著，打了個小呵欠。日置微笑。

「妳累了吧。好好睡。」

日置親吻她的額頭，把畫輕輕放在床邊的地上。之後傳來安詳的鼾聲。日置躡足走出臥室。

新的一年到了，就在進入一九四一年不久的某天下午，大馬路響起多輛汽車的引擎聲。正在廚房煮湯的日置，驚訝地望著窗外。圍牆外有灰色車篷大排長龍。

——是德軍。

日置急忙去臥室。取下掛在床鋪對面牆上的〈在亞爾的臥室〉。傑曼娜察覺動靜，微微睜眼。

「……怎麼了？」

對於妻子的詢問，日置只說「沒甚麼，妳放心」，抱著畫就走出房間。

要衝上狹仄樓梯時，腳滑了一下。他捏把冷汗，勉強站穩。打開倉庫的門，把〈在亞爾的臥室〉塞進層層堆疊的畫布中，關門上鎖。

咚咚！咚咚咚！猛烈的敲門聲響起。日置奔向玄關，調整呼吸後，慢吞吞開門。

三個穿軍服的男人出現眼前。軍帽上有展翅的老鷹。手臂掛著納粹的紅色臂章。

「——報上名來。」

站在中央的藍眼男人用帶著德語腔調的法語說。日置保持立正的姿勢行最敬禮。

「我叫日置釘三郎。」

他一如軍人時代那樣精神抖擻地回答。三人冷然打量日置。

「怎麼，你是軍人？法軍嗎？哪個部隊？」

「不，我不是。我是日本人，普通老百姓。」

「你為什麼在這裡？」

「我妻子是法國人……這裡本來是她的娘家。」

看似軍官的藍眼男人，朝日置背後投以一瞥。

「你老婆在哪裡？」

「在裡面臥室。她病得很重，已經臥床很久了。」

三人用德語竊竊私語。藍眼男人再次用法語質問：

「你的職業是甚麼？」

「我以前做口譯，現在失業。」

「那你靠甚麼生活？」

「我種了一點農作物……目前自給自足。」

軍帽下的藍眼睛冷然發光。

「你該不會偷偷藏了甚麼財產吧？否則你們夫妻倆怎麼有錢過日子？」
「怎麼可能……」
日置擠出扭曲的笑容。
「如果有財產，就不會住在這種破鄉下了。就是因為沒錢，只能住在這裡。」
藍眼睛凝視日置。那是猛禽的目光。
日置拚命忍住從腳底緩緩上升的顫抖。
——絕對不能讓他們進屋。
如果讓他們進屋就完了，這些人一定會把家裡翻個底朝天。二樓的倉庫想必也會被迫打開。
從羅丹美術館將松方收藏品搬來時，館長格拉普特地提醒過日置，千萬不能讓納粹發現收藏品的下落。他們給前衛派繪畫貼上「頹廢藝術」的標籤，否定藝術價值。萬一被發現不是立刻遭到沒收破壞，就是被軍人轉賣到黑市中飽私囊。格拉普說，總之被發現就完了，千萬要小心——。
冷汗沿著背後滑落。日置恨不得全身化為一堵牆堵在三人面前。他在心中默禱。
——回去吧。求求你們……！
軍官的軍靴前端，將要跨過門口的界線——就在那一刻。
「……釭三郎……」
細微的聲音在日置的背後呼喚。日置愕然轉身。

只見傑曼娜肩頭裹著披巾佇立。軍人驚訝地瞪眼。

「傑曼娜！」

日置奔向妻子。

「妳怎麼能起來，這樣對身體不好。快回床上去……」

傑曼娜蒼白的臉上浮現苦澀的微笑，虛弱地搖頭。

「沒事……倒是你……這麼冷的天氣，不能讓客人久等。快請人家進屋……」

傑曼娜作勢甩開日置想扶她的手臂，腳步虛浮地走近門口。

「對不起……不巧家裡沒有茶水也沒有點心。沒甚麼可招待的……來，裡面請……」說著，她就踉蹌著當場倒下。

「——傑曼娜！」

日置慌忙蹲下，扶著妻子的背。三個軍人手足無措，朝門外退後一步。

軍官朝傑曼娜敬禮。

「失禮了，夫人。我們這就走。」

另外二人也跟著敬禮。

日置起身回禮。傑曼娜癱坐在地上，對軍人擠出哭泣似的笑容。

軍官發出冷光的藍眼睛瞄了日置一眼說：

「我們只是來和鄰居打個招呼——從今天起，斜對面的城堡已成為我們的駐屯所，特來告知。」

日置默默再次敬禮。

三人轉身，在陰霾的天空下離去。

從這天起，傑曼娜再也沒從床上起來。

他們在阿朋丹的第二個冬天，傑曼娜的身體出現變化。黎明時大量便血。別說是床單了，連床墊都被浸濕滴血。

日置慌了手腳，六神無主不知如何是好，他拿脫脂棉塞進傑曼娜的身體，但是完全沒用。該不會全身的血都流出來吧？該不會就這樣死掉吧？日置的腦中一片空白。

等到早上九點天色大亮，日置下定決心去德軍駐屯的城堡。

被門口的哨兵攔下後，他用結結巴巴的德語訴說。

「我是住在附近的日本人。我妻子快死了。請問有醫生嗎？」

哨兵用狐疑的眼神看日置。發現他粗糙的外套上沾血後，哨兵用對講機和內部聯絡。日置再次用力說：

「我是日本人。」

去年簽訂了「德日義三國同盟條約」。日置在賭那個的效力。

過了一會，哨兵叫他進去。日置在另一名哨兵的陪同下，走進他從未來過的城堡。

在玄關大廳等了一會，一名穿西裝戴眼鏡的中年男人走下樓梯。對著這個貌似醫師的男人，日置再次用德語拚命訴說：

「我是日本人。我妻子，生病了。我的妻子……」

這時，醫生打斷他的話。

「抱歉，請問你會講法語嗎？」

日置這才一驚。是流暢的法語——原來醫師是法國人。八成是從哪被帶來這個德軍駐屯所當軍醫吧。日置全身一下子脫力。

「是……是。我的……我的妻子是法國人……」

用法語這麼回答後，淚水不禁奪眶而出。日置用沾血的袖子抹去淚水，啞聲說道：

「醫生。我甚麼都願意做。請救救我妻子……」

眼鏡後面的眼眸泛著水光游移。醫生低聲說：「請等一下。」去了城堡裡面，旋即拎著黑皮包回來。

「走吧，你家在哪裡？」

「就在對面。」

日置與醫生一起趕回家。有一名士兵也跟來了。他本想進屋，但被醫生在門口擋住：「病人是婦女。請在此等候。」一日置本已有心理準備，此刻誰要進來都無所謂，醫生的細心顧慮讓他銘感五內。

臥室裡的傑曼娜緊閉蒼白的眼皮。瘦削染血的身體看似死屍。日置不禁跑過去握住妻子的手。很冷，但還有脈搏，也有微弱的呼吸。日置撫胸慶幸。

醫生把聽診器放在傑曼娜單薄的胸口，用手指撥開眼皮，測量脈搏。日置始終在旁看著。

診察完畢後，醫師轉身看日置。眼鏡後方的雙眼浮現悲色。他用凝重的聲音宣告：

「很遺憾……尊夫人恐怕已經沒救了。今晚是關頭。」

日置屏息承受醫生這句話的打擊。

他想說甚麼，卻擠不出話語。他只是沉默地深深一鞠躬。在法國生活三十年，這幾年他已經不再鞠躬了。即便如此，此刻，除了這麼做之外毫無他法。他沒錢也沒食物，沒有任何可以當作診療費的東西。

突來一陣旋風。乾扁的聲音喀啦喀啦響起，枯葉像被驅趕般沿著村道遠去。

日置在傑曼娜枕畔的椅子坐下，握住妻子枯枝似的手。

——傑曼娜。拜託，請妳睜開眼。

請再次用那清澈的褐色眼眸看著我。

妳怎麼能永遠閉上眼，怎麼能再也不看我……我不要那樣。

活下去！傑曼娜。請別丟下我一人——。

傑曼娜的眼皮顫動了一下。日置蹲身湊近床邊，「傑曼娜，傑曼娜！」他呼喊妻子的名字。

傑曼娜微微睜眼。日置低頭靠近那失焦的褐色眼眸，拚命呼喊：

「傑曼娜，妳還好嗎？會不會難受？」

傑曼娜恍惚的視線在空中游移。然後她蠕動嘴巴呢喃著甚麼。日置把耳朵貼在她的嘴邊，試圖聽清妻子說的話。

——亞……爾……。

亞爾。聽來的確是這樣。

「亞爾……」在口中低喃後，日置驀然醒悟。

——在亞爾的臥室。

傑曼娜的意思，是想再看一次那幅畫。

「我懂了。我馬上拿來。妳等我。」

日置拿著油燈衝上二樓。開鎖，開門。高舉燈光，繪畫森林頓時在眼前蔓延。

幾個月前，德國軍人突然上門時，他從臥室牆上取下畫，匆忙塞進二樓，就此拋在腦後。

畫在哪裡？記得應該就在這一帶……。

燈火的反射下，鮮豔的紅色條然放射光彩。日置把油燈放到地上，取出那件被他塞進平置的成堆畫布縫隙間的作品。

帶有灰色的藍色牆面，斑駁地板的淺紫色，窗子的綠色，床鋪的紅色。描繪充滿南法耀眼陽光的臥室的豐饒畫作——。

——找到了。

日置不禁緊緊抱住畫。彷彿與老友重逢，感慨萬千地擁抱。

他把那張畫拿去臥室，又重新掛回床鋪對面的牆上。日置在傑曼娜枕畔的椅子坐下，拉起妻子的手。傑曼娜緩緩睜開眼，朝掛在牆上的另一個「臥室」望去。

「傑曼娜，妳想看的，就是這張畫吧？」

聽到日置這麼問，傑曼娜微微點頭。蒼白的臉上隱約有光輝蔓延。乾裂的雙唇之間，傳來嘆息似的聲音。

「……我想睡……不知怎地，好睏……我可以睡嗎……？」

眼角有一絲淚水，晶亮地滑落。

吐出一口長氣後，傑曼娜靜靜閉眼。

她又變回幸福的少女，獨自回到那洋溢光線的懷念房間了。

麥田正上方的藍天高遠，燕子啁啾高飛。

日置扛著鋤頭走在白色雛菊鑲邊的河堤上。

他不得不時常停下腳撫胸猛咳。那位軍醫保羅．杜波瓦說可能是肺癆，勸他最好住院，但他總是隨口敷衍：不要緊，晚上咳得厲害但到了早上就好了，只是不能著涼而已。

確認傑曼娜死亡的杜波瓦醫生，之後也很關心日置。但日置逐漸和杜波瓦保持距離。因為他懷疑對方如此親切關懷，是因為看上了「畫作」，一旦這麼猜疑後就再也無法用原先的態度對待。

杜波瓦只看過一次〈在亞爾的臥室〉。傑曼娜斷氣後，日置去找在城堡執勤的杜波瓦，把妻子的死訊告訴他。杜波瓦立刻去看傑曼娜，確認死亡。當時日置忘記把〈在亞爾的臥室〉藏起來了。老實說，他當時根本已顧不得那個。

杜波瓦就像一般資歷豐富的醫生，在死者臨終時態度嚴肅，冷靜且明確地給日置建議。準備棺木，在教堂安排告別式，向村公所提出死亡證明等等。那一切都空虛地流過日置的耳朵。一切彷彿是遙遠世界發生的事。

杜波瓦走後，他這才回神，察覺〈在亞爾的臥室〉還掛在牆上，連忙取下，再次塞回二樓的成堆畫布中。

——被看到了。

就算痛失愛妻之下心神恍惚，就算對方是法國醫師，但是毫無防備地讓一個軍方人士進屋且目擊收藏品的一部分，還是令日置萬分後悔。

——傑曼娜明明再三懇求過千萬不能讓外人進屋。

枉費她不惜縮短自己的壽命也要守護收藏品。

我居然做出這種蠢事……我真是……。

「日安，釭三郎！」

扛著鋤頭走在河堤上，對面的村路有人停下腳踏車朝他大大揮手。是杜波瓦醫師。

日置沒有揮手，只是微微點頭就想走。這時，杜波瓦推著腳踏車走過來了。

「最近都沒看到你，還好嗎？肺部的問題怎麼樣了？」

對於醫師的問題，日置只是擠出軟弱的笑容。

「我一直想告訴你……」杜波瓦的視線移向日置身後的麥田說。

「我要調去翁弗勒爾的德軍駐屯所了。這個村子是樸素的好地方，我其實很喜歡……真遺憾。」

日置還是沉默。杜波瓦要離開，他當然不是不遺憾。然而，知道「秘密」的人即將消失更令他如釋重負。

「謝謝你這段日子的照顧。保重。」

日置簡短說完就想走。這時，杜波瓦的聲音追來。

「……那幅畫。千萬不能讓納粹發現喔！」

日置猛然駐足。他沒有立刻轉身——到底該拿甚麼表情轉身才好？

杜波瓦的話語，隨風飄進日置的耳中。

「文生．梵谷。五十年前無人知曉，年紀輕輕就死去的荷蘭畫家。但他死後，俄國和美國，還有日本的富豪購買他的作品，導致他的人氣不斷升溫。他的作品遲早肯定會得到全世界的認同吧……除了納粹以外。」

日置轉身。杜波瓦耀眼的視線直視他。

「納粹把包括那個畫家在內的前衛畫家作品斷定為『頹廢藝術』。並且恣意掠奪。那些作品被破壞、燒毀、轉賣。那種行為，是對所有藝術的褻瀆。」

說到這裡，杜波瓦聳肩喘息。

「我曾是前衛繪畫的收藏家。可是收藏品通通都被那些渾蛋搶走了。我那些畫後來是甚麼下場我都不知道……」

日置張嘴想說甚麼。但杜波瓦搶先發話。用早就了悟一切的沉穩聲調。

「我不問你為何會有那幅畫，我就要走了。不過，我想拜託你。那幅畫，拜託你……無論如何都要保住它。」

——因為那幅畫是傑作。

自從傑曼娜死後，〈在亞爾的臥室〉就一直被封印在儲藏間。

斜對面的城堡擠滿德軍。不知幾時會被對方闖入的情況下，就算只是一幅畫，也得避免把收藏品繼續掛在屋內的危險。不過，更主要的是，此刻對日置而言那幅畫除了痛苦別無其他。

少了傑曼娜的臥室，牆上就算繼續掛著那幅畫又能怎樣。晚上獨自鑽進冷冰冰的被窩時，毫無希望地早晨醒來下床時，那幅畫如果出現在視野中？那幅畫無法帶來喜悅只會喚起悲痛。

傑曼娜臨死時說想看那幅畫。看了一眼就去世了。彷彿想說此生已無遺憾，彷彿就此啟程走入畫中。

明知那根本不可能，但對日置來說，他甚至覺得是那幅畫把傑曼娜的靈魂帶走了。

——那種畫，誰會再看一眼！

他只覺得那是不祥的畫作。可怕的畫作。是永遠奪走傑曼娜靈魂的凶惡畫作⋯⋯。

日置的肺病始終沒有好轉，半夜經常咳得厲害。如遭子彈射擊的咳嗽消耗日置的精力。乾脆死掉或許還能輕鬆點吧。應該可以在天堂見到傑曼娜吧。這種念頭每每掠過心頭。

整夜折磨日置的咳嗽，到了黎明就如暴風雨過後恢復平靜。他從床上坐起，不自覺茫然望著空蕩蕩的臥室牆面。於是，不可思議地，那幅畫便會如幻影浮現。明明已決定再也不看，卻連畫作的細節都鮮明地歷歷重現在空白的牆上。

破曉微光逐漸趕走黑暗，直到窗邊照入的晨光明亮地充盈室內，日置始終在空白的牆面凝視那幅畫。〈在亞爾的臥室〉——那幅畫清澈純淨的幻影，甚至彷彿颯然發出清涼聲響。

一九四四年六月初。

半夜咳醒的日置，聽見素來寂靜的村道上有為數不少的軍車發動。他用手帕掩口，隔著窗簾向外偷看，只見車頭燈絡繹駛過村道遠去。

傑曼娜去世，只剩他孑然一身後，已過了二年半。

日置在阿朋丹村內完全孤立。死了老婆的日本男人悄然獨居——這種事，駐屯在眼前的德軍而言毫不關心。雖然不可能忘記他住在那裡，但他絕對不引人注意。或許是日置為了保護收藏品而貫徹的生活方式奏效，德軍一次也沒有闖入家中。

德國會占領法國到甚麼時候，沒有情報來源的日置無法預測，但聯軍應該會採取行動解放法國。那是明天還是十年後無從得知。也不知是否會順利。但自己只能大氣也不敢出地縮頭過日子——。日置窩在家中足不出戶，透過窗簾縫隙窺探外面的情況。壓低收音機的音量思索。並且越來越緊張。

萬一德軍和聯軍在法國本土展開全面對決——德軍的駐屯所周邊可能會成為聯軍的轟炸目標。敗走的德軍也可能為了錢財襲擊民宅。

——屆時，自己該如何是好？

必須再次讓收藏品避難。否則收藏品的下場不是被破壞就是被掠奪。

問題是，該怎麼做？

沒有卡車也沒有幫忙的人手。更沒有搬遷的經費。

他一個人到底要怎麼讓近四百件作品避難？

日置越來越焦慮。

某天早上，他打開上鎖的書桌抽屜，重讀珍藏的松方幸次郎來信。

——今後你如果生活窮困，我允許你賣掉我的畫。賣任何一件皆可。

拯救收藏品的方法。除了賣畫之外，此刻的日置想不出其他辦法。

就選一兩件對收藏品沒有影響的小件作品賣掉吧。

然而，這種非常時期有誰會買畫……。

日置取出同樣放在抽屜裡的帳本。上面寫滿與松方交易過的畫商姓名。上面並未註明向哪個畫商買下哪件作品、購買金額是多少這些詳細資料。因為他怕萬一被德軍發現，讓德軍知道收藏品的價值就糟了。

松方購畫時日置雖不在場，但身為松方的聯絡人，他和各家畫商都有來往。真有需要的時候，找哪個畫商賣掉作品應該也不是不可能。日置審慎確認畫商的姓名。

保羅．杜朗．魯耶爾——這個名字顯然是法國人。不知是否還在巴黎開畫廊。達尼葉．亨利．康瓦拉——這是德國人的姓名應該沒問題。保羅．盧森堡——這個名字是猶太人，他如果夠聰明的話應該早就逃亡了。安德烈．謝拉——這個也是德國名字所以應該還在繼續做生意……。

就在這時。

咚——遠處響起砲聲。日置嚇得渾身一抖。

接著傳來嗡嗡聲，可以感到房子在搖晃。日置反射性鑽到桌下。他匍匐在地抱著頭。再一次，又一次。砲聲似乎漸漸遠去。日置渾身緊繃，直到砲聲完全消失。

從桌下爬出來，他跑到倉庫，取出腳踏車，跨上車墊，使出渾身力氣拚命踩踏板。

夏至將近的正午，村內鴉雀無聲。沿著太陽照耀的刺眼村道，日置的腳踏車一路奔馳到鄰村的郵局。

日置用法語打電報，給當初從巴黎來阿朋丹避難時曾經幫忙的佐佐木六郎。

請和謝拉聯絡　並於六月十五日至烏當車站　於車站等候　日置

他曾和佐佐木商量，萬一迫不得已時把作品賣給哪個畫廊，而且也約好了屆時就在從阿朋丹騎腳踏約需三十分鐘的最近車站烏當碰面。
把電報文交給年邁的郵局局員，日置打聽：
「今早遠處響起大砲聲，您知道出了甚麼事嗎？」
老局員漠無感情的眼睛凝視日置，只是默默搖頭。日置想起在對方眼中自己這個日本人或許和德國人一樣，不禁捏把冷汗。
騎著腳踏車經過被夏日豔陽曬得乾巴巴的泥土路，日置再次感到自身立場的複雜。只要這個國家還被德國占領，自己這個日本人的電報肯定能正確送達。
但是當聯軍驅逐德軍，奪回巴黎後——自己會如何呢？
他打從心底期盼這個國家重獲自由。但是另一方面，隱約也有點扭曲的心態希望就這樣甚麼事也不發生。
對於長年居住的法國滿懷感情，卻又狡猾地想依賴德國。二者在自己內心共存。苦澀的情緒湧現。騎著腳踏車，他的嘴角浮現陰暗的嗤笑。
——我簡直是……。
簡直是狡猾的蝙蝠嘛。
十天後，六月十五日。

這個早上，日置在時隔二年半後終於打開儲藏室的門鎖。灰塵和霉味撲鼻而來，他對著室內舉起油燈。時光彷彿就此停駐，眼前是繪畫森林安靜蔓延。日置猶如迷失歸路的人，站在那邊緣，告訴自己。

——就一件。只拿一件就好。

從這堆畫中選一個犧牲。為了拯救其他所有的畫……。

在油燈的照耀下，鮮豔的紅色倏然閃現。日置心跳加快。

是那幅畫——〈在亞爾的臥室〉。

傑曼娜死後不久，就從臥室牆上取下扔進這裡。從此再也沒看過。但他每晚都會在空白的牆上看到它的幻影。

明明應該早已扔進忘川，它卻一天比一天鮮明耀眼地在腦海復甦——就是那樣的一幅畫。

日置用顫抖的雙手取出那幅畫。把畫布翻面抱住後，衝下狹仄的樓梯。

他把反置的畫用舊床單包裹緊緊綁住。上面又來麻繩綑綁。打包的過程中，他的手一直在微微顫抖。

從倉庫推出腳踏車。一手拿著床單包裹跨上車。把麻繩纏在龍頭握把上，一手按著包裹，他勉強保持平衡騎出去。騎向通往烏當車站的路。

曾是德軍駐屯所的城堡已成了空殼子。經過城堡前，他的腳踏車奔馳在不見人影的村道上。之後來到無垠的麥田。清風沙沙晃動青色麥穗吹過。吊在龍頭上的畫布被風一吹飄起，日置想按住它，頓時失去平衡。驚覺不妙的下一瞬間，已經翻車倒在地上。

正午的太陽高掛中天閃耀。日置仰躺在乾涸的土上。他的胸口，緊緊抱著被床單包裹的畫。抱著畫，日置遠眺頭上緩緩飄過的一絲流雲。看著看著，淚水溢出，沿著被泥士弄髒的臉頰一滴一滴落下。日置就這麼躺著放聲大哭。

清風溫柔地掠過耳畔遠去。

帶著滑落臉頰的淚痕，日置緩緩爬起來站好。

把床單包裹掛在腳踏車握把上，跨上坐墊，他的腳踏車再次奔馳。駛向和車站相反的方向，駛向回家的路。

天色仍明亮的晚間七點多，敲門聲響起。從廚房窗口探頭一看，門外站著佐佐木六郎。

佐佐木按照約定去烏當車站等候，卻始終不見日置出現，他說怕日置出了甚麼事，因此特地徒步前來。

「聯軍已登陸諾曼第，據說正在進攻巴黎。巴黎周邊好像已和德軍展開攻防戰。」

佐佐木進屋後帶來最新戰況。報紙和收音機都只傳播對德國有利的訊息。真實的戰況只能靠口耳相傳，但在阿朋丹遭到孤立的日置，連這點都難以做到。好不容易聽佐佐木說起現狀，日置鬆了一口氣。

但佐佐木愁眉不展說：

「日置先生。巴黎恐怕近日之內會一起發動抗爭。不管怎麼想，德國的情勢都很不利。我判斷巴黎很快就會解放。如果聯軍勝利了，身為敵國人的我們說不定會遭到監禁。最好在那之前趕緊回國。」

日置愣住了。

——回國？

這是他想都沒想過的事。佐佐木傾身向前激動地又說：

「我已經安排好回國的方法了。現在還來得及。日置先生，跟我一起回去吧。回日本。」

如果巴黎即將解放，那麼佐佐木的話言之有理。但日置無法立刻點頭。

如果回國，自己的確能得救。

但是——這些收藏品會怎樣……？

「回國？那怎麼可能……錢要從哪來？二人份的船資相當昂貴喔。」

面對疑惑的日置，佐佐木不假思索回答：

「把收藏品賣掉一些不就好了。你不就是為此才找我來嗎？」

佐佐木早已按照日置的指示，和德國畫商安德烈．謝拉接觸。謝拉很有意願購買，還說在戰況穩定前把整批收藏品都交給他保管也行。

日置啞然。佐佐木不管臉色鐵青的日置，興匆匆又說：

「明天我先拿一兩幅畫回巴黎，讓謝拉買下。用那筆錢租卡車，再帶著搬運工人一起回來。所以……」

「不行。」日置終於開口。

「辦不到。我做不到……我不能把收藏品全部賣掉。」

「你冷靜點，日置先生。」

佐佐木不耐煩地回嘴。

「只要賣一兩件就好。謝拉說的是交給他保管。現在位於巴黎周邊的阿朋丹比巴黎本身更危險。說不定會遭到戰敗的德軍砲轟。到時候別說是收藏品了，連你自己的性命都有危險。你得逃走。和收藏品一起逃。」

日置瞪大雙眼。

佐佐木的臉孔倏然與松方的臉孔重疊。

——你活躍的場所不在神戶。——在巴黎。

接到命令去巴黎的那一天。松方緊握日置的手，對他擠擠眼說：

——Bon travail!（好好工作！）

是的。

不是回日本。他應該回巴黎。

——和畫作一起回去。

11

一九五三年六月
巴黎　馬德萊娜廣場

剛才明明還浮現夜空的殘月，不知幾時已隱身在行道樹的茂密枝葉中。

享受明亮夏夜的人們熱鬧聚集的咖啡館露天座，人影逐一消失。放著二人空酒杯的桌子，此刻只剩田代雄一和日置釭三郎二人還留著。

漫長的告白後，日置深吸一口氣。彷彿剛剛拚命游泳橫渡看不見對岸的遼闊大河。

田代在桌上緊握雙手，專注傾聽日置的敘述。然後，他想起剛來到巴黎時，也曾同樣專心地傾聽「繪畫的故事」。

——關於如何走過漫漫人生路。在香榭麗舍大道的咖啡館露天座，對他敘述到深夜的那個人又是誰？是松方幸次郎。

當時，松方敘述之前，田代先交代了自己的半生。四處向親友低頭借錢，不惜和妻子決裂也決定出國留學的田代，被松方問了一個問題：驅使你做到這種地步的，究竟是甚麼？

田代當時只回了一句話。是畫作。

松方幸次郎和田代雄一。無論家世背景，年齡，財力，社會地位，一切都不同的二人，只有唯一一個共通點。那正是傾注在畫作上的熱情。

就算沒有那個也活得下去，並不是少了那個就會改變甚麼。

然而，如果有那個，可以讓人生更豐富。如果有那個，前方的道路會出現一絲光明。如果有那個，每天會受到鼓舞，帶來活下去的力量。

是的。對松方以及田代而言，那就是畫。──同時，對日置也是。

他決定把松方收藏品從阿朋丹運回巴黎──說到這裡，日置暫時結束敘述。隨即無力地垂頭，就此陷入沉默。

收藏品是如何被送回巴黎，其實正是田代最想知道的。但田代耐心等待日置自己再次開口。那是對這個守護收藏品多年的人應有的禮貌吧。

然而，日置一逕恍惚地垂眼看著眼前酒杯的底部，始終沒有要繼續敘述的意思。

服務生們開始把露天座的椅子集中到一起堆疊。這是要打烊的信號。田代叫來服務生，給了高額小費付了帳。期間，日置就像受罰的小孩縮成一團。他身上揮之不去的膽小慎微，令田代更加難過。

二人走出咖啡館。始終沒有交談，沿著馬德萊娜教堂巨大的列柱影子一路走到田代投宿的飯店。

抵達飯店門口，日置立正面對田代，深深一鞠躬。

「謝謝您的招待。托您的福，讓我得以久違地安心喘口氣。……衷心期盼您在巴黎期間能夠有所收穫。」

是很客氣有禮的道別。田代驀然有點依依不捨。就像要和今後再也見不到的戰友訣別——。

日置轉身，彷彿要甩開甚麼似地準備離去。

「請等一下。」

田代朝那落寞的背影發話。日置猛然駐足。

「我第一次來巴黎時，和松方先生走在香榭麗舍大道上聊了很多。包括人生，工作，以及……他夢想的美術館。」

日置轉身。凹陷的眼窩深處，雙眸浮現微光。

田代就像對老友說話般溫聲說：

「如果不急，不如再一起走走吧？順便，能否再說一點……你為收藏品做過的『工作』？」

田代和日置走在從馬德萊娜廣場向南筆直延伸的皇家大道。

協和廣場的方尖碑向著夜空聳立，前方有塞納河悠悠流過。河對岸，可以看見如今成了國會議事堂的波旁宮正面列柱。更遠處是拿破崙長眠的昔日軍醫院，傷兵院的黃金圓頂在黑暗中放出妖異的光芒。

協和廣場的左邊是杜勒麗花園，右邊是香榭麗舍大道。道路盡頭聳立凱旋門，夜空的彼方清晰可見艾菲爾鐵塔的剪影浮現。

杜勒麗花園前的里沃利街旁，就是松方以前固定下榻的莫里斯飯店。猶記初次來巴黎時，田代每天早上都心情雀躍地從自己住的廉價旅館走到這座豪華如宮殿的大飯店。心裡想著今天又要陪松方先生去尋找傑作。

二十年後，在德國占領下的巴黎，那個大飯店成了納粹的駐留總部。當時誰能想到，居然有如此諷刺的未來在等著？

越過沒有車子格外冷清的里沃利街途中，田代轉頭。他以為可以看見莫里斯飯店正面成排窗口的遮陽篷，可惜在夜色中未能如願。但田代的心中，還是清晰浮現有二隻格雷伊獵犬相對的徽章裝飾的雄偉飯店正門玄關。

「你記得嗎，日置先生？」

田代不勝懷念地說。

「松方先生在莫里斯飯店的房間，是五樓……我記得是正中間的房間吧。只要打開窗子，就是杜勒麗花園的綠地，這樣出現在眼前……」

日置也轉身仰望。

「我當然記得。社長每次一走進房間就會先開窗，從陽台將城市一覽無遺。」

或許是那一幕在心中重現，日置的聲音稍微恢復一點活力。

「田代老師總是每天早上九點來飯店呢。」

對方拋來的話題，令田代微笑。

「你知道？」

「對，因為我每天早上六點就去了。我會跟社長一邊吃早餐一邊開會。」

「原來是這樣啊。沒想到去畫廊前還在跟你開會，松方先生壓根沒提過。」

密謀竊取德國U艇設計圖一事，也是從日置口中才聽說。松方先生口頭訂下〈在亞爾的臥室〉後，隔天就突然去瑞士，如今想來或許就是為了那個任務。

結果松方到底拿到設計圖沒有也不得而知。但就算現在知道這個又有何用。

戰爭已經結束了。而且，松方幸次郎已經不在了。

協和廣場四處亮起的街燈就像墜落地面的星座。如太陽般閃耀金色頭頂的巨大方尖碑，像要對夜空挑釁似地聳立。

二人不約而同朝廣場中心的方尖碑走去，遠眺背對巨大紀念碑的香榭麗舍大道。大道被淡淡亮起的街燈鑲邊，璀璨得令人想嘆息。更遠處可以看見宛如巴黎守護神的凱旋門身影。

「……我從阿朋丹把收藏品運回巴黎，正好就是現在這個時期……」

日置驀然開口。田代悄悄窺視日置的側臉。日置依然注視大道的彼方，繼續說道：

「結果我把畫賣了。用那筆錢充作轉移資金。我犯了大罪……很懊悔。」

他的口吻充滿懺悔。田代努力用平和的態度反問：

「賣了誰的作品……是甚麼樣的畫，你還記得嗎？」

「畫家的名字我不知道……是翡翠色海面漂浮帆船的畫，和稻草堆的風景畫。」

田代一聽就知道，是愛德華．馬內和克洛德．莫內的畫。

日置從儲藏間的收藏品中隨手挑出二件大小適合搬運的作品，讓佐佐木六郎帶回巴黎。數日後，佐佐木帶著二輛大型卡車和二名法國搬運工人回來了。

搬運的那天，阿朋丹西南邊約五公里外的市鎮德勒遭到轟炸。村內一陣譁然。村民紛紛把家財用具裝上推車開始逃難。

日置等人趁亂將收藏品裝上卡車。沒裝箱的放在靠裡面，有裝箱的靠外面。

就在作業大致終了時，猛烈的爆炸聲響徹四周。炸彈就落在附近，火星噴濺到日置家的圍籬引火燃燒。四個男人拿帆布蓋在火焰上，拿水桶澆水，好不容易才把火撲滅。之後才從阿朋丹出發。

「如今想想，那場中彈騷動也是不幸中的大幸。因此才能成功趁著逃難的混亂，搬運出對那個家而言大得不自然的行李……唯有那一刻我不得不感謝。」

「感謝神明保佑？」田代插嘴。

「不，感謝松方先生。」日置認真回答。田代不禁微笑。

然而，要進入巴黎市區沒這麼容易。巴黎仍然在德軍占領下。理所當然在檢查站被攔下，日置與佐佐木被叫下車，背後被槍頂著。

在那裡，日置就像以前去阿朋丹的德軍駐屯所找醫生時一樣，用德語訴說「我們是日本人」。不過，比日本人的身分更管用的，是佐佐木拿的那份安德烈・謝拉畫廊開的委託書。

「奉法朗茲・馮・沃爾夫・梅特涅伯爵之命，委託此人運送避難外地的繪畫」——委託書上用德文寫著。

梅特涅是德國派來巴黎的美術品管理官。德軍進攻巴黎前夕，羅浮宮美術館等地的收藏品全都送往外地避難了，但這些收藏品送回巴黎後將被運往德國——這就是梅特涅的使命。但他並未執行。梅特涅似乎私下違抗希特勒，暗自運作想把法國最珍貴的藝術收藏品留在法國國內——當時美術界人士之間都在這麼私下悄悄議論。

日置和佐佐木自然無從得知，但是決定代為保管「松方收藏品」的謝拉很清楚。正因如此，他才會用梅特涅的名字弄出這份委託書給佐佐木。

「盤查的年輕士兵收了槍，檢查文件。看到他們相視點頭，我在心中痛快地大喊，幹得好啊佐佐木！我以為這下子可以獲准通行了。」

沒想到——

看似長官的男人，命令他們打開卡車後面的車篷。

日置當下嚇出冷汗。但車斗最外側堆滿用釘子封起的木箱。德軍正與聯軍展開激烈攻防戰，這種時候應該沒那麼多時間讓他一一打開。

萬一在這裡被沒收就糟了。可是，如果對方和總部聯絡，用梅特涅的名義捏造的委託書就會被拆穿。

死定了——請保佑我們，松方先生……！

日置揭開二輛卡車的車篷給對方看。這時，後面那輛卡車車斗的最外側出現一個用舊床單包裹的畫布。被士兵發現拿起來。

日置愣住了。

他暗叫不妙卻已為時太晚。那是滅火後，臨要出發時搬運工人拿上車的最後一件作品——〈在亞爾的臥室。〉

一名士兵用雙手抱著包裹，另一名士兵解開床單打的結。

日置閉上眼。彷彿已被拉上斷頭台。

沒想到——。

「……那個長官說，『這是甚麼鬼玩意？小孩塗鴉嗎？』我一聽，瞪大雙眼。還有那些士兵……他們看著畫都在嘲笑。」

笑完後，長官說：快滾，我們可沒有閒功夫理會這麼可笑的畫。

日置對長官敬禮。佐佐木也慌忙模仿日置。

二人鑽上卡車，發動引擎。從後照鏡看到士兵逐漸變遠，終於完全看不見時，日置大吼一聲。緊跟著佐佐木也是。二人互相拍肩慶幸。

就這樣，日置終於回到巴黎。和松方收藏品一起。

「把收藏品全部交給謝拉保管後，我留在巴黎市內。佐佐木未能順利回國，說要去柏林就消失了。二個月後，聯軍解放了巴黎——我也被解放了。被收藏品看守人這個『任務』解放。」

巴黎解放後又過了九年。德國戰敗，日本也在太平洋戰爭敗北。

日置始終沒回日本，迄今想必飽嘗筆墨難以道盡的辛酸。

然而，日置沒有敘述自己的戰後生活。把收藏品平安送到巴黎後，他和畫作的冒險故事就結束了。

東方天空微明。一群紅嘴鷗橫越那中央。巴黎街頭正要迎來破曉。

清風微帶濕氣。感受著塞納河的氣息，田代對著天空深吸一口氣。然後，朝日置拋出他最想問的問題。

「松方收藏品後來怎樣了你知道嗎？」

日置保持側臉的姿勢點頭。

「戰後，我去過謝拉畫廊。謝拉說畫被法國政府扣押了。所以……我想或許能幫上甚麼忙，一直想把我做過的『任務』告訴日本大使館。」

之後，他終於把臉轉向田代，彷彿祈求得到肯定的答案般問道：

「老師……是來討回收藏品的吧？」

這次輪到田代點頭。很用力。

「日置先生。接下來該我出場了。我一定會做出不比你遜色的工作成果。」

田代朝日置伸出右手。

「謝謝——Bon travail!(做得好！)」

宛如晨風拂過水面，日置的眼眸搖曳水光。

滿是皺紋瘦骨嶙峋的手回握住田代的手。那隻有點顫抖的手蘊藏力量。

黎明已近。巴黎街頭很快就要甦醒了。

一九五九年六月十日

東京——上野公園

雨過天晴的午後，清風吹過，晃動路旁成排櫻樹的繁茂綠葉。

國鐵上野車站邊的上坡只見黑色轎車大排長龍，人潮絡繹不絕。搭乘計程車的田代雄一，來回瞪視遲遲不肯前進的前一輛汽車的車尾煞車燈和手錶指針，最後終於忍不住直接下車。

撥開人潮走上坡，耀眼的嶄新建築在眼前出現。長方形的水泥箱子沒有窗戶，無數纖細的圓柱如筆直伸出的腳，從地面撐起箱子。

這棟新建築，就是二個月前落成的國立西洋美術館。由法國建築家勒．柯比意設計的建築，歷時約一年完工，在這天將要舉行開館典禮。

走上坡道的人們絡繹進入美術館。站在玻璃牆的入口前等候的，是文部省官員雨宮辰之助。在横越前庭的人潮中發現田代後，「老師！」他大聲呼喚著跑來。

「雨宮，讓你久等了。沒想到路上塞車比想像中還擠……唷，人可真多。反響熱烈呢。」

聽到田代這麼說：「對啊，真的是。」雨宮語帶雀躍。

「三天後才會對一般大眾正式開放，不過看來非常順利。畢竟這個『法國美術館』，可是我國第一座國立西洋美術館……」

說到一半，

「……不對，正式名稱是『國立西洋美術館．法國美術松方收藏品』。」

他抓抓頭。田代露出笑容。

「相關人士都在等您抵達呢。裡面請。」

天花板高得必須仰望的展覽室擠滿來賓。作品前人山人海，甚至不知哪幅畫在哪裡展出。田代放眼環視展覽室，發現正忙著和各界來賓握手的吉田茂。

五年前第五次吉田內閣總辭後，吉田現在成了政壇的顧問，替後進排解疑難雜症。看到田代的身影後：

「噢，交涉高手來了！」

吉田大喊，露出滿面笑容。

「終於等到這一天了，田代。真的多虧有你幫忙。謝謝。」

吉田拍拍田代的肩膀，看起來很高興。田代也難掩歡喜。

「哪裡，我甚麼也沒做……一切都是從吉田先生您開始的。這次歸還松方收藏品……」

他說到一半，

「不對，是『捐贈歸還』。」

吉田竊笑。然後壓低嗓門訂正：

「不，松方先生的收藏品，是我們討回來的。」

一九五三年十二月，當時的吉田內閣，為了接收法國「捐贈歸還」的「松方收藏品」準備開設國立美術館一事召開內閣會議。

對於法國，日本始終要求「歸還所有收藏品」，但最後捐贈剔除二十件之外的松方收藏品法案在法國國民議會通過，松方收藏品終於要移交給日本。

在這過程中，身為談判代表一員的田代，以及松方的女婿松本重治，還有許多其他相關人士鍥而不捨地持續交涉。面對法國，日本這個戰敗國的立場很不利。但田代堅強面對，並未因此退縮。

他和法國國立美術館首腦兼盟友的喬治・薩勒斯也一再商談，他希望梵谷、雷諾瓦、莫內都能一樣不少地歸還，因為那些都是當初他親自陪松方挑選出來的作品——他如此主張。

薩勒斯對田代的想法表達深刻的理解。為了法國的美術館，他不可能全盤接受日本的主張，但他保證會盡力而為。田代只能相信他的保證。松本重治也以松方家代表的身分直接與法國駐日大使談判，在後方支援。

田代和松方直到最後的最後仍堅持想加入「捐贈歸還」作品清單的傑作有三件。莫內的〈睡蓮：柳樹倒影〉，雷諾瓦的〈穿著阿爾及利亞服裝的巴黎仕女〉，以及梵谷的〈在亞爾的臥室〉。但法國方面就是不肯同意。最後討價還價的結果，只有雷諾瓦加入清單。

得知法國政府也不清楚〈睡蓮：柳樹倒影〉在接收後的下落，他們不得不死心。唯一值得慶幸的是莫內已有多件作品在「捐贈歸還」的名單中。但田代還是對梵谷的作品不肯死心。

然而，已經到了如果繼續僵持下去或將失去一切的緊要關頭。

正巧就在這時，田代收到死訊。是日置釭三郎悄然過世。死因是肺疾惡化，享年七十一歲。為了交涉松方收藏品歸還事宜前往巴黎時，田代與日置重逢。並且得知日置受松方的委託，在戰時捨命守住收藏品的事實。

之前對收藏品始終守口如瓶的日置，為何對田代和盤托出？為了將松方收集的收藏品歸還日本，他想助一臂之力——日置如此表明。也許是想把小心翼翼握緊的「松方收藏品」這根接力棒交給田代，而非法國當局。因為田代曾和松方一起四處尋找傑作，親眼目擊這批收藏品誕生。

田代對日置說，他應該向日本政府申請補償金。若非日置盡力，收藏品說不定早已遺失。有鑑於他這些年的功績，日本政府當然該給予某種補償。田代保證自己也會幫著推動，還把日置介紹給日本駐法大使館。之後，經過多次交涉，外務省才剛剛敲定給日置的補償。

——你走了啊，日置先生。

田代的心中，驀然浮現〈在亞爾的臥室〉。他感覺，此刻，日置彷彿和愛妻傑曼娜一起在那個房間。

——那樣就好。

不知從哪傳來松方的聲音。

——那幅畫就留在巴黎。那樣最好。

無論對畫或對我們都是。

哪，田代……你不這麼認為嗎？

結果，未包含〈在亞爾的臥室〉的「捐贈歸還」作品清單就此確定。

要「捐贈歸還」收藏品時，法國還提出了幾個條件。其中最被重視的，就是美術館的開設。設立美術館用來接收松方收藏品、保管並展出收藏品成了當務之急，也勢在必行。日本還沒有國立的西洋美術館，田代也認為，這正是好機會，就算為了藉此讓日本提升文化設施，美術館的開設也不可或缺。

最重要的是，開設美術館是松方幸次郎生前的夢想。如今實現那個夢想的時刻到了。包括田代在內，了解收藏家松方幸次郎想法的相關人士都很振奮。

接著面臨的障礙是資金問題。舊金山和約讓日本恢復國家主權還沒多久。政府陷入財政窘境。在這種情況下，土地的取得和建築費、作品運輸費等等要花費龐大的費用。好不容易決定建設美術館，卻苦於沒錢。但是為了努力實現可以看到真正西洋美術的美術館計畫，民間也開始發動募款。

經團連、日經連、經濟同友會、商工會議所聯合起來籌款。畫家們也沒有袖手旁觀。他們免費提供作品拍賣，將賣畫款項捐出，但也有人憤懣「為了創立美術館怎能利用畫家」。不過，畫壇大老——日本美術家聯盟會長安井曾太郎是這麼說的：

「畫作歸還日本，受惠最多的是誰？當然是全體國民，但最直接受到影響的，不正是我們美術家嗎？」

就這樣，官民一體，「（暫稱）法國美術館」的建設計畫開始行動。

建設地點決定選擇上野的凌雲院舊跡，並指名柯比意設計。二十世紀的現代建築巨匠柯比意有三名日本弟子。分別是前川國男、坂倉準三、吉阪隆正。他們各自追隨巴黎的柯比意學習，活躍在建築界的第一線。基本設計由柯比意執行，施工設計由三人負責。日法師徒就這樣聯手創造美術館。

不料，開工典禮後發生意想不到的事態。

法國國民議會通過了「捐贈歸還」松方收藏品的法案。可是之後國內的政變導致新憲法重新制定，法案遭到廢除。

這完全是晴天霹靂，日本政府慌了手腳。過去的努力將化為泡影。那絕對不可以。相關人員全體上下一心拚命行動。

田代發電報給喬治．薩勒斯。懷著滿腔熱切與友情懇求。

——法國和日本的文化交流歷史，因為那場不幸的戰爭而凍結。如今不是正好可以藉松方收藏品重新破冰溶解嗎？

我相信你也有同樣的信念——。

一九五八年十二月，事態終於有了轉變。

法國第五共和總統戴高樂簽署了松方收藏品的捐贈命令書。之所以實行這項超法規舉措，多少也有希望因大戰分裂的兩國關係能夠藉由文化重建的輿論推波助瀾。

接獲外務省通知法國總統已簽署捐贈命令書時，田代的心頭又浮現一句話。

——不要飛機，要畫作。

不要戰爭，要和平。

那是日置轉述傑曼娜的話。

還有松方說的話。

——為了沒見過真正繪畫的日本年輕人，我要創設可以看到真正畫作的美術館。

那就是我的夢想。

上野公園的樹林處處有寒蟬的鳴聲響亮。

快步穿越國鐵上野車站公園出口前的斑馬線，田代雄一走來。

白襯衫，灰長褲，磨損的皮鞋。滿頭白髮帶著舊草帽。那是以前在佛羅倫斯留學時，他咬牙買下的唯一一件奢侈品。每年一到夏天就取出，出門時一定會戴上。然後，就會覺得好像帶著歐洲的空氣同行。

穿越斑馬線後，他看看手錶。四點二十分。他打起精神向前走。

眼前，是嶄新的巨大長方型水泥建築——國立西洋美術館。

經過佇立前庭的羅丹群像〈加萊義民〉前，走過門廳的玻璃門，進入館內。那是心情最雀躍的瞬間。

六月十三日對一般大眾開放後，西洋美術館就掀起超越相關人士預想的熱烈反響。開館一個月後，入館人數已近十萬人。過了二個月仍不見退燒，傳聞帶來更多傳聞，觀客不斷湧來。東京藝術大學和東京國立博物館就在旁邊，因此事前預測主要來館者應該是學畫的學生和對美術感興趣的人，可是一旦真的開館，原有的預測被推翻。不分男女老少，學生或孩童，全都抱著「想看真正美術品」的興趣湧來了。

田代當時忙著設立文化遺產研究所，已非西洋美術館相關人員，但開館後他始終放心不下。他在東京美術學校當教授時指導的學生有幾人成為研究員在這裡工作，於是他動輒打電話或寫信，詢問美術館是怎樣受到人們歡迎。入館人數自然不消說，他也很關心每人平均停留時間，哪件作品最有人氣，館內免費分發的資料是否減少，松方收藏品的解說板是否有人仔細閱讀——最後甚至被笑，既然這麼在意那就自己過來看嘛。

每次去似乎都人潮擁擠，而且如果去得太頻繁好像在監視似的，讓他不好意思常去。況且，既然要看，他更想找個誰也不在的時候盡情地慢慢看。他想享受和作品一對一的對話，基於這樣的想法，學生告訴他，如果在周日最後入館時間——下午四點三十分，人們會如退潮般消失，那時是最佳時機。於是他就戴上草帽這麼出門來了。

當然，他和館長及事務局長都認識。但田代沒有通知任何人。他想自己買票進去。

在售票口，館員問：「還有三十分鐘就要閉館了，您不介意嗎？」

「沒關係。」

田代和顏悅色回答。

「那樣就已足夠了。」

一手拿著票根，他走進展覽室。寬敞的室內，此刻已不見人影。寂靜如水底。

牆上掛著無數作品。有莫羅、夏凡納，也有雷諾瓦。每件作品都在對田代無聲傾訴。

他在其中之一——莫內的〈睡蓮〉前駐足。那一瞬間，他驀然想起。

那個夏季，那一天，那一刻。他的確佇立在那池畔。莫內的畫室，吉維尼的藍天下，田代與松方幸次郎都在。

他還記得。清風吹過。池畔垂柳隨風搖曳。成群的睡蓮，漂浮在光影重重擴散的水面，對著天空綻放雪白的嬌顏。

他品味著被扔進池塘的小石子的感受，一邊凝視〈睡蓮〉，驀然察覺某人的注視，他轉過身。

展覽室寂靜無聲，只有繪畫森林蔓延。

然而，松方的確在那裡。與田代一同佇立，凝視畫作。

獻辭

讚美為「松方收藏品」的調查、研究盡力的

國立西洋美術館主任研究員．大屋美那氏的功績。

協助（省略敬稱）

馬淵明子（國立西洋美術館館長）
川口雅子（國立西洋美術館主任研究員）
林　芳樹（神戶新聞特別編輯委員兼論說顧問）
岡　泰正（神戶市立小磯紀念美術館館長）
松方家的各位
矢代若葉
GenevièAitken, Paris（日本主義研究者）
Véronique Mattiussi, Musée Rodin, Paris（羅丹美術館）
Christine Lancestremère, Musée Rodin, Paris（羅丹美術館）
Chloé Ariot, Musée Rodin, Paris（羅丹美術館）
Anne-Marie Hamburger, Abondant（阿朋丹）
飛幡祐規（巴黎）
HANS ITO（巴黎）
國立西洋美術館

羅丹美術館
橘園美術館
奧賽美術館
克洛德・莫內財團
法國國立美術館連合
日本駐法大使館
莫里斯飯店
巴黎市
阿朋丹鎮
吉維尼村

——本作為根據史實撰寫的虛擬小說。

PLP0079

美麗的愚者

作　者—原田舞葉
譯　者—劉子倩
編　輯—黃煜智
校　對—魏秋綢
企　劃—吳儒芳
封面設計—莊謹銘
內頁排版—綠貝殼資訊有限公司

總 編 輯—胡金倫
董 事 長—趙政岷
出 版 者—時報文化出版企業股份有限公司
108019 台北市和平西路三段二四〇號七樓
發行專線—（〇二）二三〇六六八四二
讀者服務專線—〇八〇〇二三一七〇五
（〇二）二三〇四七一〇三
讀者服務傳真—（〇二）二三〇四六八五八
郵撥—一九三四四七二四時報文化出版公司
信箱—一〇八九九台北華江橋郵局第九九信箱
時報悅讀網—http://www.readingtimes.com.tw
思潮線臉書—https://www.facebook.com/trendage
法律顧問—理律法律事務所　陳長文律師、李念祖律師
印　刷—紘億達印刷有限公司
初版一刷—二〇二一年四月二日
定　價—新台幣五六〇元
（缺頁或破損的書，請寄回更換）

時報文化出版公司成立於一九七五年，
並於一九九九年股票上櫃公開發行，於二〇〇八年脫離中時集團非屬旺中，
以「尊重智慧與創意的文化事業」為信念。

美麗的愚者／原田舞葉著；劉子倩譯．-- 初版．-- 臺北市：時報文化，2021.4
400 面；14.8×21 公分
譯自：美しき愚かものたちのタブロー

ISBN 978-957-13-8622-5（平裝）

861.57　　11000

ISBN 978-957-13-8622-5
Printed in Taiwan